|小说卷|

海风登陆之处

陈武 主编

中国书籍出版社

本书编委会

主　编：陈　武

副主编：卜　伟

编　委：（按姓氏笔画排序）

卜　伟　成　刚　陈　武　相裕亭

文学沉积的美学追求

蔡骥鸣

晋·葛洪在《神仙传·王远》中写道:"麻姑自说云:'接待以来,已见东海三为桑田。'"

中国的东海岸,原就是一片沧海桑田的土地。连云港的云台山曾经就是大海中的岛屿。《西游记》开篇第一回是这样描述的:"这部书单表东胜神洲。海外有一国土,名曰傲来国。国近大海,海中有一座名山,唤为花果山。此山乃十洲之祖脉,三岛之来龙,自开清浊而立,鸿蒙判后而成。真个好山!"

山与海此消彼长,成就了这一片神奇浪漫的土地。所以,这个地方诞生了《西游记》《镜花缘》这样想落天外的奇书。

若干年后,我到了连云港海边的云台山上,这里处处可见海蚀的沉积岩,它们就像一本本年代久远的古籍,被老鼠咬啮得边缘参差不齐,但却给人一种沧桑古老的历史感。海蚀的沉积岩,经过海浪的冲刷,经过无数岁月的风化,变得更加奇崛,更加鲜明,更加注目。

我们常说,新鲜的东西放不久。而老的物件经无数人把玩后,形成了一层层叠加的包浆,反而更加圆润,在暗淡的光泽里透出幽幽的光,让人生出一种敬畏之感。

文学,既是一门古老的艺术,也是一门年轻的艺术。

如果没有文学,我甚至不知道人类的精神生活还有什么可值得玩味、留恋的东西；如果没有文学，我们的情感世界也仍然是一如原始时代的粗砺和愚拙。因为有了文学，我们的情感世界变得越来越丰富，越来越细腻，越来越精彩，越来越值得我们回味和咀嚼；反过来说，正是一代代优秀的文学作品，才培养了我们的情感世界，让我们不再愚钝，不再麻木，不再冷酷，不再无情。经久的文学名著，就如一壶壶老酒，香愈浓，味愈醇。

但文学又在长生长新。每天有无数的作者在探索、在求新，在想着法子把直接的语言拧成麻花，把简单的语言变得更加绕舌，把正常的语序弄得颠三倒四，把明明白白的话覆上一层面纱。每一个同时代的人都希望看见新的语汇，看见新的故事，看见新的结构，看见新的想象。但有些同时代的作者又往往被当代所嫌恶、所丢弃，而为后代所崇尚，为后面的文学指明航向。

从1949年到2019年，70年过去了。对于一个人来说，70岁已是古稀之年。70年了，国家经历了很多事情，个人也味尝了很多变故，文学也经历了岁月和风浪的数轮冲刷。70年后再回首一望，能留下来的东西不多了，而能留下来的东西就一定是个沧海桑田、层层叠叠的海蚀沉积岩，一定是个挂满包浆、油光润滑的老物件，你想说它不好都不中。那一定是个好东西，一定值得我们把玩，一定值得我们揣摩，一定值得我们回味。

把过去的作品归拢起来，既算是给生活留下一些记忆，也算是给文学留下一个供人瞻仰的碑刻。无论如何，都表明历史没有虚度、文学没有空白。

2019年11月22日

目　录

001	文学沉积的美学追求 / 蔡骥鸣

001	窃书的人 / 刘　毅
006	十里香 / 张文宝
012	失去风帆的船 / 包殿贵
020	试问闲愁都几许 / 苏常强
027	狐狸谷 / 李建军
038	沉重的奖状 / 董自宏
042	爱的结构 / 蒯　天
055	布朗运动 / 张亦辉
093	我和始皇开了个玩笑 / 王成章
099	龙卷风 / 刘晶林
110	三个深夜喝酒的人 / 李惊涛
118	盐河旧事 / 相裕亭
128	乡村戏子 / 李洁冰
140	荷花灿烂 / 苏学文
157	巴儿狗 / 韩克波
159	黑客的密码保护 / 赵　航

167	雪　鼬 / 周景雨
175	锔锅匠刘小手 / 李　琳
187	乘槎街人物 / 卜　伟
196	红烧耳朵 / 庄　青
202	孙二的后高考时代 / 孙桂伟
209	小李与铜床 / 王　跃
217	今晚月光很美 / 何正坤
229	栀子花开 / 杨　青
236	豆蔻羞人 / 汤景扬
243	跟　踪 / 解永红
250	猫　脸 / 陈　武
263	后　记

窃书的人

刘　毅　江苏省作家协会会员、连云港市散文学会副会长、连云港市诗歌学会副会长、连云港市工美协会副会长兼秘书长。曾任《苍梧晚报》编委、总编办主任，《大陆桥导报》总编。作品有：《深度报道》（新闻作品集）、《济川之魂》（长篇报告文学集）、《神山行旅》（诗歌集）。

"仲明结识了孙三，孙三也和仲明扳上了劲。后来他们合伙盗窃，终于坐了班房。"这话，一打头谁都不信。为啥？他俩不会搅和到一块。你瞧仲明那副文质彬彬的样子，两片深度近视眼镜紧紧贴住微凹的眼眶，满脸"道貌岸然"的神色，三十大几还没成家，一看就知道他是一个古怪的书呆子。要知道，在"文革"前，他曾是一个相当不错的研究员呢。孙三呢，他父母早亡，二十岁就成了赫赫有名的偷儿了。

但是，在"文革"后期，1975年那当儿，仲明毕竟不是以前那个以刻苦研究学问而博得大家敬佩的仲明了。他没生什么病，却有人叫他"白痴"。他从研究所开除回家就成了社会上批"臭老九"的靶子，每每开批判会的时候总要把他揪去。揪他也很顺利，开会的时候，他低着头，一声也不吭，被公认为"认罪态度很好"。当然，他有时态度也不好，这就是把他和那些小偷、流氓、阿飞等社会渣滓放在一起接受批斗的时候，他的心被深深刺痛了，认为这是侮辱人格。

他也恨那些社会渣滓，特别是那些见财起意的偷儿。

但他终于和孙三合伙盗窃被逮捕了。

至于他怎么和孙三结识谁也不知道，因为这段经历只有他们两人有数。而且，这是一段很不平常的经历呢！

那是在两个月前的一个寒冷的夜里，批判会刚刚结束，仲明一个人穿街过巷，顶着嗖嗖寒风紧一步慢一步地往家赶。正走着，只听旁边一座大楼上响起吱的推窗声，紧接着，从二楼的窗口跳下来一个人来，怀中分明抱着一大包东西。

仲明匆匆紧赶几步，迎了上去，他意识到这是一个偷儿。强烈的正义感驱使着他走近了那个人，透过近视眼镜，模模糊糊看出来，那偷儿就是曾以扒窃罪被教养一年的孙三。他认识他，两人曾被同台批斗过。

于是，他忍不住愤怒地呵斥："你，又偷……"

话刚出口，孙三就腾出手来捣了他一拳，并怒不可遏地骂道："白痴，你算什么东西。"然后又是一个扫堂腿，把对手重重撂在地上。仲明没有还手，他似乎连拳头都没想着攥起来，这猝然一击使他惊慌失措了。

孙三扬长而走，可"白痴"还在黑暗中摸着跌碎了的眼镜……

第二天上午，孙三正在家中"吭哧吭哧"地磨着一把匕首，仲明却出乎意料地推开了他的门。孙三一见慌了，马上跳起来，匕首紧紧藏向身后，当他确信仲明身后并无什么"民兵指挥部"之类的人时，才放下心来，但他还是警觉地问："你来干什么？"

仲明没有吱声，这种举动却把苏三弄得丈二和尚摸不着头脑了。仲明走到孙三面前，从身上掏出了十块钱默默地放到桌子上，说："以后没有钱，去向我要，可千万不要干那种坑害人的事了，那样品德不好。"仲明说完话，走了。

孙三一看到仲明那失去了眼镜和被打肿而变得十分难看的脸，不由得心脏剧烈地跳动起来。看着仲明那远去的背影，匕首"当"一声摔在台阶上，竟呜呜地哭开了。

第二天，孙三拿着一副眼镜和一些药物进了仲明那间小破屋。他发现，仲明正把眼紧贴在床板上的一大堆书上，如痴如醉地在演算着什么。孙三走进去，他仍悄然不知。孙三默默地把东西放下，自愧地退了出来。可走到门口，他又转过身子掏出一个纸包。纸包中包着剩下的零钱。正在这时，仲明转过身子，模模糊糊地看见一个人影，忙问："谁？"孙三只好走过去，把眼镜给他戴上。眼镜的度数根本不够，但比没有好多了。

仲明看到他手上的一包药物和这副崭新的眼镜，心中明白了。他把手伸向口袋，但是孙三慌忙拦住了他，并且把纸包也塞到他的手中："这是零钱。""不，千万不能。"仲明急忙地推挡着。

"啪！"纸包掉到了地上，仲明只好弯腰拾起来。忽然，他看到纸包上的一些字符、数字，他急忙拆开了凑到眼前看着，钱纷纷掉到地上。

"你有这书？"他问孙三。

孙三点了点头。

"那快点回去把余下的都拿来。"孙三不明白这是怎么回事，但他当即跑回家中，把余下的全部捧来了。可是太令人失望了，一本装帖得很好的硬壳书，已经是外壳厚于书芯子了。仲明痛惜得了不得。孙三沮丧地说："你要早说……我，我前些日子拉肚，一天撕一小叠子……"

"你在哪儿弄来的？"仲明追问道。

"有一次，民兵抄家，抄了很多东西在仓库里，我是从那里偷来的。"

"就这么一本么？"

"多，还多着呢，有一麻袋，我那天以为是一本小说，就顺手拿了一本，没想到……"

停了一会儿，孙三像想起了什么似的说："听说，过几天，这些东西都要烧掉呢。"

顿时，仲明觉得一股获取的渴求在撼着他的心："一麻袋，满满装着书籍的一麻袋呵！"他眼前仿佛看见整麻袋珍贵的书籍在熊熊的大火中化成了灰烬。

"应该去偷，不，拿，应该拿来，有了这些书，我就等于有了无价之宝，那么我的研究就快得多了。可是……呵，这是多么卑鄙的念头啊（他皱起了眉头），去失掉自己纯洁的心灵，去沾污自己的声誉吗？不……可那么一麻袋，满满的一麻袋呵……"

他越想越激动，呼吸也越来越急促。他摘下眼镜，用颤抖的手不停地擦着，借此镇定自己激动的情绪。

"那地方，还好……好进去么？"他终于这样说了。

"怎么，你要去偷来么？"孙三惊奇地问，他觉得，仲明这种神情和自己打算偷东西的神情一样。

仲明慌忙辩驳说："这怎么能算偷……偷呢，古来窃书不为盗么……"

孙三没有多说话，沉思了一会儿说："那，好吧，反正我也无牵无挂。"他下了决心。

就这样，他们结识了。

"他们臭味相投，你来我往，不知整天叽咕些什么，准没好事。"住在仲明隔壁的一个多嘴饶舌女人向"民兵指挥部"报告了这一情况，民兵们也认为这事值得注意，于是对他们俩加强了监视。

昏夜，惨淡的月光如霜一般地给这个世界带来了寒意，萧瑟的冷风掀动白天未贴牢的大字报，发出"哗哗"的响声。除此之外，万物寂静，人们都入了梦乡，连那些"守夜"的民兵也都不见了人影，这时大概正抱着大枪，缩着脖子在火炉旁打盹吧。

这时，从一条僻静的小巷子尽头闪过一条黑影。黑影在一个用木板钉起来的窗户下停住了。月色下，孙三的腰躬得很低，跑得很迅捷，简直像只地老鼠。他第一次也是最后一次偷东西有了同伙。他跑到窗户底下，在轻轻召唤着仲明，仲明蹒跚地跑着，不知是月光的照射还是害怕，他脸色煞白，惊慌代替了往日的文雅的神态。

"不会被人发现吧？"

"不要紧，这会儿，狗都睡死了。"

"你怎么上呢？"

"来，你蹲下，我踩着你的肩膀。"

"……"

于是，仲明吃力地站起来，一个小小的人梯在墙壁上搭起来了。孙三在用特大号螺丝刀子撬着板，静夜中，那吱吱嘎嘎的声音显得那么大。仲明担心地望着巷子尽头，觉得孙三撬板的时间那么长。他抬头看看寒冷的夜空，仿佛星星都在鄙夷地讥笑他，他低下了头，他遭到了良心的责备似乎要受不了了。他甚至几次想伏下身子飞快跑回家中把门紧紧关上，使自己这有生第一次"盗窃"计划化为乌有。不能让任何人知道自己曾有过这种可怕的念头。但是，这一切都在一瞬间消失了，他觉得自己的肩膀上空了。他马上意识到，生米已经煮成熟饭，事到如今畏缩是不可能的，于是，他两只拳头攥得紧紧的，告诫自己："不要慌，这不是在偷，这是为了自己的研究着想，搞研究，为了国家，为了社会这有什么不好呢，反正自己品德是好的，自己的愿望是好的……"

"仲明，快进来。"从高高的窗户上扔下了一条早已准备好的绳索。仲明拽住绳子，不顾死活地往上爬着，可是他的技术实在蹩脚，幸亏孙三连拖带拽把他"提"了上去。

屋里，黑洞洞的，什么也看不见，一片神秘，黑暗在屏住呼吸，盯着他们。

"孙三，快拉住我，书在哪儿？"仲明愈加慌乱地摸索着说。

突然，黑暗中一双铁钳似的手紧紧钳住了仲明的臂膀，并马上被反扭过去，一副冰凉的东西铐住了他的手腕。神经高度紧张的仲明吓得大叫一声，两眼一黑，失去了知觉……

孙三遭到了同样的厄运，他下意识地要去摸匕首，但匕首早就掉在台阶下了。从黑暗中呼地跑过几条大汉，没容他挣扎几下，已经把他五花大绑捆了起来。他听到一个粗声粗气的声音骂道："妈的，早就猜到你们勾搭在一起没有好事。"

孙三痛苦地闭上了眼。

第二天拂晓，当仲明醒过来的时候，发觉自己已经躺在又黑又潮的囚室中了。他听到门外两个人的谈话。

"里面又关了什么家伙？"

"两个盗窃犯，昨晚才抓来的……"

听了这话，仲明羞愧万分，无地自容，两行泪水无声地流了下来……

原载《连云港文学》1980 年第 1 期

十里香

张文宝 江苏省作协副主席,连云港市作协名誉主席,一级作家。1980年在《连云港文艺》发表短篇小说《辣椒嫂》,获《连云港文艺》三等奖。1981年在《江苏青年》发表小说《十里香》,后在《雨花》《作品》《朔方》《福建文学》等发表小说。1995年后,写作报告文学,约300万字。曾多次获省"五个一工程"作品奖,紫金山文学奖。

"呸!"生产队长仓谷老汉大早起来,就在院子里瞪着东窗上的"囍"字,狠狠地吐口唾沫,嘟嘟囔囔地说:"她俊咧!妖精!咱祖辈瞧不上这号人。"

话不多,戳人心!怎么刚进门的儿媳妇就惹得老公公一肚子气?

说来话长。去年正月,听了在公社农技站的小子说,他在大杨庄搞了一个对象,名叫荷花,当时仓谷老汉的肚子里就堵股闷气。老汉到大杨庄看插秧技术表演,有人指着一个穿得花里胡哨的闺女告诉他,她就是被人说成"十里香"的荷花。平日,头上戴花,褂兜里装花,六月天脸上抹雪花膏,走到人前浑身喷喷香。插秧季节,她身边不离伞,响午在日头歇息,撑起伞遮阴凉。瞧他脸皮,白的跟雪花膏似的,和人家闺女一点不一样。

"啧啧",从头到脚穿的戴的,哪点跟咱庄人一色,呸呸!她爹妈咋管教的!咱家小子打光棍也不找骚媳妇!"

直到小子和"十里香",拿了结婚证书,老嫚子请人给小子缝了娶亲的大红被子，仓谷老汉还在肚子打叽咕。

他到处声张，要在小子成亲这天，给点难堪，不喝喜酒，进城逛逛，把积攒下的毛票子全花掉，不留给小子。

昨早一扑亮，村里炸响了鞭炮，迎"十里香"进喜房。仓谷老汉披上褂子，瞅也未瞅闹腾的场面，踩着通往城里的大道，气蹶蹶地走出了村。

晌午，大堂屋里的圆桌上，摆上了七碗八碟，外县来的大舅、二舅，本大队的三爷、小爷，和一溜趟的乡邻都在等着班辈最长、年龄最大的仓谷老汉上席。可等到日头偏西，也不见他的影子。三爷踩着车子跑到城里，看遍几家小饭馆也没他。在村外田里做活的人回来，说仓谷老汉在去城里的路上拐下田了。几个老弟兄这才踩车子找到他，七手八脚，拽他回来坐了上席，咂了三盅酒。

"唉，生米已煮成熟饭……"仓谷老汉眼光从儿媳妇的窗户移开，惋惜而无奈地嘀咕着。刚要走进冒着热气的锅屋，听见"十里香"在里面和婆婆唠呱。他脸面冲着小乌盆大的窗户，朝里面一张望，看得滑清亮亮的。"十里香"穿着银灰色涤卡褂子，领子、前胸、褂兜都是金线绣着的花花朵朵；草青色中长纤维裤子，裤管上的杠杠，跟本匠扯起的墨线一样直。最触眼的头发，卷得弯里弯圈。仓谷老汉想，庄户人家的闺女，扎根辫子顶大方又本分，卷头发当西洋小姐能挣几分工？城里闺女卷头发有活便钱，咱们能跟她们攀？卷一趟头发起码三四块钱，要干五个工日，要是买米，一家人能吃几天。这还不打紧，她满月后到队里做活计，穿红挂绿的，人家指指戳戳、七言八语，咱又咋办？有心对她说一说，刚进门，一句半句伤了心，闹得一家人不是一家姓，外面人又瞧不起。他背地里少不了骂咱碎嘴公公，老不死。唉！

仓谷老汉转而一想，昨天是儿媳妇的喜日子，身上头上还能少打扮，兴许家常过日子不会这样吧？咱是出头露面的队长，又是县里的模范，十里八里路的人都晓得名字，能不顾我的脸面？想到这儿，仓谷老汉心情好些了，转过身要进门。这夹当，忽听"十里香"说："妈我……有个事情……你……"

"闺女，啥事难为住了？"

"我……"

仓谷老汉听"十里香"说话半吞半吐，心里话，肯定有私事要吐给婆婆听,自个儿踉在这儿,要是让儿媳妇瞧见,还说咱心地不实在呢,那不闹翻锅了。他拔脚要离开,忽听"十里香"冒了一句:"我一会儿跟爹爹下田哪!"

"噢,她有这股心思!"仓谷老汉肚里忽脱一下,收住脚,不动了。

"闺女,你怕是爹爹的孬脸色?"这是老婆婆似嗔似爱的口吻,"村里人家的儿媳妇,都是满了日子出工的。咱家的底子厚实着呢,不缺你那几十个工分。你爹要是说话,妈顶着。队里人手那么多,缺你一个不吃粮食哪!快别那样想了。这两天,针头线脑的,帮妈妈补补缝缝,再到左前右后人家认门,往后处乡邻!"

"妈,我听说那队里栽的秧比往年多,人手又紧,爹爹在大队又夸下海口。要不,他不会早晚不归家。我去了,多双手也是好的。"

"真算前世有缘,和你爹爹一个脾气,不是一家人不进一家门。你爹听到你这话,胡茬子准会高兴得翘上八丈高。"

仓谷老汉听了,觉得浑身是劲,做梦没想到,"十里香"思想这样亮堂。只要她下田不穿红戴绿的,比咱小子有出息……想着想着,他的脚板踏进了锅屋。

"爹,""十里香"见仓谷老汉进门,端过一碗米糕,红着脸说,"妈吃了一碗,这是你的。"

"唔"仓谷老汉脸上一本正经,接过碗。

老嫚子笑花花地接了腔:"闺女到咱家头朝子,这是端的开门糕呵,吃了吧,下田熬到天黑肚子也不瘪。嘻嘻,闺女过会也要下田哪,这下合你的心地喽!"

仓谷老汉没吭声,扒搂着米糕。半晌,撂下碗,抹抹嘴唇,谁也不听地说:"下田时候到了,门后有下田的脏褂裤。"

老嫚子眯眯地笑了:"呵呵雷雷雷,声音比春雷响亮,可弯弯绕绕,不叫儿媳妇的大名。"

仓谷老汉脸上像挨了一鞋底。

"十里香"插上话:"我喂了猪,收拾完碗盏家具跟得上。"

"闺女,你褂子还没换,下田路远,要走六七里路哪。家里留给妈收拾吧。"

"十里香"一笑:"我褂子不用换。路远嘛,我不是从那边家带来了脚踏车吗,一踩就到了。"

仓谷老汉长眉毛一皱:下田踩脚踏车?六七里路也懒得走?解放三十几年,村里没人出这种洋相,这个十里香真能想得出……他劈柴似的咳嗽着,心泛起来一句话:"吃惯了屎的嗅着屁还香哩。"真想倒出来戳戳"十里香"的心,可到了嗓子眼里,嘀咕得只能自个儿听见。半天,咀嚼后槽牙,只冒了一句没把鼻的话:"咱走一辈子路道,脚板没磨烂!"

说罢,板起一副脸,背着手,气冲冲地跨出门。一直走到村口,才想起忘了吹哨子。不禁吁了口气:"往后非败在'十香手'里不可!"

他掉身要回村里。突然,村子大巷里传出一股笑笑闹闹的声音,接着涌出缕缕行行的下田人。仓谷老汉心热腾了:还是咱这块土上长的人好,多热试,哨子没响,到村口了,咱省耗多少心血。

一路,男男女女的青年嬉笑哗闹,仓谷老汉的脸上凉冰冰的。走上百十步远,掉过头,两眼瞥瞥后边,随后,仰起来,瞭瞭发红的天东边。肚里嘀咕:"天红花了,'十里香'不得来了。唉,千万不要来,让眼前的小青年瞧见,嘀咕起来……"

他越不欢喜"十里香"来到,"十里香"这时偏偏踩着脚踏车过来了。她两手轻轻地一勾闸,从车子上跳下来,仓谷老汉用鄙视的目光,扫着她穿得青红紫艳的身子,"十里香"一抬眼,四只目光骤然相对,老汉马上把目光避开了。"十里香"脸红扑扑的,说:"爹,坐车后……我带着……"

仓谷老汉脑壳陡地胀得笆斗大,肚子气得一鼓一鼓的:"这还像话,哪有儿媳妇用脚踏车带着老公公!"他怕人听见,眼梢忙朝四边瞄瞄。还好,近旁没人,只是后边有几个闺女,冲着他指指戳戳,他勾着头,板着脸,瓮声瓮气地说:"走着好!"

"十里香"笑笑,一纵身坐上车子,脑壳向望着他的闺女们点点。一群闺女瞧不起她掉过头,而后搂成一团,吃吃地笑。"十里香"像没那回事似的,踩着车子擦过去。后边闺女们挑眉弄眼,说起了鲜花,仓谷老汉听得清清楚楚:"看她那妖精样子,下田干活还装扮成这样,图啥?"

"队长的嘴巴说起人家短的长的来,实在快,这下舌根没劲了……"

这些字眼，像鱼刺似的扎到仓谷老汉的嗓子眼上。他一个劲地吧嗒着烟袋，让白色的烟气，遮着难看的脸色，迈开脚步，把闺女们甩到身后去了。

"呵……"闺女们一下子笑开了，打夯似的加油喊道："老公公追儿媳妇喽……"

仓谷老汉脸唰的一下发烫了，后脊梁活像有十来只虱子在爬，肚里嘀咕道："这些丫头，说话没大没小的，把人气炸了。他窝着火，放慢脚步，有意落在她们身后远远的，这才听不见她们的说笑声。他深深叹了一口气："我不受这洋罪了……让小子和她搬一边去……"

他一路窝窝囊囊。赶到田头，日头烤在身都难受了。嗓子眼里火燎燎的，腿肚子胀得酸酸的，拖也拖不动。

一阵风刮过来，扯得田头柳树直摇动。仓谷老汉敞开褂襟，让凉风吹着热烘烘的胸膛，朝树荫里挪去。当他看见闺女们都在树荫下歇着，又变了主意：咱是队长，带头休息还像话？日头筷子高，没撒下一棵秧，照这样下去，麦熟前咋能栽下早秧？忽而又思忖：闺女们大都是刚出学堂门，嫩骨嫩笋的，大热天走这么远的路就够呛的，急赶急下田，身子累出毛病一辈子负累哪。他抹过脚，向一边的田头挪去，瞧瞧田耕得光淌不光淌。老远，瞅见一块田里有个闺女，穿着跟地皮颜色差不多的褂子，弓着腰，飞快地栽着秧。身边已栽好的两畈子，秧苗不深不浅，笔直的。

"哪家闺女这么能干，栽这么多的秧，半夜就下田哪？"仓谷老汉惊讶地向她走去，瞅着秧苗，头不住点着："这秧栽得规矩，非叫她们学着点不可！"

他瞅见闺女屁股后面要栽的秧快没有了，马上脱下鞋子，卷起裤脚，下到水田。抓过田埂旁的一束束秧苗，手一甩，准确地抛在她左右和屁股后面。

"爹，来啦！"闺女突然掉过头，斜仰着脸朝仓谷老汉笑笑。

"噢，'十星香'！"仓谷老汉一愣神，打个趔趄，溅得浑身脸都是泥水。他脑子里翻腾开了："十里香"咋变得能干啦？刚才穿着走亲戚的褂裤，眼下咋套着下田穿的褂裤？他抹抹胡荐儿，眼梢朝田岸上扫扫，看到她的脚踏车睡倒在地上，车把上扣个鼓囊囊的布兜，露出半截"十里香"刚刚穿的褂子。仓谷老汉豁拉明白了："十里香"到田头换了褂裤……他乐得嘴里直吸溜。

"她刁呢，褂裤穿得漂亮，心眼正着呢！"

"爹,""十里香"抬起胳膊肘,揩揩汗,扬着细眉毛,说,"踩车子,快着呢!"

仓谷老汉脸堵得跟红头老 K 似的:儿媳妇比别人后来。踩着车子却先下田,一点不要休息就栽这么多秧。队里人家大都有脚踏车,要学着"十里香"的样子,晌午能回家吃饭,秧笃定提前栽完。他肚里活络了,眼梢溜溜儿媳妇。真巧,"十里香"正瞟着他。仓谷老汉一看,慌忙掉过头,拔脚跨上田埂,支吾道:"田里秧快没了,我挑去⋯⋯"

说着,大步向树荫下说着笑着的闺女们走去,嘴里嘀咕道:"让她们都来瞅瞅,人家穿件好看褂裤,倒多能叽咕。踩车子也挑眼,咋不瞧人家栽的秧!她穿的戴的香,干事也香着呢!咱队要多有几个十里香,干得才更欢呢!"

原载《江苏青年》1980 年第 12 期

失去风帆的船

包殿贵 （1943—2013），江苏连云港人。曾任连云港市作协副主席兼秘书长。1963年开始发表文学作品。2003年加入中国作家协会。著有中短篇小说集《失去风帆的船》，中篇小说集《虾婆岛纪事》，报告文学集《长歌无泪》《她在丛中笑》《峥嵘岁月》，散文集《点燃雪山》，长篇纪实文学《生命之旅》，汶川地震纪实《从那一刻起》等。

  他每天到这儿来，不管是白天黑夜，也不论是刮风下雨，只要潮水一退，狼牙礁爬上了沙滩，他就站在望夫石前。初三潮，十八水，一潮迟三刻，这些他记得清清楚楚。什么时候潮水落，什么时候潮水涨，他比时钟还准确。他那长满老茧的脚丫，站在如刀口似的蛎壳上，让那彻骨冷的海水浸透着双腿。一双粗裂的大手，在海水中的岩缝里摸呀摸的，一只只大紫罗蟹、石杂蟹就进入了他的网兜里。有时，他用小网舀在海边水洼里抄虾，活蹦乱跳的虾，就涌进了他的小竹篮里。有时，他用那小笆斗，刮干落潮后的小水洼，没来得及随潮流走的鱼，就成了他的战利品，大的虽不多，小的却不少。就这样，每天从那海水中捞出三五斤，有时也有十来斤鲜亮的鱼，爬动的蟹，跳蹦的虾，到城市集市上，也少不了三五元，还可以对付一下小日子。但是，常在海上捕鱼人，能受得了这种小捕小摸的煎熬吗？多丢人呀，男子汉大丈夫，能见得人吗？眼前茫茫的大海，如此宽的天地，他不能去，却在这潮头边的崖头缝里抠抠摸摸摸。这比鲨鱼撞上了浅滩,还要难受。他痛苦地哭了,哭得那样动情,比传说中的渔姑盼望他失水的丈夫,哭得还要伤心。天上的星星一颗颗陨落了,熄灭了。落下去的潮水上涨了。汹涌的怒潮,向着狼牙礁涌来,一块块礁石开始沉没。眼看着潮水就要吞没他身下的望夫石……他是虾婆岛有名的赵海魁,四十多岁年纪,矮墩墩的个子,黑紫色的脸膛,蓬蓬松松的头发。他粗暴,说起话来,嘴角冒白沫子,声如狼吼,那样子谁见了都害怕。他孤僻,好胜。别人干的事情,他常常看不上眼。要是谁干错了事情,他就暴怒起来,像冲上岸来的虎头潮,要吞掉一切似的。他摔摔掼掼,操起家伙挥舞起来,像鲁智深大闹野猪林。不错,他有劲,也有胆量。他会弄船,也有捕鱼的本领。但是,谁也不愿意和他合伙搞承包。现在不是以前,出海一次捕多捕少,总是那么一点工分。如今承包,多劳多得,不劳倒点,按合同办事。出海一次,海货一出手,就可以得到一把咔咔响齐斩斩的人民币。谁不眼馋,谁不动心,谁愿意要那不顺手的人。

他像失去风帆的船,搁浅在沙滩上。

队长看在眼里,也觉得不是个事儿。眼下春汛,正是渔家的黄金季节。失落了一季,就等于丢掉了一年,总不能眼看着赵海魁在崖头缝里找营生呀。他左说右劝,好容易把他安排在他的远房二叔赵永泰的船上。赵永泰是岛上有名的船老大,弄船的老把式,捕鱼的能手。这次一搞承包,他带着儿子、侄儿,领了一条谁也不愿意要的帆船"大弯脚"。赵海魁上了船,第一次捕鱼回来,就演了一场大闹天宫。三条桅的"大弯脚"第二次出海,鱼虾满舱满载而归。大桅上插着红红的三角旗,在海风吹拂下猎猎作响。一进海港,船上就噼噼啪啪地炸起一挂长长的响鞭。海岛码头立即热闹起来,老老少少都喜滋滋地围上了船,小商小贩一窝蜂似的涌了来,还有那些爱喝二两的酒罐子,也拿着小网头、小竹篮踏上了船。头水鲜嘛,谁不想弄二斤去家鲜鲜嘴,弄二两烧酒灌个仰八醉?开仓了,赵海强掌秤称鱼,赵海刚拿着黑提包收钱。赵海魁呢,一个大字不识,只能干点儿出死力的粗活儿,他用小笆箕向外扒鱼,他一边扒鱼,一边两眼不住地望着秤杆,看着笔杆,瞪着装钱的提包。船上乱糟糟吵嚷嚷的。

"海强,别瞎了眼,少了你二爷的秤。"

"海刚，钱收下，别见了钱，两眼滴血，连你二大妈也不认。"
"弄二斤大一点的！"

小商贩一看着了慌，忙往赵永泰手里塞烟。一包包带锡纸、带烟把的烟，塞进了永泰的腰包。海强的嘴里叼着烟，海刚的耳朵上夹着烟。海魁扒鱼，没人瞅，没人理，谁也没有递烟给他，脸上汗滴滴答答地滚落在船板上，他气得手发抖。

"老哥，这个数，弄二百。"
"我全包了。"
"我给这个数。"

小商贩在和赵永泰讨价还价，各打各的哑语。

海魁眼里冒火星，他瞅着一个个来买鱼的人称的鱼，交的钱。他看出了漏子来了，你赵海强也是王小开饭店，照客兑汤呀！你大舅来了，给好鱼；你二大爷来了，送好虾；朋友来了，高秤，少收钱；我的老母亲来了，你们装着没看见。这样玩我呀，叫我给你们当牛做马。连小伙计都不如吗，你不要忘了今天是社会主义。好，我得给你们点颜色看看。海魁把手中的小笆箕一扔，一跃跨过横在舱面上的桅杆，跨到海强跟前，一把拽过他手中的秤，双手一用劲，啪的一声秤杆断了，秤盘被他顺手扔进了海水里，在海面上打了十几个水漂漂才沉了下去。海强、海刚哪能受得了这样的气。一头怒火，向海魁扑来，就你来我往地打了起来。船上买鱼的、看闲的，一看打起架来，像小分蟹躲进窟似的纷纷下了船，跑上岸。大哭小喊，你呼我叫，哭爹叫娘，顿时乱了套。谁也不敢上船拉架。就看船上，二龙斗一虎，你拳我脚，棍棒乱扔，碗碟飞舞，乒乒乓乓，好不热闹。兄弟二人虽然身强力壮，但不是海魁的对手。海刚扑了过来，想从海魁身后下手，不想被海魁一脚踢倒，没来得及爬起来，就被海魁双手托起，抛下海去。海强一看紫了眼，抓起竹竿，就向海魁扑来，海魁顺手拽过竹竿，用力一掰，竹竿咔的一声，就成了两截。赵永泰忍无可忍，操起一根小松棍，趁海魁欲向海强扑去的当儿，对准他的小腿肚狠命敲去。海魁一个趔趄，摔倒在船舱上。尖尖的带鱼牙，划破了他的腿，鲜血直流。海刚刚从海水爬上船，爷俩才把海魁按倒在船上……

海魁又成了孤家大寡人了。没人理，没人瞅。捕鱼的船只，一只只都插上重旗，谁的腰包里没装得满满的人民币，海魁急得像笼中的雄狮，他的心里难受极了。

可赵海魁又要上船出海捕鱼了。他肩搭破衲裆，左手捏着衲裆的衣领搭在左肩上，右手提了一双打了许多疤结的长筒水靴。光着脚丫，像海鸭子下水，向海滩上一瘸一拐地走去。在沙滩上留下他一串串歪歪扭扭深深的脚印。一个渔民不能够在汛期登船出海，就像一个演员不能登台演戏一样难受。他向停泊在海湾内的五吨小机船走去。像搁浅在海滩的鱼儿，得到了潮水一样。

前天晚上，孙二歪踏上了赵海魁家的门槛子，要请赵海魁上小机船。赵海魁当时一下就绷起了黑脸，回绝了。他看不起孙二歪，孙二歪名叫孙庚成，比他小五六岁，凭他那张小嘴巴能说会讲，小笔杆会写歪文章，凭他搞"革命"的本领，当上了大队长、民兵营长、治保主任，身兼三职的大红人。因为他心眼不正，背地里都叫他孙二歪。但赵海魁觉得此人对自己还不错。去年，赵海魁和张二虎同一条船出海捕鱼，张二虎私分船上鱼货。海魁找到了孙二歪，揭发了张二虎私分队里鱼货的事。孙二歪一听，当即表扬了他，并把张二虎没头没脸狠狠凶了一顿。他算出了气，平了愤，其实背地里谁都知道，孙二歪也得了份，只是这样来迷住赵海魁的眼睛。

不知刮的什么风，烧的什么香，现在孙二歪却看上了赵海魁？其实孙二歪自有他的算盘。今年春，一搞承包，孙二歪以他的权势捞着一条五号小机船。可是能弄船捕鱼的人谁也不上他的船，孙二歪坐办公室，到海里就不知东南西北，拖网怎么拖，流网怎么放没个门儿，东拼西凑，直到现在还凑不齐一桌人来。眼下渔汛季节，而赵海魁是个好劳力、驶船拖网又样样在行。他吃了海魁一次白眼，不死心。这一天晚上，又带着船上的几个人，把赵海魁硬拖硬拽上了小机船。孙二歪一个劲地夸赵海魁心好，爱集体，有块劲。张二虎说海魁是有名的捕鱼能手，是海里的蛟龙，满口夸不尽的好话。和他同年同岁的张三根，也说他有心计，够味。赵海魁在生产队里这么多年，没听过这么多的夸奖话，一时起兴痛痛快快喝了一斤洋河，一个个喝得醉昏昏的。而后，孙二歪领着头，双膝跪在船板上，对着海水中的石干妈，磕了三个响头，拜了三拜。一起发了誓，兄弟同舟共济，求菩萨保佑，出海发大财。

海魁对大的称哥小的称弟。他结结巴巴地表示，一定要改掉坏脾气，听大伙儿的。春天发大财，弄它三千五千，也去请一台洋机子，在家傀着老婆，带着孩子，看看洋景，开开心。

他上了船，四十马力的小机船发动起来，乘风破浪，海魁听着突突的马达轰响声，十分惬意、舒坦、过瘾；看着大海里翻滚着的波浪，格外得味，欢乐。他的心里像装满了蜜，好像听到鱼在水底咕咕的叫声。他站在船头，蓬松的头发，被海风吹卷起来，好像钢针。乌黑溜秋的脸上，一对鲳鱼眼，占据着脸盘上好大一块地方，不停地眨动着。大鼻梁活脱脱像海鳗鱼的头，他的脸型被扭曲了，不成比例。他长相奇丑。看着他站在船头的架势，像天上的金刚，海里的海神，威风凛凛，使人望而生畏。

不到午饭时，五号小机船来到捕鱼区。孙二歪指挥着张二虎提网，赵海魁开网取货。大家齐动手，不紧不慢开了四条大网。鲜鱼乱蹦，大虾乱跳，几个舱里装得满满的，舱面上还装了许多。小机船正准备返航，这时从海面上过来一只机船，开足马力，绕了一圈子，在小机船的前边停了下来，拦住小机船。

二虎朝海魁喊，"快，操起家伙。"

海魁顺手把劈柴火的斧头握在手中，气势汹汹站在船头。三根操起竹竿，站在船右舷，气呼呼地问："你想干什么？"

对方船上的一个小伙子，手一指说："你们狗胆包天，敢在大白天偷海。"

"不要张口伤人。"

"抓住手腕，还要抵赖。"

小伙子把竹竿抵在船帮上，用劲一撑，如海鸥亮翅，一跃而过，咚的一声落在小机船的舱面上。

"你们是哪个公社的！"小伙子问。

"少管闲、闲事！"海魁一声喝，亮了亮手中的斧头。

小伙子毫不惧怕，举起竹竿，步步逼近，二人虎视眈眈，相持在舱面上。

大机船上一个年纪大的人高喊着："有话好说，不要打仗。你们是不是开错了网……"

二虎回话说："不要胡说八道。"

小伙子举起竹竿，直对二虎而来。海魁抡起斧头，就听咔嚓声，竹竿被削成两截，一截栽入水中，顺流而下，一截握在手中，失去了重量。这时，大机船上过来一只小舢板，上边五个人，见海魁不住地挥舞着斧头，谁也不敢往船上爬。这时小船调过船头，开足马力，乘风破浪顺流而下。小伙子一看不妙，纵身一跃，跳入波清滚滚的大海中。

小机船飞也似的溜去，很快看不见大机船的影子了。

二歪、二虎都夸海魁，够味。

海魁放下斧头，望着海面翻起的水泡，他心里像灌满了海水，又苦又涩。他想发作，但一想到跪在船头，朝着石干妈磕头念咒的情景，他又按捺住胸中怒火，忍气吞声，一屁股坐在船舱上。心里却像潮涌似的翻涌起来，他像做了什么见不得人事情似的，难受，坐卧不安。

晚上，小机船靠了港，卖了货，每个人都把十几张新簇簇的人民币装进了腰包。舱面上，六个人围着一大盆热气腾腾的红烧鱼，一笸箕盐水煮大虾，排着队儿的六瓶二锅头，几条精装大前门，他们吃着，喝着，猜拳，行令……海魁像一头落进陷阱里的雄狮，他没有乐，也没有吼，喝了几口，脸就红得发烧。平时有斤把的酒量，今天为什么只喝一两口，就昏昏欲睡呢？

海魁醒来的时候，已是夜间。他迷迷蒙蒙地爬出船舱。机船正在大海中航行。他抬头望着天上的星座。他知道，这儿是五条沙，前边就是礁山鱼场了。机船的马达声渐渐小了，速度放慢了。海浪把机船托起，忽而在浪峰上颠簸，忽而抛下，又在浪谷里摇晃。船晃得厉害了。为什么在这儿停船，在这儿开什么网呀？这儿不是五号机船系网地方呀！赵海魁一边和船员干着，一边思索着。条条大网拉上了船，扔进了船舱。正是捕鱼的汛期，为什么要解网呢？

"二虎，把那网源解了，扔了。"二歪轻声说。

一个个带着红三角旗的浮漂儿在海上漂游着。

海魁顺手抓起一个，放在眼前细细辨认着。他虽不识字，但常年在海上捕鱼的人，却能认出浮漂，知道是谁家的网。他认出来了，这是羊马岛的。他心里咯噔一下，一种难以忍受的滋味涌上来，他的双手抖了。五条网拉上了他们的船，都按在船舱里。海魁没有办法忍住心中的绞痛，心里如浪头撞击，他要吼，他要跳，他要发作。但是，在这茫茫的大海上，他忍住了。这么多年的海上生活，使他知道什么叫风雨同舟，相依为命，如果这时他暴怒起来，那后果是不堪设想的。这几个家伙，干着这种缺德的事情，好辣的心啊，一条网一千多元，五条网五千多元。钱迷心窍的家伙，你们的良心给狗吃了。你孙二歪还是个治保主任呢！民兵营长，怎么能带着船在海上行窃，这比掏腰包的扒手要可憎可恨多了。人家熬风喝浪容易吗？他猛劲地吸口烟。在心里盘算着，按捺住胸中燃烧的怒火，他把那浮漂标志暗暗地收藏起来。

灯光，一排排闪亮的灯火，快到海港了。机船不回渔村，来到这儿干什么？卖网、靠坞，还是休息？等着瞧。

小机船的马达突然不响了，熄了船上的灯。孙二歪指挥摇橹，推棹，划桨，向海港靠拢，这是为什么，为什么要偷偷摸摸地行船呢？码头上的灯光，不住地眨着眼睛，好像和天上的星星对话。

二虎向三根递了眼色，三根和另外几个人开始行动。

"海魁，你和我留在船上。"二歪轻轻地说，"他们去弄油。"

三根摇着舢板，哗啦哗啦地过去了。

海魁憋着气不吱声，二歪在船上焦虑地踱着步。

大约一支烟功夫，舢板摇回来了，两桶柴油被搬上了船。

舢板又摇走了，一趟，两趟……五趟……十几桶柴油装上了机船。

二歪说："烟、酒在前舱，鱼货，虾干在中舱。"

三根抱出五条烟，二虎和海魁抬出一箱酒，又抬出一麻袋虾干，一麻袋鱼货，装上舢板，摇走了。

二歪说："请他不要嫌少，友情在后，只要我们捕到货，就少不了他的酒肴。"

舢板摇走了，消失在灯光中。

海魁忍不住了，声音变了，问："给，给谁？！"

"码头老李。"

"干、干什么的？"

"货主。"……

海魁一把抓开前衣襟，手抓胸口，头上青筋暴起，他像要捕获食物的雄狮。准备猛扑上去。他心想，我真的入伙了，这不上了贼船了吗？偷人家的鱼，偷人家的网，这又来偷公家的油，这贼船能上吗！他的眼里冒血了，心里像大蟹抓挠，难受极了。他们请我来干什么？当打手，给他们做保镖吗？为他们卖命，真是一个个吃豹子胆。海魁那不驯的劣性，又像海潮一样暴涨起来，他的双手搓得格吧格吧响，他操起那把斧头，握在手中，重实实，他的眼红了，像那红灯泡。

舢板摇回来了，二虎刚要朝船上爬，海魁把手中的斧头举了起来，大吼一声："不许上船！"这一声叫，如晴天霹雳，二虎吓了一个跟跄，舢板向后退了几尺远。二歪在船上看到这情景，更是如油煎心，如火烧身，他颤抖抖地说："海魁，疯啦，放下斧头，听我的。"

"疯了，疯了，我要发、发疯了。"海魁吼叫着，亮着手中的斧头，怒视着小舢板，"我反、反了，你……你们是贼，是匪，偷鱼、偷网，还偷偷、偷油！"

二歪拿起竹竿，趁他挥斧高叫的时候，挥起竹竿，向他狠命击去。海魁只觉嗡的一声，栽下海去。海面立即出现一个大涡。

舢板上的几个人乱纷纷地上了船，五号机船开足了马力……

海魁在医院里醒来了，港口领导，公安局干警，公社干部来慰问他，感谢他。他又像狮子般地吼叫起来。青筋暴起，大头鼻子不住地动弹，嘴里冒白沫子。他把那奖状撕了，把奖金扔了，把送来的糕点、水果、罐头一样一样都摔了，他像狼似的哭嚎着，泪水从那黑黑的脸盘上滚落下来："我、我瞎了眼，上、上了贼船，我不，不是人。"

海魁回来了，每天，他光着脚丫子，在海边的石缝里掏蟹，捞虾子，在淤滩上拾蛤蜊，坐在潮头边钓鱼，赶潮头推虾皮……他孤单单一个人，在海边上走来走去，望着大海，望着海里远去的风帆……

原载《连云港文学》1985 年第 2 期

试问闲愁都几许

苏常强 1949年出生,江苏连云港人。1983年涉足文学创作,中短篇小说、散文、报告文学等作品见诸各大报刊,《雨花》曾发表其个人小辑。中篇小说《大潮》获连云港市首届政府文学奖。出版长篇《野荞麦》。原赣榆县文联秘书长、赣榆县文学工作者协会主席。

睡不着,怎么也睡不着!那桩鬼心事,无休止地在他脑海里搅扰翻腾着。杀死了他数以万计的脑细胞,弄得他彻夜难眠。

此刻,他脑门胀痛、两眼发涩,浑身像爬满了跳蚤一样奇痒难忍。于是,他烙饼似的翻动着身,两手不停地抓那脊背、胸脯、腋窝……直抓得周身火辣辣的痛。随后长长地叹一口闷气,十指深深地插进蓬松的头发里。

何以忧呢?说来让人难以置信。就是为了东邻西舍两家各买了一台"香雪海"电冰箱和双缸"莫愁"洗衣机。电冰箱既不"电"人也不"冰"人,洗衣机也不会放射什么损害人体的元素,如此忧愁又为何呢?

刘剑是乡医院里的医生,在人生这漫长的旅途中,他由于缺乏"战略眼光",竟过早的和本村一位农家姑娘相恋结婚了。农村姑娘是要扎根农村的,户口簿就像牛槽边那根矮实的拴牛橛,会将你牢牢地固定在那里。走不脱,飞不了。拴住了妻子,等于拴住了他刘剑。于是,进不得城,去不了镇,只好在农村安家立业。前几年,他这个家还曾一度被乡邻们羡慕过,男人上班挣钱，女人在家劳动。小日子过飞了……眼下不行了。庄户人中接二连三地往外冒万元户。能人多了，门路广了，票子花花地往庄户人家的手里淌，悄无声息地被压到了箱底、枕下，或凑齐大数存入银行。慢慢地他竟成了村里的"第三世界"。

烦恼来自东邻西舍。

东邻住着马精生，西舍住着王世聪两家好得一个鼻孔里出气，合伙做生意。每当庄稼安种后，娘们儿在家管理，他俩开辆小手扶就去骡马湖了。生意人自有生意经，等个五六天，拉回一车用麻袋装着的干虾，在扬谷场上晒干扬净，打成虾米，再销往青岛、淄博等地，每次都赚大钱。赚钱的天机是：骡马湖的虾乃甜水货，因无盐而色味欠佳。他们将这些甜水虾买回后，晒干扬净、打成虾米，再放在盛有盐水的大缸里炮制，炮制之方，乃天机之天机，实无可奉告。过一个时辰后再捞出来晾干，便行。仅此工序，每袋干虾身可掺入盐分二十斤左右。每斤五元多，每次要拉回二十多袋，打打小九九，还不可观吗？

钱多了，气粗了，准备翻盖瓦房了。去年春上刘剑外出学习一个月返回后，陡地见东邻西舍长高了一大截！原来平溜溜的一排房子，他的突然凹下去了。像两位大人领了一个娃娃，两边高中间矮。他心里极不痛快，两眼淌火，像是当众受了马精生和王世聪的侮辱。

妻子常常站在院子里，望着东邻西舍，不断地叹气。枕头边，她告诉男的，村里人说他们三家房子两头高、中间凹是"二郎担山"。两山压中间，会被压得永远抬不起头、直不起腰、喘不过气，会晦气一辈子的。

刘剑虽已结婚生子，但一直还有着远大抱负，致力于医学研究。而立之年，虽不想有举世闻名的创举，却也想在医学上做出一番事业来。他已发表了《散发性脑炎的病发原因及其治疗》等论文，近来正翻阅大量的中外医学资料，准备写一篇《癌病的诱发因素及其防治》的论文。然而当他一回到家，就感到有一种压抑感。东邻西舍的两幢大瓦房像在相互勾结，朝他中间施加着压力。

堂堂男子汉，有名的医生（乡间而言），怎比这类粗俗之人还要矮下一截，何以见人？刘剑憋着火，放下了《癌病的诱发因素及其防治》的写作，开始暗暗筹划着翻盖房子的事来。盖房子虽没有李顺大造屋那么艰难曲折，却也不是一件轻而易举的事。那是一件要绞他脑汁、耗他精力、掉他几斤肉、远比他完成一篇论文要艰难得多的事。长话短说，他在亲朋好友的帮助下，终于填补了凹下去的那块空白，屋脊又与东邻西舍一溜平了。他不再是被那两位大人领着的娃娃了，他是一个堂堂的男子汉，和东邻西舍肩并肩地屹立着。他脸上也顿觉添了不少光彩，呼吸也痛快。生活又平静了，静得恰似月光下如镜的湖面。

　　刘剑开始安心静气地写那篇《癌病的诱发因素及其防治》的论文了。晚上常常熬到深夜。妻子呢，便陪坐在一边织网。常常是，天不亮还要早早起来生火、做饭、喂猪，待丈夫睡下后她才休息，丈夫上班后再下田劳动。女人活在世上真不容易。刘剑常在夜深人静的时候望着妻子那疲劳的脸道："别熬了，快睡吧，靠织网还能发大财？"妻子停住手中的事，深情地望着丈夫，见丈夫没有去睡的意思，便低头小声地应道："再织会儿，虽发不了大财，可也多少能添补添补……"

　　这天，正当刘剑从医院下班回来的时候，见东邻西舍兴高采烈地从外边各买回来一台彩色电视机。不知怎的，刘剑心口像塞上了一团猪毛，极是难受。

　　在近乎平衡的天平上，东邻西舍新添的彩色电视机，犹如一个重磅砝码，使天平倾斜了。东邻西舍自添置了彩电，倍觉荣耀。两家人走起路来"咯噔噔"；说起话"叮当当"；仿佛身上都挂有铜铃，笑声总是一串一串的。刘剑似乎觉得那两台彩电的荧光屏变幻成了马精生和王世聪两张讥讽的脸在朝他揶揄，又似乎听到彩电里正播放着他们奚落他的话："怎么样！也买一台吧？哈哈哈……"

　　刘剑和东邻西舍原没啥仇与恨，近来也未曾发生过口舌争执。关系就那么平平常常。各家自理"内政"，没什么"外交"。鸡犬之声相闻，老死不相往来也。然而这当儿，刘剑的心里却产生了一股莫名的仇恨。他甚至希望那两台彩电有重大故障，是废品。

　　东邻西舍两家的电视天线，摇摇拽拽，直刺青天争相炫耀和标榜着自家主人，刘剑那好不容易才翻新的瓦房上空少了那根高高的天线，就好像是比别人少了鼻子和耳朵一样大不光彩。

　　刚刚平静下来的湖面，再度荡起了波澜。

　　刘剑有个六岁的宝贝儿子——刘宝。刘宝毕竟年幼，难以理解父母的心情，世上还有电视机这玩意儿，刘宝感到太神奇了。今天去东邻，明天去西舍，每每看完电视后，还会向爹妈问那自己没有看懂的事："妈，武松和孙悟空哪个本领大？霍元甲他爹在哪里当大干部？他老师在哪里？"夫妻俩总被他问得哭笑不得，难作解答。

起初，东邻西舍对刘宝还算热情，可慢慢便冷淡起来。特别在两家吃饭的时候，刘宝的到来似是"不速之客"，使两家颇为不满。有时竟故意放高声："刘宝，明天叫你爹也买一台，坐在家里看！"这话通过院墙飘进刘剑的耳朵里，他的心活像被人摘下后又丢进了醋缸里。

这晚，当刘剑再度听到这话的时候，一股无名之火倏地腾起。他愤然第一次去东邻马精生家里。进屋一看，马精生一家一溜儿在椅子上坐着，周围散站着几个邻居家的男女青年。刘宝无地可容只好踮起小脚趴在马精生夫妻俩的肩隙里翘首而望。目睹此状刘剑好像在刚才腾起的那股火焰上又加了一瓢油。他想冲马精生发作，可又无恰当理由。那股闷气只好发泄给儿子："走！饭都顾不上吃，看能看饱？""不！我要看。"刘宝边说边使劲拽着马精生的椅背不走。马精生赶忙站起来想打圆场，可屁股刚抬起，椅子便被刘宝拉倒了。刘宝跌倒在地，椅子重重地压到身上。大家七手八脚地去拉，一时屋里骚乱起来。马精生对此有点看不惯，拉起刘宝冲刘剑说："孩子是来看电视，又不是来当贼，何必这样来火？"这话本无恶意，但在刘剑听来，却似陈醋拌了辣椒面，道："不就买了一台彩电？有啥了不起！"刘剑毫不客气地冲马精生来了一句，差点没把马精生噎死。"买电视咋啦？不偷不抢，光明正大，谁有本事谁买，国家又不限制……哼！"以牙还牙，马精生有点动气了。刘剑还想和他争辩什么，可嘴唇微微颤了半天竟没说出话来。猝然，他那抖抖的手掌对准了刘宝的屁股。"啪！"刘剑的全部火气一下子打了出去。刘宝愣了，他自出生以来，不知爹还有这等威严，更没有尝过巴掌的滋味。他呆呆地望着刘剑，竟不敢啼哭。待回家见到妈妈，委屈了的刘宝这才哇哇地大哭起来。晶亮的泪珠挂满了他胖乎乎的小脸蛋。孩子的哭声，刺痛了母亲的心。她紧紧搂住刘宝，不无埋怨地看了丈夫一眼："关孩子什么事？发这么大火？亏你是个医生，若是公安、部队的，还拿枪把孩子崩啦？要是家里有电视，孩子也不会往外跑。"说完，用腮擦着刘宝脸上的泪珠。刘剑无言可对，自知理亏，默默地垂下了头，重重地叹了一声。半天，他倏地抬起了头，呆滞的眼神望着妻子和儿子，从牙缝里狠狠地挤出一个字来:"买!"妻子被搞得懵懵懂懂,惶恐地望着丈夫:"天啊!钱呢?"

钱在世间太宝贵了,尤其这时。钱就像天上的星星那样令人难得。刘剑婚后不久,父母先后病亡,父母生前医病时耗掉了他前时期的全部积蓄。近年虽略有存款,但翻新房子时却用了个精光。现在拿什么买电视机呢?连零花钱都感到紧张。

刘剑燃起一支烟,浓浓的烟团绕上了他那眼镜、额头。"向刘宝他舅舅家借!先把电视机买来,以后再设法还钱。听说又要涨工资了。还听说以后允许在职医务人员在不影响本职工作的前提下,利用休息时间为民看病,并合理收费,报酬归己……我再把烟戒掉,我看用不了几年可以把钱还清。不买,这日子就别想安稳。人活一世我争口气,唉……逼上梁山!"刘剑说完,狠狠地掐掉了手中那长长的烟把。

妻子理解并信赖丈夫,她深信这个一家之主将会把家里的事办好。因而在家庭的重大问题上她都附和他。刘宝的舅舅家有钱,那是全县有名的农民万元户。借个千儿八百的,岂不区区小事?妻子抬头望着丈夫,点头默许了。

过了些日子,刘剑家的院子里也出其不意地立起了一根高高的天线。这天线架得又高又直,在三家天线之中,它遥遥领先。而且在位于支杆的半腰中还特意系了一面红色的三角小旗和一个"丁零零"响的小铃铛。风吹旗摇摆,铃晃响叮当。可谓有声有色!

天平又一次平衡了。

然而,刘剑的心绪却难以平静了。经济上的负担,就像那台电视机挂上了他的脖颈,使他感到无比的沉重。晚上,夫妻俩很少有闲情逸致坐在电视机前看上一番,往往只有刘宝一人观看。失去了观众的电视机像是不高兴似的,白天冷冷地待在那儿,就像百货商店那大橱窗里摆设的陈旧样品,孤独冷漠,无人顾及。

在一个星期天的下午,当刘剑正欲提笔写他那篇关于《癌病的诱发因素及其防治》的论著时,东邻西舍又用手扶拖拉机从外地拉回了那两台"香雪海"电冰箱和两台双缸"莫愁"洗衣机。刘剑当时呆了。

天平再次倾斜了。

怎么办？还能再去借钱买电冰箱和洗衣机吗？一阵忧愁夹杂着空虚袭上了刘剑的心头。

这就是生活吗？这简直是一场吃力的马拉松赛！还不到中途，刘剑已筋疲力尽，心慌气短了。又如登山比赛，东邻西舍已遥遥登上了山头，而他还停留在半山腰间，而且深感力不从心。他呆坐着，双手托着他那沉重的脑袋，慢慢地合拢了眼皮……他幻觉到了东邻西舍两家又神采奕奕地从外地开来了一辆耀眼的小轿车；不！是驾驶着一架由董大为设计的锦州市超轻型直升机公司制造的"云鹤"牌直升机；不！也不是，是去九天揽月的飞船……他用力晃了晃发昏的脑袋，力图让那些欢乐的细胞重新跳出来活跃一下大脑，驱除脑中这无休的烦恼。

刘剑青年时期曾参加过文艺演出队，身上不乏文艺细胞。他记得十六岁那年夏末的一个阴雨天，家里断炊了。在母亲的吩咐下，他顶着一条破麻袋去一村之隔的舅舅家借粮去了。舅家也没粮可借，却给他摘了一个大南瓜。南瓜也能充饥呀，他像勇士获得了战利品一样兴高采烈地回家了。路上风雨交加，湿了个精透。可那时他不但没忧，反倒唱开了京戏："暴风雨来啦！"一声叫板后接唱："要学那，泰山顶上一青松，巍然屹立傲苍穹，八千个霹雳轰不倒……"他乘兴来了个亮相动作，不料脚下一滑，"哧溜！"跌了个仰八叉！等爬起来一看：浑身稀泥，南瓜也跌了个八瓣八。不打紧，身上的泥浆等天放晴洗洗便好；南瓜虽跌碎然而"物质不灭"。他捡起碎瓜片用麻袋包着，没有一点伤愁，继续唱着刚才那没唱完的京戏，姿态悠悠地回家了……

如今这些能给人以欢乐的细胞何时开始没了呢？又潜伏在身躯的哪一个部位呢？在脑中？还是在心底？他真担心这些细胞的潜伏期过长而转化为"癌"。多可怕！这应当在那篇《癌病的诱发因素及其防治》的论著里详加论述。

"人到中年无论男性女性，常常会出现焦虑、烦躁、情绪不稳等更年期综合征状。"难道自己的这种变态就是人到更年期的正常现象？

刘剑躺在那里，心里满是忧懑。就像那电视机、电冰箱、洗衣机全搬到了他的胸口，让他透不过气来。他试图在纷乱的思绪中找出今后生活的最佳方案来：是妻子扯了他的后腿，不然也远走高飞了，要是找一个有工作的，吃国库粮的妻子，再住在大城市，哪会有今天的烦恼？离婚吗？唉，木已成舟！

况且两人从小就好。什么都不怨,就怨这鬼地方,怨这东邻西舍!有几个臭钱,就神气活现!那么搬家吗?偌大个地球,到哪里住最合适呢……每月工资太低了,一年还抵不上人家一趟生意。要是钱多,何以受这气。那么也去做生意吗?做生意自己不比他们差,可自己的事业就这么毁了吗?那篇关于《癌病的诱发因素及其防治》的论著还写不写呢……天微亮,妻子披衣坐起,她愣愣地看了一会儿丈夫,又偎依到他的身边。刘剑拉亮灯,从床头上翻出那篇关于《癌病的诱发因素及其防治》的论著,翻看了一会儿,闭目凝思着什么。过了好一会儿,他才长长地叹了一口闷气……

  试问闲愁都几许?一川烟草,满城风絮,梅子黄时雨……

原载《雨花》1986 年第 3 期

狐狸谷

李建军 1965年出生,江苏连云港人。二级作家。江苏省作家协会会员,连云港市作家协会副主席。曾在《北京文学》《长江文艺》《四川文学》《雨花》《青春》等刊物发表小说。著有中短篇小说集《随风飘去》《亲爱人间》《寻访记忆》,散文集《一路走来》,长篇纪实文学《血花红染胜男儿》,报告文学集《爱的风景》等。

一

进狐狸谷,必定要走鹰嘴。

鹰嘴是座石崖的名字。那石崖顶部一裂两开,上下两扇巨石凌空伸展,阔处相距足有丈把高,远远望去,形如一张苍鹰的钩嘴,对着空谷。一条细细的山道,蜿蜒伸进那鹰嘴里,又通向那幽深的狐狸谷。

每每经过鹰嘴,他就会感到身心的战栗,一种异样的恐怖笼罩下来。他恍若听到那一阵阵令人心碎的声音,似许多个婴孩在这荒山野外歇斯底里地号哭,山谷里久久地荡着回音……那便是狐狸的情歌,它们欢乐的歌。

他在这里踟蹰着,却终究走过去了。远远地,再回头望一眼鹰嘴,他又会感到一种解脱。

如今，他走进狐狸谷，是为了炸狐狸，更为了得到解脱。

炸狐狸这行当，他已经干了二十多年了，以至于得了个外号，就叫"狐狸"。怕有上千条狐狸因为他的小炸子丢命，然而，每当听到狐狸发情时那摄人心魄的叫声，他就感到惶恐不安，仿佛顷刻间，许多往事凝成一片，从眼前飞过……

不，他不承认，炸了二十多年的狐狸，到头来却没有斗过狐狸。

不知胜负的，是自己斗自己……

因为那一夜，给他留下的记忆太残酷，太深刻了……

二

黄昏，他到狐狸谷下了五颗炸子，便赶紧回来了。爬上一个岭头，就看到村子的全貌，似乎比谷里清亮了许多，风也小，暖和多了。

他四十岁的人了，光棍一条，就住在村东头，有一宅还算不错的瓦房。那房里的墙上，总挂着一溜狐狸皮。他的目光，此刻却久久地盯着村西的一座小院。院中有两间草屋，屋顶的烟囱已经冒了烟，袅袅地升起，而后消融在这傍晚迷蒙的山色中。

他走下山，就拐进那座小院。

"又去下炸子了？"

好有情有味的声音。一个女人已经迎到门槛。女人有三十五六岁，一件瘦薄棉袄正勾勒出细细的腰身。或许是刚刚在灶头烧柴火的缘故，脸上几个雀斑很明显，也很动人。

"嗯。"他应了句，却站在门口不动。

"进屋吧，外面冷。"女人使两眼盯着他，辣辣的。

跨进门槛，他又立在那儿不动。

"坐呀。"女人把锅台前的凳子抽过来。

他仍没有坐，说："你烧火呗。"

"不忙。"声音好细柔好有意。女人就站在面前，微微仰着发红的脸颊对着他，叫他心里发慌。

"扣子要回来的……"

"他放学还有会儿……"说话都有些颤抖了。女人再也沉不住，两手一下勾住他的脖子。

"翠莲……"他喃喃地呼唤一声，紧紧地搂住她的腰肢，差点儿把她抱了起来……

"烧火呗，你……"

不知过了多久，他抬起头，越过她蓬松的发丝，四下望了望，发现锅底的火已经熄了。

翠莲伏在他肩膀上，却没有抬头。

他看到她头上的几根白发，心一酸，捧起她的脸。

她的眼睛红红的，涩涩的，望着他，眼泪又流出来了。说："你……你搬过来吧。"

他用粗大的手掌擦去她脸上的泪痕，顿了一会儿，却说："扣子该回来了吧？"

翠莲这才松了手，自个儿赶紧扯了袖口擦擦眼，一边朝外面望，一边说道："每天这当儿也都到家了。"

扣子是她的儿子，十三岁，在小学校里念四年级。孤儿寡母过日子。

她赶紧出门，走到院前，嘴里念叨着："又到哪里耍去了？"

好一会儿，扣子回来了，背着书包，额头上汗津津的。翠莲问他："在哪儿癫疯？"他也不答。

"放学，才回来呀。"待到扣子到院门口，他说。

扣子看见他，一怔，随即头一低直走，也不睬。

他忽而感到很尴尬，很羞。

"我走了。"他对翠莲说。

"吃了晚饭再走。"她瞪了他一眼，又朝扣子喊道："把你大叔拽着，莫让他走，我拾掇饭。"

扣子没有拽。但他还是留下了。

吃饭时，扣子冷不丁问道："大叔，你非要炸狐狸不可吗？"

他记得，这是孩子第二次问他了，好像前两天也问过一次。

他笑笑，没有答。

扣子见他这样，也不再说，闷下头吃饭。

他想说，孩子，世上这许多事情，连我也琢磨不透。

三

第二天一大早，他去捡彩。

他从没有想过，为什么下了炸子，拾回被炸死的狐狸，就叫作捡彩。总之，父亲这么说，他也就这么说。

时值早春，狐狸谷仍寒气逼人。如同在云台山的腰眼上劈下一刀，留下这偏僻的所在。谷地两边，山崖高高地立着，太阳只正响才完全照到谷底。早上，阴湿的岚雾升起来，终日不能散尽，走在谷里，阴森森得瘆人。只有在下炸子与捡到彩那当儿，他才进入一种神奇的境界，一切杂念化为乌有。

他炸狐狸用的小炸子，只有一个核桃大，用火硝、木炭之类配制而成，是祖辈传下来的方子和功夫，极精细，威力却不算小。涂上猪油等一应荤腥，择好地方布置下来，并不显眼。狐狸闻其香味，垂涎而来，一口下去，只听得一声闷响，尖脑袋已掀去一半，即使还剩一口气，拖着下巴逃走，也不会长久。只要顺着血迹寻来，必定捡到死个儿。

但是，并非谁都能干得这行当。狐狸的狡猾是众所周知的，它们来无影、去无踪，不留一点痕迹。然而他只凭一个鼻子，闻其骚味，便能判断它们的行走路线，再布下炸子。在这方土地上，这也算得一项特异功能、看家本事。

十三年前，因为那个意外的事情，他曾下决心不行其事了。足足有八九年，他没有干，原以为这辈子再也不会跟狐狸作对了，却没想到，四五年前，乡间的各种各样行当又活起来，他不免有点心痒痒；再看到翠莲那两间破旧的草屋，扣子那羸弱的童年，他禁不住，又操起了旧业。

虽然这些年没有动静，狐狸终究少多了，然而物以稀为贵，这狐狸皮，十几年前最多卖十来块钱一张，现在却能卖到三五十块钱。他炸狐狸只炸头部，身上的皮毛完好无损，从头剥下来，里边塞满稻草，挂在那儿晾晒，卖的时候，皮色跟活的一样，很招人喜欢。

他重操旧业后，将第一次上街卖的钱送给翠莲，她有点不知所措。问："这钱哪来的？"

"当然不是偷的抢的。"他想笑，却笑不出，心里反而变得酸酸的，涩涩的，这些年来，也真难为她了，何尝点过上百元的票子。

他告诉她，是炸狐狸得的钱。

她这才露出欣喜，说："我倒忘了，你有这一手。"

后来，翠莲把两手在腰间擦了擦，倒也把钱接住了。

他的心一下子安稳了许多。她这样，无疑给了他莫大的支持，从此他定下心来，每年一冬一春，卖狐狸皮的钱少不了千儿八百的，他都送到翠莲的手里。

但是，她一分钱没有动。

他不止一次地问她："这些钱，你咋不用？"

"我用，算哪路钱？"不知怎么的，她凄然一笑。

他心儿一抖，她是个好女人啊。愈是这样，他的心愈是不安。翠莲，说真话，我开始去接济你，并不是想去讨你喜欢，不是的，我罪过呀，为了自己的解脱……

"我思量，暂且给你攒着……去娶个黄花闺女。"说这话时，她竭力显得轻松。

"莫瞎说了！这钱就是给你花的，你看你住的这是啥房子？你不在乎，也该为扣子想一想。"他有些上火。他最容不得她说这样的话。

翠莲讷讷的，不再说。

但她仍一直没有动他的钱。

也好。他无可奈何，又自我安慰起来：随她攒吧，等扣子长大了，总有用的时候，用场或许比现在更大些……

一路上，他想了许多，脚下的路愈来愈难走，已到谷底了。

他陡地警觉起来，脑袋里的漫想收住了，捡彩的时候，他是从不马虎的。顺着前一个黄昏下炸子的路线，他一步步寻下去……

他感到惊异，五颗炸子一颗不剩，却连狐狸的影子都不见！没有血迹，也没有爆炸的痕迹……

风兀自刮着,周围刚刚萌发星点绿芽的灌木丛,在风中瑟瑟作抖。

四

他陷入了极度的惶恐之中。刚才,路过鹰嘴时,他真的听到了狐狸求欢的叫声。那时候,东方已经透出红霞,远远近近的山野苏醒过来,坦然地舒上一口气,整个云台山包在一层淡淡的雾中。

然而,狐狸还在欢快地调情。

他似乎有所预感,但仍抱着一丝侥幸。待到他再寻下去,昨天布下的三颗炸子,又不翼而飞。

这已经是第二次了。其实他昨天下炸子时,早预料到这一点了,但此刻他想起狐狸那得意的叫声,仿佛受到莫大的愚弄。

他已经明白,这绝不是狐狸干的!世上有没有狐狸精,炸狐狸的人心里最有数。可这到底是谁干的呢?他没有勇气去揭穿这个秘密。

这连续两天的事实,把他的思绪无情地拖回十三年前……

那个早春好冷呀,干巴冷!春天迟迟不现本色。

他下炸子炸狐狸,发了点小财,让大队民兵排长盯上了。那排长不容他走资本主义道路,想抓个典型,立个新功。

每当傍晚时分,他走进狐狸谷,民兵排长都远远地跟在后边,监视着他。看着他下完炸子回村,排长便悄悄摸过去,看准炸子的位置。第二天一大早,排长抢在他前面进谷,想捡到炸死的狐狸,人证俱在,给他个下马威。

殊不知,民兵排长转来转去,早留下迹象,先让狐狸觉察到了。这样一连几天。炸子动都没动,当然没有一只死狐狸可捡。最后一次,民兵排长来了火,将他下的炸子一个不留,都捡起来扔了。

他从各种各样的怀疑中醒悟过来,发现了此人从中做的手脚,恨得他咬牙切齿。没想到,一个光腚时就在一起长大的伙伴,竟会变得如此毒怪,做出这远非狐狸精所能做的毒怪之事。

他决定给这位排长一个小小的惩罚，至少让他清醒一下，让他知道，那不干不净的手脚已经被发觉了，趁早收心。

没加细想，他便拿定主意，就用这小炸子来对付民兵排长。

这天傍晚，他照例去狐狸谷下炸子，回来的时候，又将一颗炸子下在了鹰嘴——出入狐狸谷的必经之路，稍许掩饰了一下。

他知道，这炸子儿虽然能掀掉狐狸的半个尖脑袋，但踩到人的脚底，最多"嘭"的一声，吓个够呛。冬天穿了棉鞋，更不会伤着皮肉的。

然而，当天夜里，他却听到了一个噩耗，那民兵排长摔死在鹰嘴崖下。如遭晴天霹雳，他好半天才清醒。

村里人惶惶不安，都议论说，是失脚掉下去的。有年老者还说：怎么到那地方去逛魂，怕是叫狐狸精勾的。

而他，只有他心里清楚这一切。他揪自己的头发，捶自己的脑门，恨死自己了。怎么没想到，那人一旦叫炸响声刺激一下，还能不受惊吓？只一惊，一跳，便会失足落下几十丈高的绝崖。当时，他怎么没想到这一点呢？！

那天夜里，他走向鹰嘴，也想跳下去。他死了，人们或许能猜想出他的罪过了，但他自己不用知道人们怎样看待他，什么都不知道，多么好。

却就在他走到鹰嘴的时候，从那深深的幽谷里，传来了一阵阵狐狸的叫声，那么凄凉，那么瘆人，叫人头皮发麻。在狐狸们疯狂的叫声中，他依稀听到一个女人的抽泣声……

尾随着这声音，他走了下去。

是一个女人，怀里还抱着一个婴儿，也在哭。

那就是死者的女人翠莲。

那婴儿就是扣子，那时他刚满月。

娘儿俩的哭声让他战栗，让他感到无比的疚伤。也因为那哭声，他活了下来……

从那以后，他一直暗暗地接济着这孤苦的娘儿俩，他没有娶妻生子，他愿以毕生的力量，赎回自己的罪过。

早在好几年前，翠莲便把一个女人全部的好处给了他，这使他感到温暖，又感到心虚；他一直不敢把那件事告诉她，更无法战胜自己的心虚，跟她明明白白地生活。

那一切，从无人知晓。

五

翠莲见他脸色不好，小心地问道："这两天怎么没见着你捡到彩呀？"

他端了条凳子坐下来，默默地望着院外，没有吱声。

"怕是山上的狐狸越来越少了吧？"她想了想，又说，"莫怪扣子常对我说，'妈，你不能叫大叔不炸狐狸么？那谷里的狐狸都快被炸绝了。'"

"少是少了，哪能一个炸不着！"他低低咕哝一声，摇摇头。

"那是怎么回事？"翠莲皱起眉头，不得其解。

他发现，她皱起眉头来想事情，倒不像三十五六岁的女人，似乎年轻了许多，心儿还是很嫩的。这么端详着，他又不开口了。

"生瘟啦？你……怎么一句话没有？少炸几只狐狸，也犯不着这样……"

翠莲突然看清他那沉郁的目光，心一软。她是个软心肠的女人，虽然这许多年的生活致使她不得不泼辣点，但待他这个老实人，却永远是一颗十分温柔的心。她寻思着，想让他轻松一点，便说："你知道吗？上几次送来的狐狸肉，我做得喷香喷香的，扣子却一口不吃，我查问一下，你猜他说啥？"

是这样的，那狐狸剥了皮，只要把骚筋去了，肉做出来是非常鲜美的。他炸了狐狸，常把肉送过来。她家难得见到腥荤，扣子以前可爱吃这狐狸肉哩。

他不禁追问了一句："他说啥了？"

"他说，同学们骂他小狐狸，好委屈的哩。"翠莲一双眼睛紧盯着他，接着笑道："我想呀，随那些皮猴子说呗，就是'小狐狸'又怎么样？"

但他忽然悲哀起来，炸了这么多年狐狸，他被人家唤着"狐狸"，现在，扣子竟被诌了个"小狐狸"的诨名，孩子已经明显感到这是很羞耻的。等扣子长大了，总有一天，会把多年前的老底子深究出来的。

是的，他不能再这样犹豫，这样闪闪缩缩。往往是这样的，宜早不宜迟。

他思忖着，怎样把这两天所发生的事，还有十三年前那场噩梦告诉她。闷在心里一天，他就不得安宁一天。

"你怎么了？"翠莲挨在他的身边坐下，推推他。

"唉……"他长长地叹口气，把这两天的事一讲。

还没听完，翠莲就跳了起来："这是哪个家伙，干这下三滥的事？"

"怕是谁逗着玩的。"他这是在自我安慰。

"哼！明摆的，是看你得了几个钱不服气，成心捣蛋的。"翠莲越说越上火，"这种人，你就不能治治他们？"

听她这一说，他抬头望了她一眼，嘴张了张，喉结又滑了下去。

"你呀，就是吃哑巴亏吃惯了。"翠莲的嘴巴不饶人。

他想了想，终于开口道："这样吧，人家既然盯着咱了，这狐狸就暂且不炸算了，没这行当，别的事咱也能干。"

"不行！叫他心里痒痒着，越是这样，咱越不能服软。"

几次，话到了嘴边，他想把心底的沉淤翻出来，却终没能够。

六

他万万没想到，又会发生这样的事。

这天傍晚，神使鬼差，他在村里村外转了一大圈，终又进了那座小院。

翠莲正在喂猪，望着他进来，丢了个媚眼，又弯下腰，屁股翘得高高的，朝猪食槽里舀食。

他呆呆地望着她的背影，心头漫过一股温情，这几天的烦恼似乎被冲走了大半。他和她，已经不是三年两年了，却总是黏不够。村里那帮猴头精或许已经窥知了这一秘密，曾在他面前有意无意地说：狐狸偷嘴，那滋味好着哩！

翠莲转过身，眼睛还是那么辣。她放下手中的勺瓢，故意怪嗔道："紧看着我做啥？"

他这才觉出自己的失态，头一偏，望着屋檐下的水缸，问道："缸里有水吗？我去挑担水吧。"

"没你的事，歇着吧。"

她一手提着空空的猪食桶走过来，一手拍打着衣服。

"你猜,我刚才做了什么事?"翠莲走到他跟前,停住了,突如其来地说。

"有手有脚的,随你做啥,我哪能猜着。"他憨憨地一笑。

"你猜猜呀。"她仍诡谲地说。

"我猜不着。"

"唉!哪有这么呆的……实说吧,我帮你个忙,想整治一下那偷炸子的人。"

"啥?帮啥忙……"他有些紧张。

翠莲已走到他前头,回过头说:"让他做贼,自找难看,他能来偷炸子,咱也用炸子来治办他。"

"这……这咋行?"他只觉得一股寒气袭上心来,浑身一哆嗦。他伸手,想拉住她问个明白,却一把没够着。

"哼!那炸子也炸不伤他,警告一回,撒撒气。"翠莲头一掉,进了屋。

一时间,他呆呆地立在那儿。他不敢问,那炸子下在哪里,他希望这不是事实,而是她在开玩笑……忽然,他的神经像是受到猛一击,紧跑上前,问:"你,你的炸子哪里来的?"

"是在抽屉里装着的呀。"翠莲指指房里的一个柜子,又说,"那抽屉里统共八颗。"

"啊!"他的脸色倏地变得煞白。

"怎么,炸子不是你放在那里的?"翠莲也吃了一惊,怔怔地望着他。

在她家的抽屉里,怎么会出现八颗炸子?八颗,和他两次失去的一样多!能是谁干的呢?谁干的?多么可怕呀!他想到了十三岁的扣子。这些天来,扣子的神情,扣子说的话在他脑海里回荡,他的心跳越来越快,脸色越来越难看……

是扣子捡走了他的八颗炸子。一定是扣子!他不愿看到狐狸谷的狐狸被炸绝,不愿被人家骂为"小狐狸",更不愿再这么不明不白地吃他送来的狐狸肉……

啊!他想不得那么多了,他的脑袋就要炸开来了。终于,他大叫一声:"你说,炸子下在哪里?"

翠莲的脑子里也被搅得乱糟糟的,不知如何是好。听了这一声喊,才几乎带着哭腔应道:"还能在哪儿？进出狐狸谷,必定走鹰嘴！"

"天啦……扣子！"

他疯了似的出了院门,奔向鹰嘴……

原载《北京文学》1986年第8期

沉重的奖状

董自宏　1963年初生于江苏赣榆县西部乡村。长期坚持文学创作，作品散见于各报纸杂志。

收罢场，交罢粮，庄稼人的活路稀松了，村干部们便决定：吃过早饭开一次村民会。

银杏坡自大包干至今，还没正儿八经开过村民会。村干们讲话都从村中老白果树上那只大喇叭里往外送。天长日久，人们对那只喇叭就有些腻味。

久不开会，偶尔一次，都觉得新鲜、稀罕。填饱肚子，三三两两地往白果树下晃。

会议内容简单，请大家在银杏坡千把人中选一位精神文明标兵，出席乡里的精神文明表彰会。

大家对选举并不陌生。几十年来，他们三番五次地选过社长、乡长，选过村长、队长，选过五好社员，选过模范家庭。无非是提名、举手、表决，划"正"字，丢豆子，等等。但这一回可不一样了，乡亲们大都不懂啥叫精神文明，思想开阔些的，也只知道革命精神、吃苦精神，不晓得精神后面还有文明。村干们水平自然比村民们略高一二，村长大手一挥：啥叫精神文明？就是做得好，行得正，男不偷嘴，女不养汉。

——原来如此。

乡亲们立马在脑壳里过电影，思想哪一位"做得好，行得正"。德成？大牛？黑五叔？秀芝？……不行，都不行。要不，庆子？呸，庆子看电影专往女人堆里挤，什么玩意！

"要不，秀儿？"

秀儿五更里就出村卖豆腐，来得迟，这会儿正往会场走来。

"行吗？"

"行，就她！"

秀儿走到白果树下，大伙儿的眼光、话头就一齐转向了她。叽叽喳喳的议论声热闹了许多。大家把意见送到村长耳朵里，等秀儿弄明白丁卯，事情基本就定下了。村长和书记咬咬耳朵，书记老三讲话："选上秀儿是大伙的心愿，也是咱村干部的想法。如大家说的，秀儿自打五年前嫁到咱银杏坡，从没干过偷鸡摸狗、招风惹骚的事。就说四柱前年腊月十五一病不起，撇下秀儿去了。兄弟爷们都看见了，秀儿哭是哭了，痛是痛了，可到如今人家还是四柱的人，还是六叔的儿媳妇。"

会场里一片唏嘘感叹。

"不像庆广家的，男人头脚死了，不出三个月，她立马就随了人家。什么德行。天生，秀儿就是个孝顺媳妇，本分、老实，多咱也没见有寻邪打野的败家事。"下面又都附和着嗡嗡起来。

"当然"，老三拿眼往远处的庆子身上一瞟，"也有手脚不安生的，拐过秀儿的墙角，可磕头磕到橛子上——不碰钉子才怪！"

秀儿心头一紧！

"呸！"身强力壮的庆子，狠狠地白了老三一眼，一口唾沫吐到地上。

而后便举手表决，除秀儿紧张又羞赧地埋头不语外，只有庆子没有举手。老三宣布结果后散会，大伙儿一起围向秀儿。

"秀，我先提了你。"

"秀，你当精神文明再合适不过了。"

"秀儿，千万不要学庆广家的，男人走了熬不住。只要你是四柱的人，明年俺还选你。"

秀儿胡乱答应着。她巴不得立马冲出这个包围圈，向书记老三和村长说明，自己不够标兵的料。

可是，这由不了她。

过天，秀儿翻过四座山岗，走了二十里山路，参加了乡里的表彰会。回到村里已是掌灯时分。

秀儿急急地赶回银杏坡，却不急于进屋。她坐在院子里，银白色的月光从树枝树叶间筛下来，像是一张正在编制的网，落在她年轻而又柔弱的身上。

她累了。一张奖状累得二十六岁的秀儿透不过气来。

她不明白，从天而降的这张奖状，怎么来的这样容易。自己付出了什么？

她又想到了四柱。秀儿很有眼力，在众多追求她的小伙子中，她一眼看中了他。他虎虎有生气，勤做事能吃苦，头脑活泛，又会几样手艺。特别是，四柱懂得什么是感情。他是多么体贴、疼爱自己呀。可惜，走得太早了，太早了。

风儿轻轻吹动，泪水在秀儿眼眶里旋转……

"砰砰砰"低微的敲门声。

搁在往日，她会立马过去抽掉门闩。

"砰砰砰"她知道是谁。

"砰砰砰"她用力攥紧手里那个已经汗湿的纸筒。

……

一忽儿，东墙上，一个矫健的身影敏捷地闪进院里，放肆地一下把秀儿抱在怀里。

"不……"她不再像以往那么柔顺，她手里攥着银杏坡独一无二的精神文明奖状，耳边响着白果树下老老少少叽叽喳喳的议论声。

她埋着头，无声地揉捏着那张纸。就是这张纸，打乱了她和他认真而又甜蜜的计划。

"你，走吧。"秀儿推推他。

"我要尽早娶你！"他更加用力地抱紧她。

"你——走吧。"

回答她的，是一双有力的臂膀。

墙外行人塔拉塔拉的脚步声传进来，秀儿用力把他推开："快走。"

他狠命地在秀儿的柔唇上亲了一口,一把抽出她手中那个纸筒,嗖地扔进猪圈。秀儿看着他的身影敏捷地翻过西墙,消失在溶溶月夜里……

本篇系 1987 年全国首届"当代农民"小说征文获奖作品
原载《中国农村经营报》

爱的结构

蒯　天　江苏省作家协会理事,江苏省散文学会执行会长兼秘书长,连云港市作家协会副主席。短篇小说《金戒指》荣获全国短篇小说大赛"优秀作品奖";中篇小说《一个没有太阳的早晨》荣获首届连云港文学奖;中篇小说《人生困兽》荣获五年一度《中国故事》杂志社"优秀作品奖";中篇小说集《有魅力的不仅仅是女人》获连云港市人民政府首届连云港文学艺术奖。

昨夜,你又来我梦中,告诉我,今年的赛里木湖没有结冰,我们不能踏冰去祭奠他们的爱情了。

不能吗?怎么会?

不是你曾经告诉我,每年入冬,赛里木湖便雪涌如凝吗?

怎么会没有结冰?

据说整个地球的温度普遍增加了一度,可毕竟只是一度啊,赛里木湖可是新疆最高的一个高山湖,冬季温度普遍也在零下三四十度,怎么能够在乎地球增加的那一度呢?

当然,我相信你说的是真的,从认识你的那天起,我的感觉便告诉我,你将是这个世界上除我父母外,我最可信赖的人。

或许是我瘦弱的原因吧!不管我走到哪里,第一个渴望便是能遇见一位值得依赖的人。大学毕业分到温泉二中教学，感觉依然。

于是，我注意到了你。

而你说，你注意到我是因为我的瘦弱，并且那么肯定我的瘦弱与不吃肉有关。

我不爱吃肉，十天半月不吃都不会想，可自从认识了你，便与肉结了缘。

你说，你是吃肉长大的。

你说，你来自牧区。

难怪你有那么强壮的体魄，高大、魁梧。

记得有一天，你双手抓住我的双肩感叹说："你太瘦太弱了。"

而我迎着你爱怜的目光说："有你的强壮就够了。"

而今，你强壮的体魄在哪里？

你知道的，我吃肉和买肉因你而起。

终于，从你偶尔来我宿舍吃饭，发展到我俩开始搭伙。

每天下班后，我首先想到的便是做饭。

这抑或是一种动力吧！

我在博乐长大，并且极受宠爱，做饭原本和我无缘，而现在我却心甘情愿地为你做每一顿饭。

不管我做出怎样的饭菜，你都说好吃，这便是我渴望的奖赏。

我的工资也几乎花在了买肉上，而你呢？什么忙也帮不上，因为你说你只会清炖羊肉或做抓饭。

于是，你便抱来了你的吉他，很随便地坐在我那被整理得干干净净的床上，边弹边唱。

这又是你来自牧区的一大特色。

你说你从小就在放学后，跟着那些牧人，放牧、唱歌、跳舞。

你有一副雄浑、豪放的歌喉。

我百听不厌你的歌声和吉他声。

每天我做饭的时候，便是你怀抱吉他，对我弹唱的时间。

而今，你身在哪里？魂在何方，只留下吉他，我每天怀抱着吉他入梦。

你知道吗？你已溶入了我的生命，溶入了我的灵魂，我在苦苦等你，我知道你会归来。

而今，我已不再完整。

记得有一次，我在做饭，你仍在弹唱。不慎中，切肉时刀一下切在了手指上，我"哎哟"一声扔下菜刀，你连忙抛开吉他，跳下床，跑到我的面前，握住我的手指，连连发问。

"疼吗？疼吗？"

看着你急切认真的样子，我忍痛摇摇头，苦笑了一下说："不疼"。

可你仍急急找纱布、消炎粉，帮我包手指。

那一刻，我凝视着你。

你脸上的表情那么仔细、认真、专注、虔诚，仿佛在做一件与生命攸关的大事。

我感动极了。

这一刻，我对爱的感受是这么深这么强！

我满眼含泪，双眼朦胧地凝视着你，一动不动。

于是，你的眼光变得深情，变得温柔，变得灼烈，最后一把把我拉进你那宽厚的怀中。

那天起，你变得那么温存，那么体贴。

伤口未好之前，绝不让我做饭，说是伤口会感染。

而你是不会做饭的，只会清炖羊肉或抓饭。

但你说，你会。

结果切的洋芋丝比筷子还粗，白菜更是块不像块，条不像条，各种各样的都有。

洋芋半生不熟咸得难以下咽，而白菜又淡得根本没味。

结果，你找出了一个盆，把白菜和洋芋倒在一起，说这样刚好。

这就是我们的日子，虽然艰苦，却多么有味。

而今，我只能在难耐的孤独中，一遍遍咀嚼有你的日子。

这哪里是我这副瘦弱的身躯所能承受得了的苦疼。于是我在温泉镇的每一个角落，不断寻找我失落的情怀……

小小的温泉镇，从这头走到那头顶多也就二三十分钟，我仍每天吃过晚饭后，便去散步，去得最多的便是镇北面的布格达尔温泉。

你告诉我，温泉镇正是因此而得名。

我生在博乐，长在博乐，但我更喜欢这偏僻的温泉镇，这里不仅有你，而且还有那么好的自然条件，那么美的自然景色。温泉浴池就建在南岸的山坡下，它一年三季能洗浴好多各种各样的病人。还有河谷里长着那些高大的河柳和苦杨。

你给这里起名为伊甸园，说你是亚当，我是夏娃，然而，纵然上帝给了亚当和夏娃最残酷的惩罚到人间来受苦，并没有把他们分开，可是你呢？我的亚当，是什么让我们分开，让我们遭受比亚当和夏娃还要残酷的不幸。

三月份又过了，积雪依然三四十厘米，你说过的，这正是套兔的好季节，还问我去吗？

那是怎样的一片一望无际的荒郊雪地啊！那么宽阔，一眼望不到边际。刹那间，我领略了雨果的名言：比天空还开阔的是人的心胸。因为在那一刻，我的心肺仿佛一下被打开了，开阔得能包容整个世界。

还有那片死寂，那片仿佛沉睡几千年的沉寂，压得我怎么也喘不过气来。

你拉着我往雪地深处跑去，边跑边大声喊："我们来了……"

我们跑啊，跳啊，笑啊，还使劲地往对方身上扔雪球。雪地因我们而有了生机。

然而，当我们累了，倦了，躺在雪地不出声了，被我们驱逐开的沉寂霎时又反扑回来，那一刻，我们同时感到了一种前所未有的渺小和悲哀。

忽然，太阳跳出了地平线，只一刹那，雪地便不再沉寂了，白雪反射着阳光，光彩夺目，美丽极了。

记得，后来学校一位老师死了，我们都去送葬。回来的路上，你忽然对我说，只有那一次，在一望无际的旷野中，望着太阳走出地平线的一刹那，你才领略了生命的含义。

或许是伤风受凉了吧，那次回来后，我便高烧不止，神志不清，整整一个月，才有所恢复。

从此，你开始逼我吃肉，说我太瘦太弱。

在你的逼迫下，我开始吃肉，但无论做作什么努力还是适应不了羊肉的膻味，吃了就发呕作吐。放暑假你要让你父亲见识见识我这个儿媳。

我当时忐忑极了，你父亲会接受我吗？

而你那么自信地安慰我说，像我这么可爱的人，谁会不喜欢呢？尤其像你父亲那样一个天底下最好的父亲。

你父亲见了我果然高兴，尽管没说什么，但可以看出。

这是你唯一的亲人。

你父亲比我想象的还要深沉。

古铜色的脸上，条条皱纹那么清晰，那么有力，眼睛不大，但深不见底，少笑的嘴角装满了刚毅。

你只告诉我，你父亲是当地土著居民，是清代乾隆年间从湖北迁到此地的，在草原上已经历了不少代，尽管始终没有和少数民族没区别。

你虽然没有对我说，但我猜想，那挂在墙上的遗像，一定是你母亲。她那么年轻，那么清秀，那么瘦弱。

相片挂在墙上一定很多年了，照片已完全发黄。

你说，在你的记忆里，你的母亲便是这幅相片。

我惊奇你的成长。更惊奇你的父亲。

惊奇之余，我读懂了，读懂了你父亲每一条深深皱纹里所包含的辛酸、孤独和风霜。

吃饭时，你父亲把大块的羊肉撅进我碗里，你父亲说，让我多吃点羊肉，说羊肉大补，并且说我太瘦了。

望着我碗里的大块羊肉，你连忙对你父亲说，我不爱吃肉。

"不爱吃肉？"你父亲不相信地看了看我。

我连忙说："不，不，我爱吃，爱吃。"

于是，我表面上装着很轻松的样子，实际上极其艰难地闭上眼睛使劲往下吞咽。

这一切，都没有逃过你父亲的眼睛，他说：

"肉太干，就不吃了，吃点稀面条吧！"

我感到羊肉的膻味从我的胃里往上冲，我拼命地咽口水往下压，只希望面条快来。

不一会儿，你父亲便端来了三碗面条，我正奇怪怎么是捞面，你父亲又从屋角的一个坛子里舀出白色的奶子倒进碗里。你说那是羊奶，尔后，又往各自的碗里放了一大块酥油。

你知道的，我平时连奶粉都不喝。

结果，我只差点没把心肺都吐出来。

你父亲虽然什么也没有说，但我感觉到，他皱了皱眉头。

我觉得了一些尴尬。

晚上，你父亲对我们说，该去金花家了。

你告诉我，金花家是蒙古人。你小时，父亲一出去放牧，便去她家吃饭、睡觉。金花比你小两岁，你们从小一起长大，她家几乎就把你当成亲儿子一样。

你父亲带着我们，刚走到金家的蒙古包前，忽然从斜刺里冲出一条大狼狗，我吓得"妈呀"一声躲在了你的身后，你连忙拥住我说："别怕，它不会伤你。"

果然，它立即认出了你父亲，摇着尾巴在你父亲脚下蹭来蹭去。这时，从包里走出一位姑娘，亲切地叫你父亲大叔，忽然看见了你，惊喜地叫了声"巴特哥"。

后来你告诉我，他们给你起的蒙古名字就叫"巴特"。

金花的父母看见你，高兴得眼泪都掉了下来。你也激动地叫着"阿爸、阿妈"和他们拥抱。

早就听说过蒙古人的好客，一接触果然名不虚传。

女主人端来了热气腾腾的奶茶，还有奶酒。

他们的汉语说得很标准，你告诉我，牧区的人都会汉语，汉人都会蒙语。

沉浸在亲切、温和气氛中的我感觉到，漂亮的金花时常有意无意地打量我。

当老阿爸双手高擎酒杯说着祝福的话向我们敬酒时，知道我滴酒不沾的你，连忙附在我的耳边告诉我：无论如何都要接过来，尝一下再还给主人。

于是，我便学着你和你父亲的样子，从老阿爸手中接过酒杯，尝了尝，再还给老阿爸，他接过去又尝了尝再还给我时，你便向他解释，我不会喝酒，你代我喝。

一会儿，女主人又端来了一大盘羊肉，恭恭敬敬地放在老阿爸面前。

我的胃本能的又开始翻腾起来，而你则关切、怜爱却又无奈地看着我。

我下意识地看了你父亲一眼，你父亲无动于衷地和老阿爸继续闲聊着。

我的感觉告诉我，你的父亲不喜欢我。

但他喜欢金花，那看金花的眼神，那和金花说话的语气表情，真像父女两个。

金花不仅长得漂亮、丰满，而且大方、活泼。

记得你曾对我说过一句话：只要你父亲不阻碍我们的事，世界上便没有什么能阻碍我们的爱情。

而今，你父亲不喜欢我，他会阻碍吗？

直到老阿爸开始给我搛肉，你父亲才不慌不忙地向老阿爸解释，我的胃不好，刚才在家里已经吃了不少，再吃会胃疼的。

我心里一热。

尔后，又开始跳舞、唱歌，金花的歌喉那么委婉，那么动听，金花的舞姿那么轻盈，那么迷人。而我什么也不会。

回去后，我酸酸地对你说，你和金花才是天生的一对。

你一把抱紧我充满深清而又怜爱地说："今天委屈你了。"

我霎时热泪盈眶。

你告诉我，你虽然和金花从小一起长大，但只是把她当作亲妹妹一样看待。

我想起金花看你时那异样的表情，便对你说："你父亲竟是那样喜欢她。"

你笑了，拍了拍我的肩头安慰我说："不可能。"

我问你为什么？

你只回答了一句："民族不同。"

第二天清早，你父亲便牵来一匹白色的骏马，让你带着我去认识一下草原、大山，认识一下赛里木湖和孕育你的一切。

然而，我害怕马，向白马走去，你一把抱起我，轻轻地放在马背上，自己纵身一跃，跳上马鞍，在你父亲的注视下，策马疾跑起来。

我听见风在我耳边响,紧紧闭着眼睛,死死地抓住你的胳膊,害怕极了,总觉得坐不稳,要掉下去。

渐渐地,你放慢了速度,并且附在我的耳边轻声地说:"喂,亲爱的,睁开眼睛吧,别怕!" 噢,草原,这就是草原,我虽然生在新疆长在新疆,但因身体瘦弱,除了在外上学,几乎没远离家门。此时,只感到满眼的绿,绿得那么清新,那么深情,马奔驰在上面,悄无声息,白色的蒙古包,零星地点缀在这块无际的绿毯上,丝毫没有小镇上的嘈杂、拥挤和尘土。

心肝五脏仿佛被洗了一遍,变成了绿色,格外舒畅、愉快。

"喜欢吗?"你满含深情地拥住我的双肩问。

"我当然喜欢。"

草原的东面,便是被称为古丝绸道上的明珠——赛里木湖。

它的西面是一望无际的草原,每年七月份的"那达慕盛会"便在这里举行,因此,人们习惯称它为"海西"。

湖水是淡蓝色的,清澈异常,放眼望去,它不是一个平面,而是斜伸的,尽头便与天相连。

就是在那里,那一刻,你告诉我,这里每年入冬,便雪涌如凝,而今,怎么会没有结冰?

我不相信,于是,你告诉我了那个美丽的传说。勇敢、俊美的牧马青年巴特和草原魔王的纯洁、善良、美丽的阿妮姑娘相爱了,可草原魔王不答应他们的爱情,于是他们跳入深潭,使深潭变成了湖泊,巴特和阿妮化作了两座形影不离的小岛,至今还比肩而立在万顷碧波的湖水上。

我痴痴地聆望着湖中那两座隐约可见的小岛,试图聆听他们在昼夜不停地呢喃什么,幻想着能否有一天,他们能够重新复活,相亲相爱地生活在一起。

看我出神入迷的神态,你又告诉我,不管传说多么迷人,但毕竟只是传说,其实,按照地质学来说,这些都是地壳运动的结果。

而我依然固执地相信那个美丽的传说。

你说你也一样。

我们出神地望着湖水,望着那座隐约可见的小岛,很久很久。

你忽然动情地用下额微蹭着我的头发说:

"我们的婚期就放在寒假吧！那时可以踏着赛里木湖水结成的冰去拜访那两座小岛，去祭奠他们的爱情。"

我轻轻地点了点头。

还记得去年的"那达慕盛会"吗？是在七月十五日举行的。

那一天，人山人海，很多人从博乐、温泉、清河等地赶来参加。

虽然是七月中旬，但这草原的气温非常凉爽。

你告诉我，蒙古传统的娱乐活动也就是"那达慕盛会"。它的主要内容有：赛马、摔跤、射箭和音乐舞蹈四种，这几项也是衡量男子有无本领的标志。

首先是赛马。

赛马，最热烈、最紧张、最激动人心。

你拥住我对我说，在你十岁到十五岁这个参赛的年龄中，盛会赛马的冠军或者亚军便总是属于你。

我完全相信。

你是那么强壮，那么敏捷。

尽管你的血液里没有流淌蒙古人的血液，但你的性格中糅合了不少蒙古人的性格。

你指着跑在最前面的那个穿绿蒙古袍的男孩说，他就跟你小时候一样。

当那个男孩第一个冲过红线时，他立即被人们从马上抱下来，抛起来，接住，再抛起……

全场的呼喊声，鼓掌声响成一片，异常激烈、壮观。

我忽而觉得心提到嗓子眼，呼吸艰难，忽而又热泪盈眶，为拥有这份欢乐而忘情。

天忽然下起了豆大的雨点，而太阳正值当头，真可谓阳光下的雨点，你连忙拥住我，用手遮住我的头说没事，一会儿就过去，果然，顶多一分多钟，雨停了。

接下来是射箭、叼羊、摔跤……

再接下来，我便什么也不知道了。

只感到自己直往下沉，仿佛就沉进了阿妮姑娘和巴特跳进的那个深潭。我恐怖极了，大声呼唤你，却唤来了那狰狞的草原魔王，他狞笑着，伸出两只手来抓我，你父亲只站在一旁看着，而你却转身走了……

我缓缓地睁开了眼睛。

首先映入我眼睑的是你的脸，可你的脸为什么这么紧张，憔悴，不安？

还有你父亲。

那深沉的脸上除了关切之外，那紧锁在眉头上的忧虑因何而来？

还有草原，那达慕盛会，哪里去了？

难道这全是一场梦？

我把眼睛睁得大大的望着你和你的父亲。

"天啊，你终于醒了！"

"我怎么了？发生了什么事吗？"望着你父亲出去的背影，我不安地问。

"噢，没什么，只是医生说你过于疲劳、兴奋，心脏承受不起这份压力，再加上受凉，晕了。"

我知道的，我身体不好，从小不好。

父母从小给我吃各种补品，也没见效。

妈妈很内疚，说我是在三年困难时期降生的，那时，妈妈由于营养不良而患贫血，所以我的身体从小虚弱。

"我昏迷了很长时间吗？"

"两天。"你爱怜地抚摸着我的头发告诉我，这两天我一直发高烧，说胡话，并且嘴里不停地呼唤着你的名字……

可以想象，这两天你是在怎样的不安中度过的，望着你憔悴的脸，我难受极了。

吃完你父亲做的西红柿汤面，我又沉沉睡去。朦胧中，我恍惚听到你的父亲给你讲你的母亲，我努力捕捉那些字眼，可话音越来越轻，越来越远，直到我彻底睡去。

第二天，我便感到气氛十分不对，我问你，究竟在我昏迷的两天中，发生了什么事，你安慰我说，什么也不曾发生。

而我，却感觉到你的烦躁和不安。

一天午觉，你来到我的床前，我佯装睡着，你竟深深地、痴痴地在我床头凝视着我半个钟头。

尔后，深深地叹了口气出去了。

你竟然叹气，为什么？为我？

我的心被你叹出的这口气震颤了。

而你父亲，那预示着生活阅历的皱纹，仿佛在几天之内又增了几条。

而且，那深不见底的眼睛，偶尔会深深地注视着我们，在我们察觉后，又有意无意地避开。

这一切，你回到温泉镇才告诉我：

你父亲不同意我们的事。

尽管我想到了种种不幸，却唯独没想到这点，抑或我心底里根本就拒绝这样想。

你告诉我，你母亲是上海来的支边青年，身体一直虚弱，在生你的第三年，终因身体过于虚弱而死。

于是，你父亲对你的择偶只有一个条件：身体强壮。

而我唯独达不到的就是这条。

忽然，我明白了，你为什么总希望我胖些。

记得你父亲见面后对我的第一句评语也是"太瘦了"。

我读懂了，读懂了你父亲送我们时，眼睛里的那份内疚和痛苦。

我无言。

我能说什么呢？我知道你父亲在你心中的分量。

我明白了，明白了你父亲何以能引起我心灵的震颤了。

于是，我们常常默默无言地对视着。

有一天，你忽然把我拉进你的怀抱对我说："别再用这种眼光看我，我受不了。"

你对我说，放假回去后，你将再做一次努力。

我问你如果你的父亲还不同意呢？

你说那我们就结婚吧！可你的声音却分明那么无力、苍白。

我时常可以感觉到你的这种痛苦，这种被两种爱深深撕扯的痛苦。

消瘦的已不仅仅是我了。

记得吗？那一次，你又几天没来我宿舍。我想你，想极了，但我不敢去找你，当我的心实在承受不起这种压力时，我便在夜深人静时，走出宿舍。

月光下，你远远凝视着我，一动不动。

月光下，我满眼的泪水，凝视着你。

久久，久久。

尔后我们同时奔向对方。

你爱怜、内疚地捧着我的脸，深情地吻干我脸上的泪水坚定地对我说："我将再做一次努力，如果实在无效，我们立即结婚。"

我哽咽着说："那该多伤你父亲的心啊！"

你心酸地把我的头按在你怀里问我，会不会怨恨你的父亲。

我拼命地摇头说："不，不会，都是我不好，不能让他满意。"

你紧紧地抱着我说，你多么希望世界完美一些。

到了元旦，学校放假三天，你立即搭乘了一辆拉羊的便车走了。

临走前，我不知道该对你说些什么，只仓促说了句：

"我等你归来。"

而我哪里知道，你这一去不归，这句话只能成为我一个永久的期盼了。

你走的前一天，下了一夜的雪不雪、冰不冰的东西，路极滑，送走你后，在回宿舍的路上，便遇了好几滑跤的。

我的心"呼"地收作了一团，一种深深的恐惧紧紧攥住了我的心。

我被狠狠地滑了一跤，半天起不了身。一只乌鸦忽然"呱呱"两声，从我头上凌空飞过。它的声音听起来那么瘆人，那么恐怖，残酷地敲打着我紧缩冰冷的心。

不祥的预感，已把寒冷驱逐得无影无踪。

我苦苦地乞求上苍，只要能让你平安归来，我可以立即离你而去。

然而，我的乞求最终没能感动上苍。

你去了，连同我的心。

你只是乘了一辆拉羊的便车，你只是回去再一次说服你的父亲……

然而，路太滑，太滑。

不，你很快就会回来的，你走时答应过我的，你会回来的，因为你知道我在等你。

我依然买肉，买了很多很多，全放在桌面，等你归来。

你那么爱吃肉，你说你是吃肉长大的。

而我是为你才吃的肉，如果你不与我一起，肉对我又有何益？我等你归来。

然而，你去了，连同我的心。

去时，只对我说：赛里木湖今年没有结冰，我们不能踏着赛里木湖水结成的冰去祭奠他们的爱情了。

原载《雨花》1992年第10期

布朗运动

张亦辉 浙江东阳人,早年写小说,在《作家》杂志发过"个人作品小辑"与"江苏四人小辑"(韩东、朱文与毕飞宇),出版过小说集《布朗运动》和《人是怎样长出翅膀来的》;中年后转向文学随笔的写作,陆续在《人民文学》《作家》《世界文学》等杂志刊出,多次入选年度随笔排行榜。曾出版《小说研究》《叙事之魅》《穿越经典》《叙述之道》等专著。

1

这天,歌山陪妻子史红上街逛商店。

临出门的时候,歌山看见早上的天空阴沉沉的,与他那件式样过时的夹克衫的颜色毫无二致,看上去马上要下雨,歌山巴不得马上下雨。可事实上,这天的雨一直没落下来,落下来的只是一些秋天的树叶。

歌山的家住在城北,同以往一样,他跟史红先到就近几家常去的商店转了一下。接着,他们又骑着车连着逛了几家不大不小的商店。在歌山看来,所有的商店都一个模样,没什么大不了的区别,差不多只是枯燥的重复,对歌山来说,逛商店无疑是一件令人生厌的事情。歌山向来都不喜欢逛商店,好像天生就不喜欢。走进商店，歌山总有一种迷路似的感觉。闷不吱声地跟在史红后面，无所适从的歌山不明白自己扮演着什么角色，究竟应该扮演什么角色，一个参谋或保镖，一个毫无必要的搬运工，或者纯粹是一个现象性的丈夫？歌山一点也不明白。

歌山算不上是一个热爱生活的人，作为一个背时的作家，歌山一直有一种疏远日常生活的倾向，这种倾向有时几乎显得有些病态。一到街上，歌山的头脑就开始变得闹哄哄，变得紊乱无序，内心的平静和自信也不复存在，剩下来的只有厌烦。走在街上的歌山注定是踌躇、麻木和尴尬的。可妻子史红的情形却迥然不同，她的状态和想法几乎和歌山相反，史红把逛商店当作生活中不可或缺的内容，当作一项主要的乐趣，并且一厢情愿地老要歌山陪她分享这份乐趣。歌山对此莫名其妙而又身不由己。史红压根儿不能理解歌山的尴尬和厌烦，史红觉得丈夫陪妻子逛逛商店是天经地义的事情，应该是一种责任和义务，同时也是一种幸福。歌山无可奈何。他没有理由摒弃自己的义务，也没有权利剥夺史红的幸福，除了硬着头皮陪史红逛商店，歌山几乎别无选择。看着如鱼得水地穿梭在柜台和人丛之间的史红的身影，尾巴一样跟随在后面的歌山只好自嘲似的想，爱逛商店可能是女人的天性，天底下的女人大概都乐此不疲……

逛完贵阳路，俩人没有去紧挨的山西路，而是骑着车直接来到了青年路，并马不停蹄地把一长溜个体摊位从东到西逛了个遍。其间，俩人几次被人群或杂乱的货架驱散隔开，歌山的头和肩膀不断地和一些东西相磕相碰。青年路是史红经常光顾的地方，也是所有喜欢讨价还价钱包瘪凹的城市平民和进城的乡下人不肯错过的自由市场。这里几乎天天人挤人、货叠货，就像一条混浊滞胀的人货之河。有那么几个地方，歌山被挤得全身不能动弹，歌山甚至觉得，如果他把双脚往上收拢起来，人也不会往下掉。在青年路，人无法左右自己的行走，躯体已然失去了自由，只要走进去，就很难回头，只能随波逐流。两个人艰难曲折地挤完所有摊位，好不容易穿过青年路，来到这条个体街西端的小十字路口，歌山感到浑身已经汗腻腻的了，而且双腿发酸，眼睛也酸。可史红依然两手空空，她仍然没有买到她想买的那种绿呢料子。史红说过，她想做一件绿呢料子的长式西装，史红说去年她就想做一件这样的绿呢西装了。

站在青年路西路口，歌山不知道两颊绯红的史红是否还在幻想着绿呢料子长式西装，他只知道他们此刻正面临着一个可以说是棘手的问题，因为他和史红人已经挤过了又窄又长的青年路，来到了西路口，可他们的自行车却停靠在东端的路口。应该怎样去消灭人与自己的自行车之间的这段遥远而又麻烦的距离呢？歌山有些发蒙，他实在不知道应该如何去改变这种南辕北辙的状况。难道重新蹬回去挤回去？

没想到史红一点也不像歌山那样杞人忧天，她解决这个问题的办法出人意料的简单，史红说："我们当然不往回挤，那样太费事太折腾。"史红往南指了指，说："我们向前走，从前面的苍梧路绕回去，苍梧路上有一个上海布庄，刚好顺便去看看。"

自然，上海布庄并没有让史红如愿以偿，没有让歌山得救。上海布庄其实是一个店面很小的个体布店。这样，当两人找到各自的自行车后，歌山只好跨上自己那辆破旧的永久牌自行车，跟在不屈不挠的史红后面，向解放路骑去。

歌山一边骑一边想，老是这样，一逛起商店就逛个没完，只要上街逛商店，史红就精力充沛兴致勃发，像运动员吃了兴奋剂。歌山猜想自己的脸色大概已经快和今天的天色差不多了，所以，他只得这样告诫自己勉励自己：老兄，别愁眉苦脸的，要耐心点，反正没什么事要奉陪就奉陪到底吧。

解放路位于市中心，是这座北方城市最繁华的大街，这里车水马龙人声鼎沸，格外热闹。

一到解放路，歌山发现史红越加精神振奋劲头十足，脸上显得热切而又生动，仿佛真正的逛商店这会儿才刚刚开始，前面只不过是热身。

解放路也是东西向的街道，这个城市的几条大街差不多都是东西向的，轻工商场位于路东，歌山和史红停了车，先走进了轻工商场。在二楼的布匹柜台上，倒是有一种淡绿色的呢料，史红站在那儿摸弄了半天，结果还是没掏出钱来。她嫌这块呢料颜色太浅，进而又怀疑它的质地。弄得柜台里的售货员一遍遍地用斜睨的目光看着史红。当然，这鄙夷的目光也殃及歌山，歌山觉得自己今天特理解那个售货员和她的目光。

从轻工商场出来，两个人骑骑停停，像走马灯一样逛了别的一些商店，来到了华联商厦。

歌山觉得自己已经成了一个牵线木偶，筋疲力尽而又被动无望。他先入为主地认为走进华联商厦将同样是徒劳的，等待他们的一定还是无功而返，是空着手进去空着手出来。他甚至有一种预感，那种见鬼的绿呢料子是不存在的，压根儿就不可能买到。这样一想，他的双腿就越发疲软。

商厦里人山人海拥挤不堪，真正达到了摩肩接踵的水平。歌山不明白为什么会有这么多热衷于逛商店的人，歌山真的不明白。华联商厦的布料柜台高高在上，位于五楼，歌山和史红挤来挤去挤到楼梯口，电梯却偏偏没开，只挂着一块"正在修理"的叫人泄气的木牌。歌山又气馁又恼火，他不知道电梯是不是真出了毛病，真的需要修理。跟在史红坚实沉闷、晃来晃去的屁股后头，歌山强打精神地往上爬着楼梯，他觉得双脚越来越沉重越来越麻木，他觉得，坏了的电梯，拥挤的人群，绿呢料子，这一切无不叫人讨厌让人头疼。歌山觉得生活有时候真的让人非常头疼，内心深处几乎泛起一种类于恐怖的东西。前不久的一天夜里，歌山跟史红吵了一架之后独自躺在客厅的沙发上，他就那样躺在有声无声的麻痹似的夜晚里，时间无疑在不痛不痒地流逝，空间则像凝滞一样弥散，歌山头脑发木，没任何感觉，就像躺在一层虚浮的东西上面。他听到楼下的声音懒洋洋地传了上来，是那个在冷天还老爱穿一件背心的俗不可耐的男人，正用录音机上的瓮声瓮气的破话筒，在唱一首老掉牙的卡拉OK的歌，完全走调，一会高一会低，一会清晰，一会像患了鼻炎。那一时刻，不断要浮起来的歌山也曾倏忽感触到这么一种恐怖，一种对存在的荒诞虚无的闪念式刺痛感。这种又尖利又迟钝的感受使他无可挽回地陷于长久的失眠。在那个虚浮惘然的夜晚，歌山本能地感到，活着真是一件无望的让人害怕的事情……

2

从华联商厦到百货大楼这两站左右路程中，歌山和史红谁也没说一句话，他们自顾自地埋头骑车。一路上，他们经过了三个交叉路口，碰到的竟都是红灯。

当歌山和史红骑到百货大楼的门前广场的时候，差不多已经快到中午。也就是说，歌山已经陪史红逛了一上午的商店，这是一个短暂而又漫长的上午。

从自行车上下来，饥肠辘辘的歌山感到四肢无力疲倦之极，他觉得自己的耐心已经耗尽。史红的脸上也已显出几分疲乏之色，原先的兴奋已差不多过渡为焦急与不安。不过，主宰着她的肯定仍是那么一种不可理喻的热情与惯性，是不达目的不肯罢休的顽固执念。歌山从史红脸上看不到一丝歉疚之类的神色，史红的头脑大概依然被绿呢料子长式西装占据着，她根本不管时间的流逝，也无暇顾及歌山的心情与耐性。情况就是这样，热情使女人显得可笑和愚蠢，尤其是强弩之末的热情。

眼看着史红弯下腰不管不顾地"咔嚓"一声锁上自行车，歌山的心里突然就蹿起了一股火焰一样的灼痛，那一下"咔嚓"声歌山听起来就像扣动扳机一样生硬和无情，歌山觉得那一股灼痛的火焰来势凶猛，剧烈得出乎他自己的意料。就在这一刹那，歌山断然决定，绝不陪史红再走进眼前的百货大楼了。

歌山扶着车把，一动不动地站在那儿，用因为压抑而显得迟缓显得不自然的声调对史红说：

"我不想再进去了，要去你自己去。"

史红转身的时候愣了一下，好像没听清歌山的话，她有些尴尬似的笑了笑，说：

"怎么了，累了还是饿了，我们逛完百货大楼再说嘛，还差这一会儿啊。真是的，一点苦也不能受，都到门前了……"

歌山觉得史红的笑容愚蠢而又心虚。要是史红不笑，情况就可能不一样，史红这一笑，无疑就像雪上加霜，使歌山更觉忍无可忍，从而使事态越发糟糕，变得不可收拾。几乎还没等史红把话说完，歌山就不假思索地脱口说道：

"我看你纯粹是在浪费时间，你要买的绿呢料子一定还在工厂的织布机上！为什么非要买你买不到的东西呢？你不觉得无聊吗？"

本来想转回身去的史红听了这话，脸上立刻就挂不住了，那一丝笑意荡然无存。逛了一上午没买到东西史红本来就气不顺，被歌山这么半地里一呛，她就更来气了。她一边瞪了一眼歌山一边把手提包换了只手，摆开架势进入了角色：

"你才无聊呢！看看你这副欠你多还你少的样子！真是晦气！这么些年你给我买过什么东西了，哎，你倒是说说。让你陪我上趟街就像害了你一样，别人的丈夫哪个像你，我算看透了，你根本就不爱我，你根本就不管这个家，你就知道缩在屋里享清福。你是个自私透顶的人，你从来就舍不得为我花一分钱！"

又来了又来了！我可不想在大街上跟你胡搅蛮缠。史红的嗓门越抬越高，歌山知道史红又来劲了，史红这么一来劲，歌山的心里就有些吃不住劲，甚至有些虚。他原以为史红兴许能理解自己的委屈和疲惫，因为毕竟已经陪她逛了半天商店了。歌山发觉自己其实并不想吵架，他一点也不想在大庭广众之下与史红吵架。可史红却不依不饶，她已经真来劲了：

"哟嗬，你还挺要面子的，难道我说错了吗？！不要以为自己有什么了不起的，你不就是会写几篇狗屁文章吗？是顶吃了还是顶穿了？我跟着你这个臭文人享什么福了？老婆买块布料你就不高兴，你还是个男人吗？"史红气得脸都涨红了，就像受了天大的委屈。

歌山顿了半晌没出声，只感到胸口越来越憋得慌堵得慌，他下意识地扭过了头，他觉得事情已经完全弄颠倒了，真正应该感到委屈的是他而不是史红。他的脑子里又一次出现了那种熟悉的沙土塌陷似的感觉，这是一种介于绝望与恐惧之间的感觉，他的胸口隐隐作痛。完了，他想，完了，无论是克制也好，忍耐也罢，到头来总是无济于事，总是徒劳，最后总是以吵架告终，每一次都是这样，就像见了鬼一样！他完全被一股逆反的仇恨一样的心理所攫住，他扭回头，用充满厌恶的目光盯着史红，他已经豁出去了：

"我懒得跟你吵，我也不管你买不买，你爱怎么样就怎么样，我就是不想再奉陪了，就这么简单！"

"谁稀罕你陪！谁要你陪了，啊，看你这德行，我要再让你陪我逛商店我他妈就是后娘养的！你这个没良心的东西，我看见你就晦气！"

"你看看你自己，多像个泼妇，哎，你看看！你这副样子就是穿上绿呢西装也让人恶心……"

史红脸色铁青，仿佛要气炸了一样，仿佛要扑过来咬歌山一口，"不要脸的东西。都怪我瞎了眼，嫁给你这个狼心狗肺的东西……你就戳在这里，烂在这里，让汽车压死你，让……"史红没等把话说完，就扭身甩包地朝百货大楼跑去，跑了几步又开始走，肩背一抽一抽。

歌山感到广场上很多人围拢过来，像苍蝇一样围拢过来，并用充满好奇的目光观看着这场不用买票的好戏。歌山第一个反应就是想笑，但他没有笑出来。他稀里糊涂地停了车，站在那儿，抬起头，看看不着边际的阴乎乎的天空。

估计史红差不多快走进百货大楼门口的时候，歌山才下意识地转过身，朝史红的背影瞟了最后一眼。看着那背影，歌山有一种隔膜的疏远的陌生感，仿佛自己此刻是一个陌生人，而不是史红的丈夫，或者更确切地说，歌山仿佛觉得史红不是自己的妻子，他所看见的是一个陌生女人的背影。歌山用间离的旁观者似的目光看着这个气鼓鼓的颤动的背影，这个背影看上去无疑挺肉感挺招男人的目光。看着这背影，歌山想到的确实是史红的饱满与肉感。也就是说，在这样的特殊时刻，歌山的头脑里居然没有痛苦啊、悲恸啊这些东西，也没有同情和怜悯的感觉，这些东西竟然都没有进入他的头脑，他的头脑里好像只有一团混乱的青红皂白。歌山就这样木然地呆立着，很是恍惚，他似乎还没弄清到底发生了什么，到底是怎么一回事，只是觉得荒谬，觉得茫然不解。

等歌山收回视线，他发现四周仍有很多菟丝子似的目光缩手缩脚、探头探脑地环绕着他，笼罩着他，围观的人几乎有增无减。这回，歌山一点也不想笑，他抬起右腿，朝自己的自行车后轮狠踢了一脚。

3

当史红的身影从百货大楼门口消失不见之后，当围观的人渐渐像流走的水一样散开，歌山嗒然感到了一阵轻松，随之，又觉得这轻松很空洞，空洞得让人难受。他掏出上衣口袋里的香烟，用那个廉价的一次性打火机点上火，他的打火机一向不太灵光，这回竟"啪"的一下就出火了。歌山又试着打了几次，每次都蹿起一缕火苗。

情况就是这样，吵架也许让歌山宣泄了一些烦躁和火气，但却没有让歌山真正解脱和得救，没有解决任何实质性的问题，相反，倒使他陷入更大的麻烦和混乱，把他悬在了更深的迷惘之中。歌山站在那儿接连抽了两支烟，仍不知道自己现在应该干什么。他不知道是应该离开这儿呢，还是应该继续滞留在这儿，似乎两者都不是理想的选择，都没有意义，歌山难置可否。歌山真的不知道自己该干什么要干什么。这样子待了一会，歌山感到自己的双腿酸得不行，便不再考虑那么多，把屁股挪到自己的自行车后座上，坐了下来，他把一只脚盘了起来，让另一只脚留在地上辅助永久牌自行车的平衡。

歌山感到自己无所事事，便用散漫的几乎没有聚焦的目光观望起喧闹的四周，观望着眼前这个隔膜的与他无关地进行着的世界。首先映入他的眼帘的大概是那些广告牌了，他发现广场周围的栏杆上、拐角上、楼顶上、水泥灯柱上、公共汽车上到处悬挂张贴着广告，此外就是各种各样的霓虹灯招牌和橱窗，五花八门，应有尽有。这些东西似乎是一夜之间充满了这个城市的空间，堆砌构成了这个时代华而不实、花里胡哨的物质性表情。

左边不太远的地方是个十字路口。歌山看见红灯亮的时候，对面的人和车辆就不言自明地停了下来，形成一种淤塞现象，绿灯亮的时候，这种淤塞现象得到缓解和疏通，过不一会儿，淤塞现象便再度出现，因为红灯又亮了，人和车又自动停了下来。歌山还看见了马路中央的那个警察，他本想研究一下的，可却怎么也看不清警察的脸，自然就更看不清那张脸上的喜怒哀乐。因为歌山是个近视，他所看到的只是一个人穿着警服戴着大盖帽，正挥着手臂，做着一些机械单调的动作。他不知道这个警察有没有喜怒哀乐，不知道警察的喜怒哀乐是不是和别人不一样。

歌山接下来看见一个浓妆艳抹的中年妇女，提着一个与史红的包很相近的包，不过这个手提包看上去好像是真皮的。

歌山还看见一个男人抱着一个孩子，孩子手里抱着一个黄色气球。

歌山看见一个穿黑衣服的老头，手里并没有拐杖。

一个西装笔挺的南方人一边走一边对着手中的砖块似的大哥大乱喊乱叫。

一个穿皮裙的女孩与一个矮个子男人勾肩搭背招摇过市。男人的方脸上长满了麻子，女孩的圆脸上则长满了青春痘。

三个背书包的中学生叽叽喳喳地争着什么。

两个安静地吃雪糕的女孩。

一个背面和正面完全给人两种印象两种感受的姑娘。

一个戴墨镜的青年，脚上穿着耐克鞋，与其说在走路，还不如说在跳霹霓舞……

歌山看见广场上大街上到处都是人，此外便是车，歌山看的基本上以人为主，他基本上忽视了车。

歌山看见人们从各个方向走来，朝各个方向走去。像蚂蚁，像空气中的尘粒，不过还是更像蚂蚁。给歌山的一个总的感觉是，这些人都在走动都在忙碌，仿佛受什么牵引或被什么所推动，歌山发现所有人都在走个不停。歌山于是下意识地收回了视线，他觉得自己好像是大街上唯一静止不动的人，他看见自己无缘无故地靠坐在自行车的后座上，还盘着一条腿，歌山恍惚觉得好像哪儿有点不太对劲，他就扔掉手里的烟头，从车座上站起来，并且不由自主地挪动脚步，让自己也加入到街上的行走中去。

4

歌山背对着百货大楼，朝南走去。歌山没有想过为什么要朝南走而不是向北走，他其实不太知道自己在向哪个方向走。他与广场上的很多人擦肩而过，与很多人走在一起，这使他获得了一种介入似的混迹其间的感觉，当然这种感觉离滥竽充数并不太远，因为人们都有自己要去的方向，都有明确无误的轨迹和路线，而自己没有，似乎也不需要。所以，歌山觉得自己不一样，与所有这些相向同向交叉而过的人都不一样，自己就像一滴油漂浮在水面上。他不知道别人是否能看出这一点，是否有人能觉察到他的神态和步伐有些异样。不过，歌山看见人们好像都很忙，根本就没人注意他，甚至很少有人朝他看一眼，歌山觉得这样挺好。

歌山发现周围的世界正以一如既往的节奏持续着进行着，看上去一切都很客观很正常，正常得让他感到有些不正常，有些单调乏味。天还是阴阴的天，街还是喧嚷的街，人们照样忙着自己的事，歌山看不到什么跳跃或变质，这一切看上去平淡正常得让歌山觉得无聊或无望。他想起前几天在一份报纸上看见的花边新闻，说有一只外国马戏团里的小象，也不知什么缘故，突然就从棚里跑了出来。这只小象就那么冲到了一条商业街上，冲进了当时正在逛街的人群中，撞死或踩死了13个人。歌山不知道为什么刚好是撞死了13个而不是6个或 20 个，什么被撞死的 13 个恰好是那 13 个，为什么不是别的什么人，不知道这只小象后来又怎么样了。歌山想象不出一个人走在大街上忽然被一只迎面而来的小象撞死是怎样一种滋味。歌山很难想象。歌山的头脑里倒是产生了一个幻觉似的念头，如果此时此刻突然有一只象扇着两张大耳朵冲到面前的广场来，那倒挺不错挺有意思。歌山想，如果这只象径直朝他冲过来，他决不会闪身，决不会躲避。歌山几乎不无遗憾地想，可惜这样一只象只能出现在报纸的角落里，只能出现在想象中，眼前只有车、只有人，这些人就像从来如此似的涌现在大街上，就像会永远活下去一样走动着忙碌着。看见前面街道上新刷的鲜明的斑马线，歌山又不由得联想道，要是有一匹非洲的斑马从人行道的斑马线上横冲过来，那也挺不错……

斜着穿过广场之后，歌山没有沿着解放路走，也没有拐弯，而是直接走进了南北向的枫林路。

沿着右边的人行道，歌山随意地朝前走。枫林路上并没有枫树，只有枝叶繁茂的法国梧桐，除了梧桐树，这个不南不北的城市很少能看见别的什么树。枫林路上的行人车辆不像解放路那么多，不那么拥挤喧闹，越往里走，越有一种相对的安静。歌山对此感到满意。他缓慢地走着，手脚慢慢地适应和放松起来，头脑也稍稍觉得平静了一些。他发现路边的梧桐树已经被霜染黄，八角形水泥砖的路面上已经铺满了第一批泅湿的落叶。歌山的脚偶尔踢起一张阔大的树叶，树叶飞起来又落下来，贴在了他的裤腿上。歌山恍然想起，自己正陷落在深秋之中。

在一年四季里，歌山最喜欢秋天，也最不喜欢秋天，对秋天的苍凉本质，歌山有深刻殊异的体验和理解。他的很多小说主人公都死于秋天，而他的一个现实生活中的写诗的来自北国的真正意义上的朋友，一个兄长一样的知心朋友，也是在很久以前的一个秋天离开他、离开这座城市的。

歌山和这个朋友几乎同一年来到这个城市，歌山是大学毕业分配到这儿来的，这个朋友则是调到这儿的，他们一个北上一个南下，在这儿碰上了，碰上就成了朋友。这个朋友是老三届的，比歌山大，他来的时候就已经是拖家带口的了，而且已经是一个很有成绩的诗人。无论是在文学上还是在生活中，这个朋友都曾经给歌山很多帮助很多启发、很多关怀和安慰。也许是因为他的年龄和经历，也许是因为他是一个北方人，在歌山的印象中，他总是那样健壮、豁达和成熟，总是那样乐观，那样富有洞察力，歌山从来没有在他的脸上看到过一丝表面化的忧愁。对这个世界，对很多事物，他们便都有一种心照不宣，一种默契。在无数孤单忧伤的夜晚，歌山总像一个寒冷的人扑向火堆一样敲响这个朋友家的门，只要看见他家窗户上的淡黄色灯光，歌山的心里就会感到温暖。歌山一直很感激他，很依恋他，在歌山的有限的人生经验中，这个朋友无疑是最让他倾心和怀念的。

就是这样一个朋友，却在多年前的那个秋天离开了歌山。原因很简单，听起来几乎有些荒诞，有些难以置信。在一个命中注定似的夜晚，这个朋友多喝了几杯酒，在他骑车回家的路上，他看见了一个也是独自骑车的女孩，他看见这个女孩的长发在晚风中徐徐飘动，楚楚动人的背影中有种孤单的似曾相识的感觉，他就不紧不慢地跟着她。那天的路灯刚好不亮，那条小街又有些偏僻，显得又黑又窄，他一直迷迷糊糊地跟着这个女孩，拐了一个弯之后依然跟着她，因为这样走好像也能回到家，路也差不多远。很近地跟着这个女孩，他有一种可依靠的有同伴的充实感，当然，深夜里的这个孤单女孩的苗条身影中似乎还有一种凄美的诗意，他就这样一直跟着她。凉风一吹，他还打了好几个挺响的酒嗝……这个在他看来蛮有诗意的女孩最后居然一头骑进了附近的一个派出所，他被带进派出所之后，才知道自己已经成了一个骚扰少女的流氓，面对少女的哭诉，面对背道而驰的回家路线，他一句反驳的话也说不出来。而那个阶段恰好在严打，空气中充满了一股子火药味，他虽然没有被关进去，却被单位给开除了，他觉得自己已经没法在这个城市待下去了……这个朋友拖家带口返回北方的那一天，歌山和别的几个人一起到火车站送行。歌山记得那也是一个阴沉沉的秋天的下午，歌山枯立在站台上看着朋友远去，看着一下子苍老了许多的朋友从窗口探出头来向他们挥手，歌山突然就流下了眼泪……

5

过不多久，歌山看见了街对面的那家过去经常去的书店。

歌山发现书店的大半片店面已然被篡改成了装潢亮俗的饭店，"金澳大酒店"几个烫金大字非常刺眼,歌山不知道这种改头换面是何时发生的。

歌山依稀觉得自己已经很长时间没有到书店看看了,结婚以后,歌山就很少走进书店了。因为对于曾经是图书管理员的史红来说,一本本的书与一块块的砖头几乎没有区别,上班天天被书围困着,下了班就不想再看到书,看到书就会让她心烦。史红只热衷于逛商店,她从来不走进书店,也不想看见歌山走进书店。此刻,歌山看到这个熟悉的书店,不由得还是止住了脚步,为要不要穿过马路去看看而犹豫了一会儿。也许是考虑到现在书店的内容可想而知的媚俗和贫乏,也可能是因为想到了不断飞涨的书价,再加上还需要横穿一次马路,旁边的"金澳大酒店"又显得那么喧宾夺主,看上去就像一种否定和嘲弄,所以,歌山很快就告别了自己的犹豫,继续向前走去。

歌山走在这个平淡无奇的秋天的中午里,他的行走显得漫无目的。歌山尽量不让自己去回想吵架的事,也不去想史红是不是已经从百货大楼出来,没去想史红走出百货大楼发现他不在会不会更来气,没去想她会不会自个继续去逛商店买绿呢料子。歌山懒得去想这样的问题,似乎这些问题此刻都离自己很远,与自己没什么关系。他的内心模糊着一种听之任之的散漫无力的情绪,他随波逐流地缓慢地走着,不想让自己的脚步停下来。他下意识地觉得,自己的不停的脚步似乎有那么一点抵抗什么否定什么的意味,但他又不知道到底有什么实在的东西需要抵抗,不知道究竟要否定什么。他的头脑里几乎是一片空白。而他的行走则像一种水面落叶那样的漂流,他觉得这样走着挺好,挺不错。他觉得自己最好还是别停下脚步,因为他的头脑里晃荡着一片空白,一旦停下来,这空白就会发胀发痛,就会进化为难受和烦恼,就会滋生出一些麦芒似的不好对付的东西来。他觉得还是这么走着好。他就这么走着。他只是机械地迈动有些麻木的双脚,他的行走好像已经只是双脚的事情,与头脑已经基本上没什么关系。他就这样走着,就这样一步步地走向任其自然,走向行走本身……

歌山几乎不看从眼前移过的街景,不去注意商店树木行人和车辆,他的视线基本上没有什么具体的触及和着落,基本上保持着一种视而不见的状况。他更多的是低着头看着路面,看着自己的脚尖。有那么一会儿,歌山让自己的双脚踩在八角形水泥砖块上,每一步隔一块,有意不让自己的脚面落在水泥砖之间的缝隙里。而走过一个小路口之后，歌山放弃了水泥砖，又换了一种别的行走方式。这回他开始把脚踩在地面的梧桐树叶上，每一步踩一张落叶，或者两张一起踩，于是他的脚步变得有些跌宕、有些零乱。歌山看见有几个路人用异样的目光看着自己，有个老头已经从身边走过去了还回头来看他。歌山知道这种目光，这是一种正常人看不正常的人的目光，有点类似于在动物园里的时候人看猴子的目光，有些好奇，有些惊异，更多的则是嫌疑。歌山被这种多管闲事的目光弄得很不自在，很是惶惑，他条件反射一样想到，自己这副样子也许真的很可笑很可疑，很像一个呆子或者疯子。

　　歌山不知道这是怎么的了，不知道自己是不是真的成了一个疯子。由于受到心理暗示和干扰，歌山的脑子又不知不觉地陷入惘然和恍惚，陷入一种偏执迷幻的状态，整个人差不多完全悬浮于现实生活之外了。

　　歌山一边稀里糊涂地继续走着，一边白日做梦似的想，这是怎么搞的呢，到底发生了什么，到底是怎么回事，这个世界上为什么要有一个叫歌山的人呢？自己为什么会离开南方离开故乡，千里迢迢只身来到这个由海滨滩涂、由几间破鱼棚演变而来的不南不北的城市？（这个地方总是刮风，总是脏不拉叽，本地方言听起来总有一股子沼泽浊水的味道，歌山永远不喜欢这个城市。）自己为什么又要与一个叫史红的坏脾气的女人结婚？为什么总是吵架总是不能吃一堑长一智，为什么一个人会无端地变成一只无头苍蝇，自己又为什么会生活在这种不像生活的生活之中？

　　歌山就这样边走边想着诸如此类的没头没脑不着边际的问题，他觉得这一切都匪夷所思令人费解，没有答案和谜底，糊涂而又空幻。想到最后，歌山的头脑里甚至产生了一种晕眩似的感觉，就好像喝多了酒，好像在旋转晃悠，整个人显得很虚很轻，像纸片一样要浮起来飘起来……

6

　　后来，是街道上突然稠密起来的自行车流提醒了歌山，现在已经是中午了，也许早就过了午饭时间。他弄不清这些骑车的人是下班回家还是已经骑着车去上下午的班，他不知道现在到底是几点。歌山没有戴表，他一直不喜欢钟呀、表呀这些劳什子，总觉得正是由于这些东西，使人老是感到局促感到时间的压迫和生命流失的不安。他倒是蛮喜欢西班牙作家皮奥·巴罗哈刻在他家客厅挂钟上的那句著名的话：每一下钟声都将你损伤，结束你生命的是最后一下。

　　此时此刻，歌山没有心思去细想皮奥·巴罗哈或别的什么，他只知道自己应该马上吃点东西才成，因为他的肚子的确已经饿得咕咕叫了。早上因为急着出门，两个人都只吃了一小碗汤泡饭，逛了一上午商店又走了这么久，胃里早已空空如也。硬邦邦的实实在在的饥饿感重新把歌山从胡思乱想中拉回到一日三餐的生活流程里来。他知道，要是平日，自己一定早已经和史红坐在小矮桌前吃午饭了，今天的情形却完全不同了。两个人都在街上逛荡，而且各分东西，谁也没有回家，谁也不知道对方在哪里，在干什么。今天已然是一个不好办的被悬置起来的日子。

　　这个时候，歌山早已走完枫林路，穿过小巷，来到了新海南路。歌山觉得当务之急就是填饱肚子，不管情况怎么样，饭总还是得吃，一餐不吃就饿得慌，人就是这样一种东西。看着路边几乎一个挨着一个的饭店酒家，歌山很想喝酒，很想叫两个菜喝它几瓶啤酒，歌山觉得这是个好主意。

　　新海饭店。
　　百乐门酒家。
　　海马酒家。
　　川味小酒馆。
　　成吉思汗酒店。
　　上海快餐厅。
　　阿里巴巴火锅城。
　　梦娜饭馆。
　　一往情深饭庄。
　　益三包子铺。
　　兰州拉面馆。
　　佳弗林大饭店。
　　比萨酒店。

……

在"倩倩饭店"门前,歌山停下了脚步。这是一个个体小饭店,里边吃饭的人不多,环境看上去还算清亮,歌山犹疑了一下,就撩开门帘走了进去。来到收款台前,歌山向那个身穿绿呢裙子的姑娘笑了笑,还专门注意了一下她的裙子的颜色,那姑娘的脸上立刻挂满了甜腻的笑容,弄得歌山又赶紧点点头笑了笑,歌山估摸她兴许就是那个倩倩。可当歌山把手伸进夹克衫口袋里之后,他脸上的笑容就变得有些勉强起来,他接着又掏了裤子口袋,等他手忙脚乱地掏完身上的所有口袋,笑容已经完全僵硬,并被尴尬的神情所取代。看到那个仍然笑容可掬的姑娘,歌山试图再一次挤出一些含义不同的笑来,脸颊的肌肉却不怎么听使唤,他道歉似的说:"哦,对不起,今天没带什么钱,对不起了,改天……"歌山没想到这姑娘的笑容收敛得如此之快,像是愤怒的人劈手掐断一枝花,几乎迅雷不及掩耳,她一边愤怒地转身离开收款台,一边用充满蔑视的口气说出了那三个令歌山汗颜的汉字:

十三点!

歌山一下子蜡在了那儿,仿佛被雷给震了一下,面对这种突如其来的事态,歌山一点心理准备也没有。他本来还想夸夸她的长相,并顺便问问她的绿呢裙子是从哪儿买来的,可他想不到这个可能叫倩倩的姑娘会发这么大的火,生这么大的气,就像吃了枪子一样。说到底她只不过浪费了一个微笑,也没别的什么损失,而歌山今天的确是没带钱,她应该能看出歌山的诚实,但她居然像小母夜叉一样骂起了人。歌山弄不懂这是为什么,他不知道这个世界上的女人都怎么了。他觉得今天兴许真的是一个倒霉的日子,喝口凉水也会塞牙缝,兴许就像史红说的那样,自己的样子的确有些异样有些晦气,有些讨人嫌,歌山懊丧地想。

是的,现在也许是十三点。

歌山离开收款台前这么回了一句。他觉得这个小饭店不该叫"倩倩饭店",而应该叫"母夜叉饭店",但歌山并没有把自己的想法告诉那个小母夜叉,他不想跟她啰唆。歌山知道跟女人啰唆决不会有什么好结果。

歌山重新来到了街上,他把口袋里的钱又掏了出来,没一张大票,全是些零角。他后悔自己总是不带钱,和史红一道上街,钱总是在史红身上,歌山平时在家也很少管钱，对此他已经习惯成自然。在某种程度上说，疏远金钱似乎正是歌山疏远日常生活的一种途径。歌山把手里的钱仔细数了一遍，他知道这么点钱如今吃顿简易快餐都不够，最多只能买一碗兰州拉面。可歌山不想吃面条，歌山不喜欢面条，只要是面食他都不喜欢，因为他是个来自鱼米之乡的南方人。而史红则是个地道的北方人，她就喜欢面食，喜欢就着葱白吃煎饼。歌山和史红在很多方面都可以说完全相反的人。史红平时常常包饺子，看着史红一口一个地吞食着热饺子，歌山就会反胃。当然，史红如果问他饺子好不好吃，味道怎么样，他一般总是勾着头说很好，味道很不错，不过他很难用实际行动来证明这一点。好在史红不太在意歌山的实际行动，她好像只在意他说了什么……

路过一个卖酸奶的小亭子时，歌山总算拿定主意想好了中饭的伙食，因为他口袋里的钱足够买两瓶酸奶的。他觉得两瓶酸奶喝下去也能填填肚子了，而且营养足够。于是，歌山不假思索地再一次掏出了钱，向那个穿着白色饮食服的女售货员要了两瓶酸奶，他想，今天中午，只能这么将就一下了。

事实上，歌山却只喝了半瓶酸奶就再也喝不下去了，他发现这酸奶的味道简直太酸了，而且酸得很古怪。歌山没办法，他实在喝不下去，只好一手捏着一个牛奶瓶，走回亭子的绿铁皮窗口前，对胖胖的女售货员说：

"同志，这酸奶……这酸奶怎么这么酸啊？"

"瞧你说的，不酸还叫酸奶吗？"

7

新海南路和朐阳路的丁字路口有一个红色公用电话亭，歌山在看见它的同时想起了下海经商的朋友陈康。歌山本来想到朐阳路的胜利电影院去看场电影，想坐在电影院里消磨下午的时间的，可想起陈康之后，他改变了主意。

陈康的家就离这儿不远，差不多只隔着两条街巷。站在电话亭前，歌山想陈康这会儿弄不好能在家，保不准可能正在喝酒，喝他喜欢喝的人头马XO。歌山挺了解陈康，他平时一般不喝别的酒，他就喜欢原装进口的人头马。陈康是天龙贸易公司的老板，当老板的人就像都有大哥大一样拥有他们自以为是的行为方式和生活习惯，否则就不能算是一个老板。陈康穿衣服必是皮尔·卡丹，最不济也得是杉杉西服，而他抽烟永远只抽万宝路，而且必须是"短路"。歌山觉得已经有一阵子没有见到陈康这小子了，今天倒是个不是机会的机会，但愿陈康家的冰箱里能有啤酒，他想。

电话几乎一拨就通了，不过"嘟"了很长时间那头才拿起电话，接电话的正是陈康。

"喂？"

"喂。"

"哪位？什么事？"

"是我，歌山。"可能是电话听筒的缘故，陈康的声音听上去有些异样有些不太对劲，挺不耐烦的，歌山觉得陈康好像和他一样情绪不佳。

"哦，是你啊。"陈康停顿了一会，好像在思考什么，再开口时，语气经过了调整，"我正想去找你来着，歌山，怎么样，这两天你看见凌云了吗？"

"没有啊，凌云怎么了？"歌山有些惊讶，自己的妻子怎么还要问别人，他有些丈二和尚摸不着头脑，同时又好像有一种似是而非的预感了。

"跑了！她走了。"

"喂，怎么回事，她走了是什么意思，什么时候的事？"

"已经三天不见人影了，连声招呼都没打。这会儿弄不好已经在深圳了。还记得那个戴耳环的深圳老板吗，我们一起喝过几次酒的？我知道他一直暗恋凌云，凌云多半是跟他跑到深圳去了。嗨，我觉得这一回自己真要顶不住了，我从来没像现在这么悲催过，生意砸了，老婆也跟人跑了，我已经是一条他妈的可怜虫，我这回他妈真的玩完了，几乎是一夜之间，你想想……"

"是的是的，这种事情搁谁谁都受不了。要想开些，一定要想开，陈康，太阳会出来的。"歌山一点也不知道在这种情况下应该怎样去安慰陈康是好，他既不知道生意是怎么砸的，也不知道凌云又为什么要跑，他有一种敷衍和应付的感觉，像在例行某种程序："陈康，喂，你听着，别忘了你是他妈的谁！会好起来的，过几天就好了……"

"呃，唔，你在干什么，喂，歌山，你在哪儿给我打电话，唔？"

"在我家楼下。"歌山忽然决定不到陈康家去了，"没什么事嘛，就给你拨个电话，我们很久没见面了不是？"

"呃，唔，是很久了，怎么样，过几天我们聚聚？唔，就这么说定了。"

"好的好的。"歌山没弄清到底说定了什么，也不想去弄清，"那就这样，要记住，没有过不了的坎，一定要想开啊。我要是见到凌云，一定第一时间告诉你。那就这样。好的。再见。"

歌山放下电话听筒，稀里糊涂地走出电话亭。这是怎么了，歌山想，这个世界倒是越来越邪门，越来越有意思了，真他妈有戏剧性。但歌山心里并没有沉溺在惊奇的感觉之中，因为这个时代本来就是个无奇不有、见怪不怪的时代，什么耸人听闻的事情都有可能发生，而且随时随地都可能发生。

歌山的耳畔还残留着电话里的一些话语与音节，陈康那混浊模糊的声音似乎仍在脑际萦回。忽然，就像一下子醒悟过来明白过来一样，歌山觉得陈康在说最后几句话的时候，嘴巴里好像塞着什么东西，好像在咀嚼食物，否则，他的声音不会这么断续含糊不清不楚。

陈康喜欢就着鸡爪喝人头马，陈康刚才肯定在啃鸡爪来着。

歌山记得，陈康管鸡爪不叫鸡爪，而叫凤爪。

歌山有些想笑，他觉得自己真的笑了一下。不过在潜意识里，他却有些为凌云担心。

离开电话亭，歌山在丁字路口站了一会愣了一会。歌山的头脑变得比打电话前更乱了，差不多像一团乱麻，更理不出什么头绪来，他一点也不想喝什么啤酒了，他甚至有些后悔打了这个电话。

歌山抬起头，他看到下午的天空照旧那样阴不拉叽暧昧难言，像一种混浊不清似曾相识的溶液。看不到云，看不到一点阳光的消息，仿佛整个天空就是一块覆盖的压顶的乌云。好像随时会落下雨来，又好像会一直这么僵持下去、拖延下去，永远滴不下一丝雨。这是一种糟糕得不能再糟糕的天气，这是一种让人烦躁不安的天气。看得久了，歌山甚至感到胸闷，感到透不过气来。歌山于是重新迈开了脚步，重新进入茫然的惯性的运动状态。这回，歌山沿着单行道的朐阳路，向西走去。

8

歌山不太相信凌云会跟人跑到深圳去，如果想到深圳，几年以前她就去了，不会等到现在。歌山一直认为自己可能是这个世界上最了解凌云的人，在某种意义上，也许比陈康还要了解她。原因很简单，因为凌云曾经是他的情人，或者说是曾经的恋人，歌山不知道这两者之间有什么区别。

不过歌山也很难相信陈康是在演戏，是在编造新闻，陈康再怎么着，也不可能在这种事情上弄虚作假，搞什么鬼。

那么说凌云是失踪了，到底有没有跟人走呢？歌山疑惑不解，他不知道自己到底应该相信什么，他觉得这个世界倒是真变得越来越捉摸不定，越来越面目全非了。

可凌云还真不是一个轻薄的女孩，也决不会轻易爱上哪个男人，在现实生活中，她也许显得有些与众不同，有些鹤立鸡群，但她并不轻薄，这一点歌山从不怀疑。如果走在街上，她那颀长高挑的身影，她那孤傲的神情，还有那一头瀑布般的长发，的确十分招摇，让人着迷，走到哪儿，总会吸引很多男人的目光。尽管她可能算不上是那种特别漂亮的女孩，可她的气质中自有一种有恃无恐、孤芳自赏似的东西，有一种恰到好处的冷漠和自信，甚至有那么点任性。与小鸟依人的容貌相比，这些东西无疑更让男人倾倒。

就是这样一个女孩，却曾经挺狂热地迷恋过文学，想要做一个诗人。几年以前，歌山曾在这个城市唯一的文学杂志社当过一阵特邀编辑，算是外聘，就在那段时间，好像也是秋后的某一天，他认识了凌云。那段时间，歌山在创作方面正声名鹊起。

凌云说她从小就想做一个诗人，诗歌让她迷恋，让她寝食难安，让她感到自己的存在与世界的不存在。可从一开始，歌山觉得凌云不是那种能做诗人的女孩，他觉得像凌云这样的女孩不需要去迷恋诗歌，她只要迷恋自己就足够了。但歌山并没有把自己的直觉告诉凌云，而是充分肯定了她那些不太值得肯定的诗歌，关键是歌山居然没有意识到自己的虚伪。当他不断地给她打电话交流文学，当他不断地把自己的得意之作送给凌云看的时候，倒是意识到自己已经不可救药地爱上了这个女孩，自己已经完全被她迷住了。

歌山知道凌云从小就没有父亲，没有父亲的女孩个性气质往往有些特别。凌云有时候很坚强，成熟劲儿远远超出她的年龄，有时候又格外脆弱，显出少有的稚气和任性。她的言行举止中总有一种难以捉摸的东西，有一种骨子底里的独立性。凌云经常在大庭广众中毫无顾忌地放声大笑，直到捂着嘴笑弯了腰，歌山也多次看见过凌云黯然神伤甚至泪流满面的样子。和凌云在一起的时候，歌山总是又爱怜又担忧，他常常有一种莫名的预感，他觉得自己很难真正了解她把握她拥有她。歌山没办法，只能似是而非地把这归咎于凌云的诗人气质。

凌云经常和歌山说起相依为命的母亲，只要谈到母亲，凌云的眼眶就会潮湿，歌山知道她很爱她的母亲。歌山见过凌云的母亲，那是一个身体非常单薄虚弱的女人，却很和蔼，与人说话的时候，脸上总带着浅凄的微笑。歌山很难理解这样一个母亲竟然会有这么一个颀长健硕充满魅力的女儿。不知为什么，凌云从不和歌山谈她的父亲，她甚至放弃了名字前的属于父亲的姓氏。

歌山和凌云一直保持着那种水清无鱼的关系，两人之间始终不远也不近，很长时间没有取得什么实质性的进展。凌云好像故意在他们之间布置了一道很难逾越的防线，她矜持地把自己隐藏在防线以内，除了偶尔在一起吃吃饭谈谈文学，凌云从不让歌山碰她，从不主动和歌山接吻，连拉拉手也不肯。歌山直到现在还记得她和凌云第一次肌肤相亲的情景。那是他俩认识大约半年之后的一个春天的夜晚，他们一起去看一场外国电影，大概是《德克萨斯的巴黎》，也可能是《最后一班地铁》或别的什么电影，歌山已经记不清了。电影放到一半的时候，也许是电影里动人心魄的做爱场面和伤感透顶的背景音乐的作用，也许是女主人公在很多方面比如身世方面和气质方面与凌云很是相像，也或许是季节或潮汐的缘故，凌云突然靠向歌山，并紧紧抓住歌山的一只手，把它按在了她的胸口，仿佛那是她自己的手。对歌山和凌云来说，那是一个关键性的时刻，是一个具有历史意义的时刻。惊魂甫定，歌山先是通过自己右手的手背感触到了那至柔的要命的波浪起伏，感知到了凌云的急促心跳，这心跳就像一种召唤，没等凌云意识到自己在干什么，歌山的左手已经拥住了她的腰，而右手则顺势挣开了凌云的手指，翻转过来捂在了她的乳房上。歌山渐渐地收拢手指，像抓住一只稀世之鸟一样抓住了凌云的乳房，凌云的乳房比想象的更硕大更饱满，温软如神秘的活物。凌云像怕冷似的战栗起来，这剧烈的潮水般的战栗很快传染给了歌山，让他陷于一阵轻微的晕眩之中。歌山惊奇地发现，凌云的乳房就像一个柔软的密码，像一个致命的软肋，也像一只隐秘的弧形把手，歌山由轻及重由表及里这么一握，凌云的生命之门就彻底向他打开了，握住了她的乳房就等于握住了她的全部。凌云一边颤抖不止一边压抑不住地呻吟起来，整个人几乎倒进了歌山的怀里，并死死地抱住了歌山……每一次想起那个要命的夜晚，歌山都会被一阵本能的激动所攫住，正是通过那个春天的夜晚，正是借助那次史无前例的机会，歌山才算弄懂乳房对于一个女人的匪夷所思的重要性，尤其像凌云这样的外表有多冰冷内心就有多火热的女人。

相比之下，歌山和史红的经历要平常得多，也简单得多，几乎没有什么特别值得回味的东西。他和史红在那个后来被解散的图书资料室里因为一本书吵了一架之后，两个人就不打不相识地熟悉了起来。那段时间，凌云刚刚离开他，他正百无聊赖，写作也不顺手，干什么都没劲，所以，他和史红就那么认识了。认识不到一个星期，他们就上了床。歌山发现史红的乳房虽然看上去鼓鼓的，但却一点也不敏感，仿佛只是身体上额外的两坨肉而已，他怎么摸弄也找不到预期的应有的感觉，好像他是在揉一团发酵了的面。从两个一先一后与他的生命发生关系的女人身上，歌山发现了一个事实，那就是女人之间的不同。他发现女人和女人之间的差异其实超乎人们的想象，简直是迥然有别，就像一堵墙与一道栅栏的不同，就像浑水与米酒的区别。即使在结婚之后，歌山仍时不时地会想起凌云，并不自觉地把她和史红进行比较，他不得不承认，凌云和史红完全是两码事。这两个女人就像两株摇曳或静止在歌山生命里的光裸植物，她们压根儿不属于同一科目。

凌云迷恋过诗歌，喜欢歌山的小说，也喜欢歌山内心孤傲外表落魄的样子，而史红则讨厌歌山这种潦倒的样子，史红总说歌山的脸上有一股子挥之不去的晦气。每一次吵起架来史红总要骂歌山的小说是狗屁。凌云话不多，几乎有些寡言，两个人在一起，一般都是歌山负责说她负责听，俩人即使半天不说话，歌山也不会感到沉闷和压抑。而史红永远心直口快，嘴巴不饶人，虽然在平时的交往应酬中，史红的嘴巴可以独当一面，让歌山省去很多口舌，她的爱说话的脾气也多少使两口之家不至于死气沉沉，因为在家里歌山总是很少说话不想说话。可在某些场合，或在看电影电视的时候，史红的多嘴多舌口若悬河无疑又让歌山心烦，甚至令他绝望。两个女人连所喜欢的零食都不一样，凌云爱吃姜片，在所有的零食中凌云最喜欢白色的姜片，有时候一个人就能吃一包，歌山跟她接吻的时候，常常可以闻到姜的味道，她那饱满的嘴唇总有那么一股子辛辣清冽的味道。史红则爱吃生葱，史红还爱嗑瓜子，弄得地上总有瓜子壳……和史红在一起，歌山感到自己是世俗的，没用的，是潦倒甚至窝囊的。而只要与凌云在一起，歌山觉得自己至少暂时摆脱或超越了低俗意义上的生活，遗忘了这样那样的烦恼，也不再感到孤独，因为凌云的个性与气质里的确有一种清新脱俗的东西……

9

在这个无所事事的悬空一样的阴天的下午，像落叶一样漂浮在街道上的歌山边走边想，回忆起一些与女人有关的往事，凌云和史红的举止和面容交替出现，飞絮一样飘忽在他的脑际。在他的意识与潜意识之间她们像两条形体不同种类不同的鱼一样在他的脑海里忽隐忽现、忽远忽近。

史红曾经很丰满，现在也还依然肉感。史红差不多是这么一种类型的女人，穿着衣服时显得饱满，丰硕，对男人有一种魅惑力，一旦脱掉衣服，反而觉得只是一种肥胖。史红的身上不知什么时候起已经有很多赘肉，从腰部开始到臀部再到大腿，曲线越来越模糊，看不到什么起承转合和过渡，几乎混淆堆砌在了一块。凌云则完全是另一码事了，几乎与史红相反，穿着牛仔裤穿着风衣的凌云看上去颀长得有些瘦削，她的双腿显得轻盈细长，然而，随着衣服像幕布一样渐渐褪去，你会觉得面前出现了一个魔术一个奇迹，那真格是拨开乌云见太阳的感觉。你想不到赤裸的凌云竟然这般硕大、丰盈、耀眼，浑身上下凹凸有致起伏流畅，乳房高突结实，白皙的大腿几乎挤在一起，没有缝隙和遗憾，仿佛天功造化。每一次目睹凌云的完满裸体，歌山都有一种做梦的感觉。歌山记得索尔·贝娄在《洪堡的礼物》中对这种令人惊奇的女人肉体有过准确的表达和精彩的描绘，凌云真的就像是现实生活中的另一个莱娜达。

正如两个女人在形体上在性格上泾渭分明判然有别那样，她们的做爱方式也各异其趣不可同日而语。从某种角度说，一个女人的做爱方式往往最能体现她的性情真相。

几乎从一开始，史红就不怎么拿做爱当一回事，仿佛做爱只是一道青菜萝卜一样的家常便饭，他们总是定时定量按部就班。表面上看，史红好像把做爱看得很随便，可在骨子底里，史红是传统而循规蹈矩的，始终摆脱不了那点该死的羞耻心。史红吵起架来逮什么骂什么，平时说话也没遮没拦不会拐弯，但一到床上，她却判若两人。歌山和史红结婚已经好几年了，可做爱的时候，她总有些潜在的说不清道不明的别扭和不自然，仿佛两个人从事的是不体面不光彩的勾当。她从不开灯，也不愿变换什么姿势和动作，一切都显得程序化。她的浑身上下似乎没有特别敏感的区域，好像被脂肪和多余的肉遮没了。歌山一直找不到立竿见影的敏感部位，他的爱抚触摸往往就显得多此一举，前戏变成了演戏。史红的被动常常把歌山搞得更为被动，做爱往往也就演变成了一桩疲于奔命的苦差。两个人仿佛只是在完成一项平淡无奇的生活内容，只是在完成一件不得不完成的任务。就这样，史红还曾经不止一次半真半假地对歌山说过，老婆不是别的，只不过是终身妓女，这话大概是她从哪本书上搬来的。歌山暗地里觉得可笑，他觉得自己一点也不想充当这样一个嫖客……

而凌云一般不轻易主动地与歌山做爱，除非是在水到渠成的特定情景和心境下。对歌山来说，与凌云的每一次做爱，都像是一次攻城拔寨，是一次激情的遭遇，是一次壮举。就像太阳每天都是新的，歌山和凌云的每一次做爱都惊心动魄令人迷醉。随着歌山的抚摸，随着心跳的加速，凌云就会情不自禁地全身心地投入，就像一个不会游泳的人奋不顾身地跳进了激流一样，并很快变被动为主动，变防守为进攻。只要两个人肌肤相触，凌云就燃成了一团火，浑身炽热滚烫，发出一种香甜的汗味。如果说歌山和史红是一种油与水的关系，尽管也叠合贴附，但不能真正交融如一；而歌山和凌云则是两团火的关系，他们燃烧自己也燃烧对方，分不清究竟谁燃烧谁。与凌云做爱的时候，歌山觉得世界真的不复存在，连自己也好像不再存在，一切都会暂时消失远离，抛诸脑后。与凌云在一起，歌山生命中的所有想象力与创造力都会被调遣无余，激发张扬，拥着火一样的凌云，歌山便在尘世享受体验到了天堂的快乐和极度的幸福。歌山觉得凌云完全把做爱看成是一种自发的生命艺术,看成是一次迷幻的昏厥的诗歌写作,看成存在对虚无的疯狂反抗。不知为什么,歌山常常为凌云的这种过分的激情和的确是疯狂的投入感到担心。凌云在很多方面总给人一种出格甚至反常的感觉,凌云有时候真像一根绷得过紧的弦,燃得太猛的火,歌山担心这样的火焰不能持久。有时候,一觉醒来,凌云已不在身边,歌山会迷迷糊糊堕入一种幻觉,这一切都是真的吗?不是一场梦?自己真的能够把握她拥有她?每一次做完爱,歌山都隐隐有一种担忧,这会不会是最后一次?

所以,歌山有时候就不失时机地逼问凌云爱不爱他,后来还多次和她谈起过他们俩今后的可能性。遇到这种时候,凌云总是打岔,总让歌山顺其自然别想太多。歌山记得有一次做完爱后,挺激动地责问凌云,他们难道不是在相爱,难道他们的关系还不够真不够深?她到底是怎么想的?凌云听完后发了一会呆,忽然似笑非笑自言自语地说了这么一句:"男女之间的关系能有多深呢?"说罢,凌云的神情突然变得很沮丧,脸也沉了下来。凌云告诉歌山她不相信什么爱情,让歌山以后少在她面前提这两个字,她说,男女之间不就是这么回事吗……诧异之余,歌山觉得凌云的确是一个特殊而另类的女孩,生活中这样的女孩非常罕见,他不知道究竟是什么原因使凌云变成这样的女孩的,是她的身世和家庭?是她的生活经历?难道流淌在她身上的真是一种别样的血液?

凌云的这种观点和态度无疑感染和影响了歌山。随着时间的推移,随着生活的变更和困扰,久而久之,歌山对情爱本质的看法几乎与凌云同样偏激,同样根深蒂固不可逆转。他觉得,这个世界上其实并没有什么爱情,所谓的爱情只不过是一种虚设的借口,是一种自我欺骗和安慰,是对赤裸的欲望,对男女间的那点事的粉饰,是人们企图让自己区别于动物的一种策略与花招。所以,当他看到有人大模大样真事儿似的谈论爱情时,他觉得好笑,他觉得弗洛伊德的理论虽然有其缺陷,但却很直接很客观,开门见山,一点也没有耸人听闻、故弄玄虚的地方,几乎已经触及了这个问题的根本所在。歌山常常矫枉过正地想,对爱情问题的看法,对女人的看法,是衡量一个男人是否成熟的最好标志,是一块试金石,一道分水岭。在相当程度上说,超越了女人,超越了自己的欲望,一个人就超越了某个大限,比如尼采和斯特林堡,可能还有弗洛伊德本人。还有像博尔赫斯这样的作家,在终其一生的写作生涯中,他从没写过一篇关于爱情的小说,光凭这一点,就足以让歌山敬佩并喜欢他。在生活中,歌山常常可以看到一些真正具有长者风范的睿智的老人,他们宽厚豁达世事洞明,像是行走在地面的上帝,一方面可能是因为他们的经历和学识,是漫长一生的不断锤炼与修行,另一方面,恰恰是因为他们已经超越了女人,超越了欲望和性。尽管他们的超越方式可能是生理功能的自然丧失……面对现实生活一个个或熟悉或陌生的女性,面对种种庸碌沮丧乏味重复。歌山甚至觉得,女人本身就是这么回事。事实上,结婚以来,他的确没有外遇什么的,主观上似乎也不想有。当然,这并不等于歌山已经彻底摆脱了女人,超越了女人,他知道自己还远没能够抵达这一境地。当他看到飘逸窈窕的女性身影,他还会觉得那些看上去娴雅漂亮的女性至少可以使世界变得不那么暗淡无光,他依然得承认,生活中那些为数不多的美好事物往往与这样的女人有关。另一方面,歌山其实也没有能够超越自己的欲望,他相信一个人即使出家也未必能摆脱自己的欲望。比如此时此刻,他看见街边一个穿皮裙和紧身羊毛衫的女人,一个妖冶的本地人称之为"大侠"的女人,她身上的丰满的起伏和弹性十足的曲线,仍然会对他的感官产生魅惑,仍会刺激他身上的肾上腺素。歌山觉得自己陷在矛盾和悖论之中,陷在不可自拔的人性泥沼之中,既无法超越,也无法摆脱,自己好像注定无可救药。

10

在这个浮躁的秋天的下午,歌山就像一条浮出水面的白鲢一样漂流在街道上,他的头脑里不断地出现那些杂草一样纷乱的思绪和联想,除了行走和回忆,歌山身上的其他功能好像都已经麻木已经暂停,因为他已经偏离了现在进行时的世界,已经游离正常的生活流程,因为这一天已然是一个被悬置起来的日子,而他的头脑也就无可避免地被悬置于胡思乱想和回忆之中。除了惘然的行走,除了无序的回想,歌山不知道自己还能干什么。

歌山到现在还记得,凌云和他提出分手的那一天,是一个寒冷的细雨绵绵的日子。凌云突然兴冲冲地跑来告诉歌山,她不想写诗了,再也不写了,她说她想到深圳去看看,她说这么待下去太难受太憋屈,她会闷死的,她说她要到南方去,去闻一闻真正的海的气味……凌云就那么一路说下去,几乎停不下来,好像完全变了一个人,在歌山的印象中,凌云从来没有像那天那样说个没完,说了那么多话。歌山几乎插不上嘴,听完后他居然一点也不意外,一点也不吃惊,只是感到怅然,感到茫然若失。当凌云问他愿不愿意一起去的时候,歌山只是笑了笑。歌山看着主意已定的凌云,知道分手已经在所难免,况且从认识凌云的那一天起,歌山似乎就预感到会有这么一天。面对窗外注定要往下掉的雨滴,歌山没有劝阻也没有挽留,歌山几乎什么也没说,他所能做的只是看着雨滴发呆……

然而,凌云后来并没有真的去深圳。歌山不知为什么,凌云也一直没有告诉他,没有做任何解释,歌山估摸凌云可能是为了她的母亲,他知道凌云离不开可怜的母亲,她最终大概狠不下这个心。不过,凌云却从那个永远亏损的化工厂辞职了,到了陈康的公司,做了总经理秘书。再后来,凌云就跟陈康结了婚,成了陈康的妻子。歌山和史红也是那段时间结的婚,差不多是一前一后。两个昔日的恋人还分别去参加了对方的婚礼。

歌山正是通过凌云认识的陈康,后来他们成了朋友。歌山不知道陈康是不是了解他和凌云的关系,这好像并不重要,尽管歌山觉得陈康对自己总有些另眼相看,但这说明不了什么。陈康对歌山一直还不赖,他可能觉得和一个小有名气的作家交朋友是一件值得高兴的事,说起来也有面子,遇到饭局酒席的,常打电话让歌山一起过去聚聚。歌山对陈康的印象也还可以。他听说陈康是因为不愿意开会才下海经商的,陈康所在的机关几乎天天开会,陈康害怕开会,讨厌开会,一开会就头疼,到后来几乎患上了开会恐惧症。而哪个单位都要开那么多会,总有那么多会要开。所以陈康就决定下海经商,自己当老总,自己说了算,这样就可以不用开那种没完没了的狗屁会了。歌山对此将信将疑,只当段子听,他知道商场上的人嘴惯了,说出来的话很难当真。不过,有一次在田园山庄聚会,陈康却给歌山留下了很深的印象,那次陈康好像多喝了几杯酒,半醉不醉的,大家就开逗,问他此时此刻最想干什么。歌山和大伙一样,以为他会说最想泡个洋妞之类的,因为那段时间大伙时常谈论俄罗斯姑娘白天在餐馆端盘子晚上还跟中国男人上床什么的。可谁也没想到,陈康却摇晃着身子，一边颓唐地扫了一下手臂，一边梗着舌头说：我他妈真想骑着牛背回老家去……

　　总之，歌山和陈康相处得还不错，两家人间或要串串门聚一聚，当然，一般都是在陈康家聚，因为陈康家有人头马有鸡爪，还有正宗的雀巢咖啡。歌山和陈康在一起不至于没话说，史红和凌云好像也蛮谈得来，常常话题不断，这倒让歌山感到有些意外。久而久之，这样的聚会就减少了，有点什么事，也打个电话了之。因为每一次聚会回家，史红总有些不高兴，情绪很差劲，总要警告歌山，以后不许老盯着凌云看。除此之外，史红还借题发挥，一边说陈康如何如何能侃，如何如何能赚钱，一边数落歌山，总要待在一个破学校，总要写什么破小说，害得她跟着受穷受苦，买不起一件像样的衣服，别的女人有的她都没有……刚开始，歌山懒得辩解，不愿理睬随她啰唆，时间长了，歌山也受不了，也会反唇相讥，回敬史红："你不能怪我，要怪就怪你自己，怪你嫁错了人进错了门"。史红听了马上就会红脸，马上就会跳将起来，指着歌山的鼻子说："是我嫁错了人，是我瞎了眼，是我前辈子造了孽，我迟早要跟你离婚！"于是一场争吵在所难免。有一个阶段，史红几乎把离婚挂在嘴上，好像离婚是捏在她手心里的秘密武器，是托塔李天王举擎着的镇妖塔。歌山又好气又好笑，歌山觉得应该离婚的是他。但歌山一直没有离婚，他不知道自己为什么不跟史红离，好像是惰性的作用，好像没有了那份果敢那一份精力，歌山觉得自己早已没有那种昂首挺胸的骁勇气概，也许本来就不曾有过，从来就不曾有过。否则，自己也不会和凌云分手了。另外，歌山对离婚不抱什么希望，他觉得天底下的女人结了婚之后都差不多，就那么回事，离婚并不能解决任何问题，并不能真正改变什么。

　　在这个被架空了的秋天的下午，歌山就这样一边走一边想，他的行走的飘忽程度刚好等于他的思绪的飘忽程度，杂乱的想法和往事纷至沓来。他想得最多的大概还是凌云，他不知道凌云此时此刻会在哪里，他拿不准凌云是不是真的出走了，不知道她为什么要走。歌山倒有些羡慕凌云，不管怎样，凌云可不会像他这样无所事事半死半活地在街上游荡，就如一片从生活的枝头飘落的枯叶。歌山觉得自己倒真的应该出走。

　　陈康说他很悲惨他玩完了，可歌山觉得自己远比陈康惨，自己没完就玩了，在这个时代自己好像注定无可救药，注定得完。

凌云可以离家而去一走了之，陈康玩完之后可以继续啃他的鸡爪，歌山不知道自己可以干什么，应该干什么。

歌山不知道自己要走向哪里，也没有想过自己究竟要走到什么时候，反正他是不想见到史红，不想回家，回家弄不好就得接着吵架，回家差不多是自找麻烦，他不想再找什么麻烦，他想躲开麻烦。能挨到什么时候就挨到什么时候吧，既然中午刚吵完那会儿没有回去，他现在也不想回去，迟回去早回去对他来说意义都一样，或者说都没意义。歌山好像打定主意把自己交给双腿，交给双脚，走到哪儿算哪儿。

来到这个城市这么多年，歌山还从没徒步行走过这么漫长的路，从没游逛过这么持久的街。仿佛他已经穿上了格林童话中的那双什么鞋，仿佛他真的已经变成了一片枯叶，飘荡和游逛成了他无可选择的选择。情况差不多就是这样。

歌山早已经忘了腿酸，好像经过这么长时间的持久的行走之后，他已经适应了腿酸，就像长跑运动员过了极限，获得并进入了一种无知无觉的惯性。歌山也忘记了饥饿，他的胃已经和他的头脑一样麻木不仁。在这种似乎是梦游一样的茫然行走中，歌山几乎体会到了一种自由，一种无根无基的状况，一种不完全是形式主义的解脱。歌山觉得这算得上是一次真正的自我放逐。

歌山还意识到，无形之中，不知不觉之中，自己的行走和游逛已经成了一种逃亡演习，差不多已经成了对凌云的出走的模仿。

歌山打算这个下午就这样让自己走下去，一直这么走下去。

从前面不远的朐阳路路口往南拐，就是那条老街了。歌山觉得自己已经很久没有到老街到老城区来走走了，他记不清上一次来是在什么时候，他的确已经很久没来了。

歌山想，自己不如就继续向南，一直朝南走，不如就这么一直走下去，穿过老街，直到走完整座城市。

11

  从朐阳路到老街，要经过一座水泥桥。在这座叫作瀛洲桥的桥底下流淌着那种可以想象的城市的浊水，这几乎只能算一种流淌物，一种让人想起老城区日常生活的液体，只要看见它那污黑滞浊的颜色，你也就看见了一种必然的气味，你哪怕没有长鼻子，也照样能够领略这种气味的奥秘。

  扶着桥栏杆眺望老城区，歌山看见的是这样一幅概括性的图景：几座耸立的超群的高楼大厦，四面楚歌一样被连绵错落的黑瓦屋顶所围绕。歌山还看见了那座苍老颓败的钟塔。

  走进老城区，歌山看见的则是这么一些诸如此类的事物：老化的坑坑凹凹的柏油路面，沾着菜叶的下水道口，歪斜的年代久远的石阶，老药房，旧铁皮房，水果摊，舱形垃圾箱，马桶，煤球炉，花圈寿衣店，未必能关上的木门，一张坐上去肯定吱嘎乱叫的随时有可能散架的旧椅子，晾衣服的绳线和竹竿，交错的电线，带鸽子笼的阁楼……还有就是很多讲着方言的额头很紧皮肤粗糙的本地人。走在老街上，歌山看见的净是这些东西，尽管装潢时髦的店面招牌也越来越多地充斥其间，但老街上依然弥漫着一股本乡本土的历史的和生活的气息与氛围。歌山知道这种氛围与己无关，自己纯粹是个局外人，每一次来到老街，歌山都会本能地萌生一种隔膜感和被排斥感。这片老城区，这条老街，是驱使一个外地人生发异乡感的理想场所。歌山常常会因之而想起自己的故乡。

  这么多年来，歌山一直过着一种始终摆脱不了异乡感和漂泊感的生活，文学虽然是一种慰藉和抵抗的方式或途径，但这条途径纤细而又渺茫。

  而且，随着时间的推移，现在的故乡早已经面目全非，实际的而非想象的故乡也已经越来越不能让歌山得到心灵的滋润和慰藉。老家那条清澈见底的小溪已经被彻底污染，父辈们的脊背被生活的重负压得越来越弯，童年时的伙伴脸上也已经写满沧桑、愁苦、冷漠或贪婪，暴发户和有钱人家的水泥楼房越来越大越来越高，而自家黑瓦土墙的老屋则显得越来越寒酸，越来越颓败。有年夏天，歌山回到老家，村里刚巧发大水，那些眼看就要成熟和收获的麦子全被淹成了水生植物，父亲种的西瓜悉数漂浮在浑黄的水面上，看上去就像一些溺水者的求救的头颅……现在回到老家，歌山已经看不见愉悦的旧时风景，感受不到淳朴古老的气息，内心里只有伤感和叹息。歌山不得不承认，自己实际上已成了一个两头架空的人，既没有现实的依凭，也没有了过去没有了故乡，无根无基，无依无托，就像漂泊悬浮的衰萍……

小巷里几乎没有人，越往里走，越见不到什么人影。小巷很窄很旧，七扭八歪纵横交错，像那种被风刮坏了的蛛网，像老城居民的生活一样简陋和头绪不清。所以，遇到什么拐角或交叉口，不管是大是小，歌山都往南拐，他无意识地给自己虚设了这么一个行走规则，沿着这样的规则走，小巷便不至于变成一个紊乱的迷宫。

小巷里很安静，采光也比大街上差，显得暗蒙蒙静悄悄的。很少遇见什么人，即使遇见，也绝对是陌生人，也许这辈子就与之打这一个照面，与大街上相比较，这里就像一个隔绝的过去时态的世界。歌山偶或可以看见墙壁上的一道裂缝，一句某某是小狗的标语，一丛墙角的寂寞的枯草，几块沉默的石头，还有便是歪仄的石阶和低矮的窗扉。歌山踽踽独行，他觉得自己就像皮影戏里的一个影子，走在一条暗径或地道里。这样的小巷里，世界好像缺席了，连时态也似乎模糊不清。惘然辗转了一整天的歌山，终于感觉到一种凉意一样的静默和落寞，脑子里好像灌满了止水，好像连那份惘然也缺席了。歌山想，此时此刻，在这个世界上，有谁会知道自己的行踪，有谁能猜到他在什么地方？史红不知道，凌云不知道，陈康不知道，学校的同事不知道，老父老母不知道，谁也不可能知道，没有一个人会知道，连自己都不知道自己在哪里。在这样的小巷里，在这样的时刻，歌山觉得自己好像已然从这个世界销声匿迹……歌山挺喜欢这样一种景况，喜欢这样的小巷，这样的小巷倒有些像南方老镇里的弄堂，这样的小巷在北方城市里并不多见。

歌山拐进一个稍宽一些的巷口时，看见一个与自己同向而行的背着一捆草席的人。这人离歌山大约二三十步远，穿着乡下人的粗布衣服，看上去年纪不大，他微仄着上身，迈着有些拖沓的脚步，那捆新草席就斜搭在他的肩背上，这显然是一个沿街兜售草席的外地人。现在已经是秋天了，人们已经把草席从床铺收走，卷起来塞进角隅，因为夏天早已经过去，可这个年轻的外乡人还在兜售他的草席，有谁还会在这个时候买什么草席呢？！

每年夏天，城市的街道边总会出现一些来自远方的贩卖草席的人。到了晚上，他们可能就睡在草席堆里，一边驱赶蚊子，一边思念远方的老婆孩子。

可现在已经是秋天了，这个奇怪的外乡人却仍在小巷里转悠，兜售他的草席。这个看上去挺憨厚挺敦实的年轻人究竟为什么独自逗留在城市，孤身一人在窄街陋巷徒劳地兜售草席？

跟着这个外乡人走了一会儿之后，歌山就放弃了原先的行走规则，他被这个外乡人的身影和那捆草席莫名地吸引着，并懵懂似的追随跟踪着他。两个人之间仍然相隔着十几步，歌山不紧不慢地跟在后面。有一会儿，歌山还禁不住想起了蹩脚影片里毫无想象力的跟踪戏，他似乎真的在跟踪这个外乡人。可他并没有跟踪的动机和目的，因为他不可能去买一条草席，他也没想过要上前与外乡人搭话，他只是有点好奇，只是稍稍改变了一下行走规则，随意地跟着那个外乡人的身影。

歌山想，他可能在夏季里得了一场重病，一病就是一个夏天，卖出去的草席还够不上他的医药费，托运来的大部分草席基本上还原封不动地堆在那里。也可能他在夏天里与人吵了架，比如和城管或者税务员之类的顶了起来，这种情况并不少见。他可能是个脾气很犟的人，性子也有些急，他不肯轻易俯首交费交税，因为本来草席就不好卖，价格又一跌再跌，差不多只能保本，所以，当蛮横的税务员非要让他交纳一笔数目吓人的税费时，他的脸红了，禁不住要和税务员顶。可税务员铁面无私，连发票都已经撕下来捏在手里，见这个不识趣的年轻人啰里啰唆的，就很不高兴，就张口训斥，两个人于是吵起了架。而这个年轻人又真的不识趣，真的很犟，脑子怎么也转不过来弯，于是这场争吵就越来越凶越来越升级，甚至还动起了手。这样，他就被抓进了税务局，后来又可能被转到公安局关了起来，一关就是一个夏天。等他胡子拉碴的被放出来，外面已经是秋季了，第一批梧桐树叶已经往下掉了。别的草席贩子早已卖完草席回去了，他带来的草席却几乎一条也没卖，连回家的路费也没有着落，而他在这儿又举目无亲……歌山一边跟踪着外乡人，一边做出种种猜度，他不知道自己的猜度能不能站住脚是不是接近真实情况，他不禁对这个命运受挫的外乡人产生了一股恻隐之心，在这漫长的一天中，同情和怜悯第一次涌出了歌山的心底。尽管如此，歌山最终还是没有想通，他仍然没法理解这个年轻人的几乎是必然的徒劳，因为这个季节的确不可能再有什么人会买他肩上的草席了，即使价格再低，也没人愿意掏钱买一条草席放在家里发霉。

歌山一直跟着这个外乡人，外乡人的仄斜的身影和拖沓的脚步自始至终吸引着他，让他无法真正琢磨透。外乡人一直没有吆喝，一直沉默着，他好像自始至终没有意识到歌山在跟踪他。

在前面不远的那个竖着电线杆的拐角上，有三个围坐在马扎上的老头，他们可能在打扑克或下象棋。歌山老远就看见了这几个老头，那个外乡人无疑也看见了。

走近拐角时，外乡人放慢了脚步，歌山猜想他可能要向几个老头推销草席。那个外乡人果然走上前去，并在老人们跟前停下了脚步。歌山不由得也把脚步放慢，看着前面的动静。

见外乡人停下，三个老人从棋盘上抬起了头，脸上没风没雨，没有任何意外之类的表情，他们只是朝外乡人和他的草席瞥了一眼，淡漠地笑了笑，这是一种见怪不怪历经沧桑之后才会有的笑，几乎显得有些无动于衷有些视而不见，他们笑完后，便又低下头开始下他们的没有下完的棋。外乡人没事似的继续站在那儿，他并没有吱声，并没有兜售他的草席，他好像只是站在旁边看老人们下棋。外乡人的举止和老人们的神情都偏离了歌山的预想，他原以为外乡人会推销他的草席，而三个老人看到这个背着一捆草席的年轻人之后，也会像自己一样好奇和不解，也许还会询问一下这个年轻人，为什么非要在这个季节贩卖草席。可事实上，这些镜头只出现在歌山的想象之中。

等歌山离他们只剩几步远的时候，他发现外乡人侧身扭背地取下了肩上的那捆草席，他干脆把草席搁在了路边，并在老人们的方凳前蹲下身子，聚精会神像模像样地看起了棋局。

歌山经过棋摊时，没有像外乡人那样停下脚步，他可一点也不想看老人们的棋局，他只是下意识地扭头看了看外乡人脚边的那捆草席。无疑，外乡人的猝然间的角色变换，使歌山懵然失去了跟踪目标……

12

　　当歌山就像滑离庞然大物的肠道一样走出幽暗曲折的小巷，重新置身于大街时，他发现自己竟然来到了文博路。相对于整整一下午恍惚随意地行走，挨近郊区通向郊区的文博路倒是歌山最乐意来到的地方。

　　几年以前，歌山还经常来文博路，几乎每周都要来一次，不过一般都是骑自行车来的。在文博路南端的弧形弯道旁，在那个花坛转盘后面，就是歌山相当熟悉的市博物馆，他的校友兼知己古一风毕业后就曾在博物馆当过一名馆员。在这座永远陌生的城市里，古一风曾经是歌山不可多得的知心朋友，他们志趣相投，就像一对难兄难弟。在那些早已逝去的岁月里，尤其是那个北方诗人朋友离开之后，歌山和古一风几乎常常泡在一起，他们无话不谈，一谈就谈到深夜。两年以前，古一风忽然离开了博物馆，离开了这座城市，一去不返地从歌山的生活中消失了。从那以后，歌山就再也没有来过文博路，再也没有走进那座幽静的博物馆。可是，在很多夜深人静的时候，或者在歌山为写作苦思冥想为生活心烦意乱的时候，歌山仍会时不时地想起古一风。

　　在别人眼里，古一风是个相当偏执古怪的人，在大学时代，他就是一个有名的书呆子，歌山到现在还记得一些关于他的趣闻逸事。比如有一次他到阅览室去查阅资料，他脑子里一边想着什么事，一边推开阅览室的玻璃门，那是一头装有弹簧的反弹门，古一风使劲推开那道门之后，脑子里可能刚好蹦出一个什么念头，他就一动不动地站在那儿发起呆，既没往后退，也没赶紧走进去，于是，那道反弹回来的门就重重地拍在了他的脸上，撞碎了他的眼镜，撞歪了他的鼻梁……

　　古一风一年四季很少离开博物馆，总是在后院角落的那间爬满紫藤花的小平房里，可以说有些与世隔绝。古一风差不多是这个时代所剩下的最后一个书呆子了。

　　古一风很少把他的思想形诸文字，歌山几乎没有看见他发表过什么正儿八经的论文。他对那些连篇累牍的历史文献和汗牛充栋的历史著作不感兴趣，他认为这些东西往往不是把历史搞得更清晰、更亲近，而是把历史弄得更自相矛盾、漏洞百出，历史于是变得更干巴、更枯燥、更面目全非，历史就成了一具干尸。古一风曾对歌山说，面对历史，人们总是一错再错地遗忘或忽略了这么一个出发点，历史是一种不可复制、没法模拟、不能随意摆布的东西，与很多东西不同，身在历史之外的人永远不可能真正触及历史，因为谁也不可能触及流逝了的时间。人们已经能够对付很多东西，可却一点儿也没法对付时间，所以，人们其实也对付不了历史。尽管人们使出浑身解数，并动用了考古的鸭嘴锄、线装书或摩崖石刻，可一切努力与自信终究是徒劳和可笑的。虽然历史并非流逝的时间本身，但历史却隐含在流逝的时间里边，就像一条鱼潜伏在水里溶解在水里一样，时间隐藏了历史也保护了历史。歌山记得古一风还专门给他举过一个例子，他说，通过《古罗马史》通过《高卢战记》，我们似乎就能了解到历史上有个叫恺撒的人。他曾经在古罗马呼吸过含氧充足的空气，沐浴过明净的古代的阳光，他叱咤过风云，等等。这些我们都可以在书本中，在字里行间读到一点也不费劲，我们几乎还能知道他喜欢的女人的名字，他喜欢的战马、衣着、饮食以及一些他说过的格言。这样你是不是就抓住了古罗马历史抓住了恺撒？不，你没有，你还差得远。你能读到恺撒被刺那天古罗马的天空是什么颜色云彩怎么分布？你能知道恺撒被刺前那一个时辰那位刺客的手指触摸过什么东西？一束凋谢的玫瑰？一支蜡烛？一双女人的手？稍微让思维的触角这么伸探一下，延宕一下，你就明白我们通过考古通过书籍通过论文通过电视连续剧所得知的东西贫乏得可怜虚假得可笑，而无法知道没有了解的东西却几乎无限之多！你不可能知道在恺撒被刺鲜血四溅的那一刻，一条现在已经变成化石的花斑鱼是怎样在距刺杀现场不远的河里游动摇摆的，你不知道这条鱼在那一刻到底是钻进了某个石洞还是刚巧从洞里探出了头，你不可能知道那条永劫不复的花斑鱼在那一刻究竟看见了什么？另一条花斑鱼的背影？一绺红色水草？一块水底之岩……古一风说，其实帕斯捷尔纳克早就垂询过世人，谁能看见青草生长？人们也许能够看见蜗牛爬行后留下的涎迹，但却看不见那只早已化成尘土的蜗牛；人们凑巧能找到一条蜕化下来的空空的蛇皮，握住了蛇皮自然不等于握住了那条在时间中游走的蛇。涎迹与蛇皮，这两种东西应该对那些历史研究者有所启迪、有所帮助，应该让他们记取……古一风不无悲观地说，历史只是一种供人伤感、叫人唏嘘的东西，一种只能缅怀的东西，一种想抚摸却永远摸不到的东西……

在与古一风的无数次交谈或闲聊中，歌山常常听到这么滔滔不绝的关于历史的议论，此时此刻，这些不连贯的话语好像又在他的耳际回响着萦绕着，像夜晚的蝙蝠一样在他的脑海里翩飞。歌山还依稀能记得古一风那认真而又偏激的神情，能记得那张瘦削的因激动而涨红的脸。那样一种时候，古一风的目光总是深沉尖亮，仿佛正在穿透历史，洞察生存的漩涡。歌山虽然觉得古一风太偏激，差不多钻进了某个牛角尖，可每一次听古一风谈历史，歌山仍会怦然心动。现在想来，那些话语那些观点的价值和意义也许恰恰在于偏激，在于古一风矫枉过正的表达方式，在于那一股毫无顾忌的书呆子气。

茕茕独行于偏僻静谧的文博路，看着渐显灰暗的天色，歌山有些黯然神伤，有一种重返旧地的凭吊似的感触。歌山甚至感到了那种久已消逝的神经兴奋，好像又一次体验到了那种熟悉的激动。古一风的言行举止不断地在他的脑海沉浮明灭。

人们几乎很难相信，像古一风这样一个人，居然会热衷并沉迷于一种叫作飞去来器的带有神秘色彩的民间兵器。歌山知道，古一风在大学里读书时就曾经对这种似有似无的兵器发生过挺浓厚的兴趣，毕业来到博物馆后，他的这种兴趣有增无减变本加厉。尤其是后来，在他离开这座城市前的很长一段时间里，这种令人费解的兴趣和爱好几乎占据了古一风的头脑。他查阅大量可能的资料，不断地搜寻稽考，并向懂武侠的老人们打听，还到乡间作过许多田野调查，有时，干脆自己动手模拟试制。歌山一直不太理解古一风的这种疯狂的癖好，弄不懂飞去来器与历史研究又有什么关系，他觉得古一风这是走火入魔。可古一风却固执而又认真地表示，回环往复的谜一样的飞去来器恰好是万事万物的动态象征，是历史的循环规律的浓缩与造型。古一风后来之所以离开这座城市，似乎就与飞去来器有关。歌山多年后见到一种就叫飞去来器的塑料玩具，他看着街上的男孩们高兴地玩着这种简陋的玩具，心里就会产生一种滑稽感，同时陷入猜度与疑窦。古一风的那种匪夷所思的癖好到底是精神偏激的极端表现，还是对铜臭化飞去来器媚俗化的现实的一种背离与克服，抑或只是他对这个常常是荒诞的世界所开的一个玩笑？

不过，在更多的时候，在很多问题上，古一风无疑是严肃而认真的。歌山记得有那么一个阶段，文坛上曾兴起过一股历史小说热，一时间，历史在更广泛的范围内成了热门话题。众多作家纷纷扑向历史，扑向唐朝宋朝，扑向明清，扑向内战和"土改"，就像飞蛾扑向灯火扑向透明的玻璃罩，直撞得乒乒乓乓一片热闹，与此同时，几乎所有的电视频道都在播放关于历史的冗长丑陋的连续剧。评论家们也不甘落后，趁机打出了一个新历史主义的旗号。古一风对此却不屑一顾，他还把这种时髦的一窝蜂现象戏称为水漂主义和皮影主义……他承认文学艺术是接近历史的最佳方式，但很多人却在利用或滥用这种方式。他尤其不能忍受那些所谓的戏说，他说看见这些东西他就想吐。

对歌山的创作，古一风从不恭维。他阅读过歌山的很多小说，他认为歌山的文字离生存离生命的质感还有距离和空隙，还不够结实，不够吃到肉里去。他的阅读面也不可谓不广，他常常和歌山谈起法国女作家玛格丽特·尤瑟纳尔，那神情仿佛他是在谈论他自己的老外婆。他说，像《阿德里安回忆录》和《苦炼》这样的作品，才是真正的历史小说，才是接近历史缅怀历史的独特而有效的方式。古一风曾不止一次向歌山透露过，他想写一部小说，一部让历史像鲨鱼一样游弋在时间之中的纯粹的小说，歌山不知道古一风究竟有没有写，不知道这个世界上到底有没有这么一部手稿存在，如果有，如果这样一部手稿能公之于世，那肯定是一部让人刮目相看的作品，甚至可能是一部杰作……

古一风几乎是不辞而别的，他只让博物馆的门房给歌山转交了一张小纸条，上面写着：让我们在历史里再相见。这算是典型的古一风的方式。不久之后，据一个大学同学说，古一风去了云南大理一带，目的就是搜寻和查考飞去来器。一年以前，歌山听到了古一风出事的消息，有人说他在试验飞去来器时不慎把自己的喉管割断了，也有人说古一风是在云南石林摔死的……

再也见不到古一风了，再也听不到他那尖细急促的声音了。歌山看着越来越灰暗的天空，悲不自禁地叹了口气，就好像古一风刚刚才离去似的。这时候，或许是起风的缘故，歌山看见头顶的梧桐树上飘落了几片树叶，这些忽然飘落的树叶就像断翅之鸟，在眼前翻飞飘忽，坠向地面，有一片还落在了歌山的肩膀上。下意识地，歌山把这些飘飞的落叶当成了古一风的灵魂的信息，当成了自己对他的怀念和祭奠。

歌山不由地觉得，自己今天好像是被一种冥冥中的力量带到了文博路，带到了博物馆前。此时此刻，歌山对古一风真的有一种说不出来的依恋和怀念，歌山觉得自己非常需要他非常想见到他，有一忽儿，歌山甚至产生了一种错觉，仿佛古一风仍在人世，仍在博物馆后院那间爬满紫藤的小屋里，脸带微笑地等候着歌山的莅临。越往前走，越接近博物馆，这种幻觉越强烈，也越逼真。

歌山想，如果古一风能知道自己目前这种无根无由的生存状况，他又会作何感想，会说些什么呢？此时此刻，歌山发现自己和古一风虽然有诸多沟通和默契，但实质上却不是同一种人，秉性上相距甚远。古一风是那种真正为精神为灵魂而活着的人，他可以为这些东西而放弃一切，甚至放弃生命，他身上似乎有一种令歌山望尘莫及的意志和执着，有一种迥然的天性，时代和生活均无法磨损这种天性和意志。歌山真切而又惭愧地意识到了自己和古一风之间的距离，不仅相隔着生与死，而且相隔着很多别的东西。与古一风相比，自己无疑要软弱得多怯懦得多动摇得多。歌山终于发现，自己最缺少的，正是古一风身上那种几乎是与生俱来的意志力以及他那圣徒一样的虔诚和执着。

在文博路上缓步向前，歌山渐次进入了这一天中最兴奋最清醒的状态，头脑里只剩下了古一风和由他引起的感触、回忆与了悟，别的东西，似乎已经全不存在，像逛商店、绿呢料子、吵架、史红、凌云、陈康、草席和外乡人等等。这一切都似乎从他的脑海里消遁清除了。因为来到文博路，因为想起了古一风，自己原本漫无目的的惘然的长征似乎已经具有了某种意义，歌山甚至产生了一种不虚此行似的感觉。

歌山在博物馆门口愣怔地站了一会儿，就绕过花坛转盘，开始向那段弯道走去。他知道，走完这一小段弯道，前面就是紧挨郊区的环城路，路端有一个51路车站，过去几年中，歌山有几次坐51路公交车到博物馆找古一风，就在前面下的车。

现在，51路车站已经在召唤他，等着他就范并回到现实中去。

歌山在黑暗里慢慢朝前挪动，他已经感觉不到自己的行走，双腿好像不再属于他，他好像根本就没有双腿了。

在这个也许是空前绝后的日子里，歌山已经真的穿过整座城市，他的主要收获可能就是体验到了一种生命的彻底的悬浮感，体验到了一种只能叫作惘然的极限的东西。而且由于古一风的缘故,自己好像已然超越了这个极限。

13

在 51 路车站等车时,歌山有些意外地遇到了学校同事小柳。借着路灯的淡黄色光线,歌山看见小柳穿着一件绿呢西装。

小柳一见歌山,就一惊一乍地问他:

"你怎么在这儿,史红到处在找你呢!"

歌山支吾着答道:

"呃,噢,我到博物馆找一个朋友,忘了告诉史红一声了。"

歌山接着问小柳怎么会到这儿来,小柳就告诉歌山她到郊区的表姐家去了一趟。他们还有一句没一句地聊了一会儿单位里的事。

不一会儿,从前面的梧桐树背后来了一辆 51 路车,是一辆两节的长车,前灯已经打开。这辆将把歌山载回市区、载回日常生活的公交车发出越来越响的滋滋声,离车站越来越近。

歌山看了一眼伸着脖子的小柳,好像忽然想起了什么,他问小柳:

"你的西装是自己做的?"

"是的,头几天刚做的。"

"那你的料子从哪买的呀?"

"不就在你们家楼下那个小布店买的嘛,怎么,想给史红也做一件?"

歌山笑了笑,没再说什么。

原载《人是怎样长出翅膀来的》2018 年 7 月

我和始皇开了个玩笑

王成章 连云港市作家协会副主席，中国作协会员，中国报告文学学会理事，江苏省作协签约作家。曾获江苏省"五个一工程"奖、紫金山文学奖、中国地市报个人专著一等奖等。

我初见始皇的情形，后人做了多种猜测，多少年后岛上一些好奇的人们向我问起秦王的种种传闻时我说，那是一头狮子啊。

是的，这位扁鼻、鹰胸、豺声的皇帝确实给人一种不寒而栗的感觉。所以淳于越等人造谣说我见到始皇时尿都出来了，比秦舞阳还秦舞阳呢。这有点太小看我和徐福了，在我看来秦舞阳只是一介武夫而已。我初见始皇的感觉很复杂，其中有一点就是想笑，我对自己说侯生死了，四百六十个长满骨刺的儒生都被坑杀了，可卢生还在，安期生还在，卢生就在秦王的眼皮底下呢。昨晚卢生还对我开玩笑说："君房，你就告诉秦王说卢生还在卢山上呼风唤雨呢。"

"侯生被我杀了，卢生被我杀了，你还敢再为朕求长生不老药吗？"

"他们死不足惜，陛下，能够在土坑里安睡就已是他们的福分了。"

"朕这次经芝罘下琅琊旌麾千里，就是为了见你和安期生先生，可安期生为何不亲自见朕呢？朕鞭石成桥想在秦山岛授珠台前和他见面，可是既没见到海神也没见到他，除了这颗珠子朕一无所获，珠子能使朕长生不老吗？"

我看见秦王脸上渐渐氤氲着一股肃杀之气，它使我想到废圯的六朝宫殿，血流盈野、白骨累累的战争杀戮。珠子是罕见的千年蚌珠，在几缕日光映射下，闪烁着变幻莫测的光芒。

"你的奏章看过了，你尽力而为吧。为了神药朕花费巨万在所不惜，你不会让朕拿朕的江山做抵押吧。"

这是始皇二十八年三月的一天，在我山明水秀的故乡琅琊，在秦王临时搭起的巨大行宫里，我和这位自诩功过五帝威震边陲的千古帝王的首次会面。短短三个月来，琅琊地区的百姓已被惊扰得疲惫不堪了，他们为秦王的车马仪仗修建了宽阔的驰道，开凿出一条直通大海的东西大道，垒起了两座高高的楼台以供秦王观海之用。老百姓的血已经流尽了，骨头已经散架了。我该出山了，不出山老百姓可受不了喽。我望着满山飞翔的白鸟说，时辰到了，我该出去了。

"朕这次东巡海上确实看见了海中的仙宫、仙人、楼台和冠盖，朕向它们行了大礼，但它们一会就不见了。李爱卿还为朕立碑刻石了呢，秦东门，朕的江山不止这些呢。"

我望着这位当年以《谏逐客疏》而名噪一时的宰相李斯，看出他嘴角微露的一丝讥讽之意，当年他以"诟莫大于卑贱，而悲莫甚于穷困"告别他的老师荀况后，一直青云直上。这位上蔡的小吏，闾巷的黔首，多少年来致力于离间诸侯群臣，广笼天下名士，为秦王一统天下立下汗马功劳，而后他又制定严法酷律，焚书坑儒……在位极人臣之时曾感叹过物极而衰的道理，对宦途产生深深的忧虑。我想人们是不会忘记他的千古名谏的：

臣闻地广者粟多，国大者人众，兵强则士勇。是以泰山不让土壤，故能成其大；河海不择细流，故能就其深；王者不却众庶，故能明其德。是以地无四方，民无异国，四时充美，鬼神降福，此五帝三王之所以无敌也。今乃弃黔首以资敌国，却宾客以业诸侯，使天下之士退而不敢西向，裹足不入秦，此所谓"借寇兵而赍盗粮"者也。

夫物不产于秦，可宝者多；士不产于秦，而愿忠者众。今逐客以资敌国，损民以益仇，内自虚而外树怨于诸侯，求国无危，不可得也……

我总觉得李斯、张仪过多地带上纵横家的某些东西，他们眼光敏锐，机警雄辩，但都出身卑微。所以张仪在放弃合纵而采用连横之计佩戴六国相印回归乡梓，对他前妻不为炊嫂不下饪的嫂子现在的前倨后慕大加嘲笑的时候，人们会听出那笑声里充满了小人得志的自矜之情。李斯也是这样，这位把女儿全部嫁给皇室公子，儿子尽娶皇室公主的人，在晚年接受百官贺寿的时候对自己的炫耀毫不掩饰。

彼时我打量着秦王嬴政，这位四十上下的皇帝隐现出一种未老先衰的征兆，这和他的年龄不够相称，你可以想象这是一头狮子，当它在原野上和成群的虎豹狼狗撕咬扑打之后，它已筋疲力尽，而秦王则又沉湎于酒色，世人对于他奢侈淫逸的种种传说不一而足。

现在我们行进在这蛮荒而又美丽异常的土地上，旅程是艰辛而又充满诱惑的。我的随从们步履蹒跚像一队长长的鸭阵，连日的长途奔波已使他们疲惫不堪。要知道我们脚下踩的可是近乎与世隔绝，难以穿越的密林泽地，小树根部溜滑的黏土和露出地面的树根不时把孩子们跌个四仰八叉。这是草木混合的平原地形，不时有大批黑鸟被我们惊起，哗哗卟卟地在我们头顶盘旋而过，疯长的野草尖梢上时有群群蝴蝶徜徉其上，路是越来越泥泞了，地面上满是腐烂的植物。

"徐……徐先生……不，不好了……"我的马童火辣辣地从队前跑来，身上沾满了泥浆。前面是一片沼泽地，大青马前蹄都陷进去了。

"这头呆马，什么东西迷住眼睛了吗，快用绳索把它拖出来。"

我来到队前，面前已是一片草原，绝少树木点缀，大片的草地不时冒出缕缕瘴气。十几个强壮的男人正奋力地用长长的绳索把大青马拽出沼泽。

穿越沼泽的事情若干年后，我的子孙们讲起时仍然啧啧赞叹，认为是我们长途中最富有诗情画意的一幕，其实这实在是不得已的办法，我确实不希望我们齐地的儿女们夜以继日，千针万梭的劳动成果挥霍于这一片泥泞之地。我对天琼说，"把秦王御赐的那匹千丈红绢抛出去吧。"我看见天琼先是惊讶地张着嘴，然后马上点头会意，丝娟捧出来了，几位小巧轻捷的姑娘把彩帛抛起来，彩帛飞到空中，几位姑娘跳跃在下面犹如几只翩飞的蝴蝶，我的少男少女们个个俊美无比。粉如桃花的彩帛舞动于他们上下左右,我的少男少女们舞蹈起来了。"天琼,让他们尽情地跳吧。"

他们跳得可真欢啊,在这异域他乡,我们少男少女们把我们齐地的风情舞蹈惟妙惟肖地宣泄出来。所有的慵倦、困顿和乡愁在那一刻消逝无踪,上千匹彩帛飞到空中像上千盏红灯笼。我望着面前这群春情荡漾的少男少女对天琼说:"以后我们的江山就靠他们了。"

草地上的红灯笼之舞被沼泽彼岸的一群土著人尽收眼底,在他们看来,这无异于天外来客,在这片后来叫作千布町的地方,后世不少人认为我们之间肯定发生过战争,那只是一种无端的臆测罢了。当某种文明首次被双方认识而且对方没有丝毫恶意的时候,人类的第一天性——和平的观念会显露出来。最先发现我们的是一位部落酋长的女儿,草地上的美女阿辰。这位饰性而又娇嫩的女孩,向酋长源藏做了如下的叙述:从天上下来一批人,他们色彩艳丽,高大健壮,但不像土著人。

我们踩在红绡上穿过沼泽地时候,首先出现在我们面前的是九个土著男人,中间一位老人面孔黧黑目光深邃,一派王者气度,他的左右分列四个男人,各人手捧一个泥碗。身后四个男人强悍而机警,手执棍棒。我们闻到了酒香,泥碗中是酒。我们花枝招展的八个少女笑容可掬地走到老者跟前行了我们齐地独有的大礼,她们把一束束丝帛长巾挂在老者头颈。那土著老者笑了,向左右挥了挥手,四名裸露着四肢腰间系着树皮裙的男人端着酒碗向我走来,我赶忙趋前接过一位男子敬献的酒喝了下去,天琼他们也把酒喝完了。他们"嗨嗨"地笑了,我的少女们给他们每人挂上一条红帛长巾。这时候,四周的草丛呼啦啦站起一群群人,他们赤裸着,古铜色的身体向我们跑来,嘴里发出"嗨嗨"的叫声。他们先是略有戒备地望着我们,不久就和我们和睦相处了……

我的面前出现了十七岁的美女阿辰,这位酋长女儿的美貌像一把天琴演奏出原始混沌未加修饰的美丽来,除了腰间系着贝壳树叶和藤萝制成的流苏外,她的胴体向我显露无遗。晨曦初露的时候,她的黑发如瀑布一般一直垂到臀部,目光清澈而又带着一些迷离,显然我的年轻帅气带给她深深的震撼。她注视着我,我看到无数灿烂星辰从她的双眸里涌流而出,这位异邦女子以其无与伦比的美貌牵引住我目光。我觉得自己刹那间就要羽化了。

"君房，那老头邀请你呢！"

那位目光深邃筋骨暴突的老者向我走来，他快活地用土语叫着："我是源藏，我是源藏，我是这儿的一切的根，我是这里一切的王。"一群男人朝我走来，他们把我和天琼高高抬起，让我们坐在他们的肩上。然后登上一块空旷的土地，把我们放在萱草席上。

我们来到可以视为村落的原始居住区，他们的草棚散发出一种淡淡的萱草的熏香。草棚里的女人们出来了，显然经过急促的化妆，除了脸部、颈部、双手和双脚以外，身体其他部分——躯干、背部、肩部、手臂和腿部涂满了五颜六色的颜料。她们和我的三千少男少女们在平旷之野跳得热闹非常。

晚宴是在源藏家举行的，我和黄天琼，孙仲远和酋长一起共饮，我的少男少女们则由各领队负责和部落民众一起野宴。帐外不时传来噢依噢依嗨嗨的欢快叫声，阿辰偎在其父之侧不断用幽幽的眼神打量着我，我的心里有一千片树叶掠起，我告诉自己，我和她也许这一生就分不开了。

…………

你瞧，徒儿们又唱上了，五十年来一回，真像那么回事，呃，真像那么回事，这就是《金立神五十周年大祭之歌》。起来吧起来吧，再不起来就溶化了。徒儿们也真是的，我说过我不回去了。我在哪儿？你可不容易找到，这可是个秘密，稍顿我会告诉你的。

我睡得太久了？不错，是够久的，时间是什么？是一只硕大无垠的银丝圈圈，串住每个人的下颚，像烤鱼一样在行星下慢慢烤黑。然后换上另一批，周而复始。我睡得很沉是不？的确如此，不过要是你们为我整个死鱼一样，那可就大错特错了，金字塔下那艘宇宙飞船的发动机仍处于发动状态，你没听说过？我老了，（但）心不老，一个人住在水晶宫殿里，怪寂寞的，那些小子有时把一些电缆从我脚底下穿过，麻酥酥的，唉，寻个安静可真不易，火车也往水里开。

我说，你知道我在哪儿了？算你聪明。是在水里，在海水里。先前在岛上住了一阵子，享用了徒儿们若干年的奉祭，世道越来越难说了，干脆就搬到水下。对，水越深越好。有多深？我放一个屁你得在漫长岁月过去之后才能寻到它的泡泡。

有时我看到几片石楠花在飘零在水面向我游来，唉，这些多情的花儿，花自飘零水自流，可流不到我这儿，这儿太深了，像心。有时夜里披一件披风上去，偷偷一瞅，我的老情人阿辰还在那儿呢，左手捧碗，右手拿一枝石楠，眼眶里溢满了泪水，像泉水啊，流了两千多年了。她看不到我，唉，还像当年呐：徐福，天上的人，饮下这杯酒吧，瞧，我动了感情不是？唉，心还想飞呐，就像当年飞越那片响亮的海域一样。

首发《大众用电报》1996 年 10 月

龙卷风

刘晶林 一级作家。出版小说、散文、诗歌、报告文学等10多部，舞台剧10部，电视片10多部。曾获紫金山文学奖、江苏戏剧文学奖、江苏省政府一等奖、花果山文学奖、《人民文学》征文优秀作品奖、中国影视家协会优秀长篇电视片奖。

风平浪静，是这个季节的常客。

依旧是落日时分，夕阳用暧昧的色调，几乎没费什么事儿，就把东山坡上连部的几间平房，涂抹成装饰性很强的一幅水粉画。而作为画中人的阳山岛守备连上尉连长成一，依旧站在门前不远处的一块巨大的礁石上，让焦躁不安的目光，海鸥一般在辽阔的海天之间展翅飞翔。片刻之后，成一便头也不回地大吼一声："通信员，牵驴来！"

似乎作为这个季节每天黄昏之际工作的一道固定程序，通信员早有准备地把毛驴备好，就等着连长这一声吼了。于是，通信员在毛驴的屁股上拍了一掌，轻轻说了一声："去吧你。"毛驴便善解人意地迈着类似京剧演员在舞台上常走的那种小碎步，笃笃笃地来到成一的面前。成一以一个洒脱的跳马动作，手在驴背上轻轻一按，身子提起，人便坐在了驴背上。这时，通信员照例恰到火候地把一根柔嫩的柳枝递到连长的手上，然后前后保持五米左右的距离，跟在连长的屁股后面，或者也可以说是跟在驴的屁股后面，随同驴步，一路慢跑。

　　上尉连长成一一米八〇的个头，骑在驴背上，把驴衬托得又矮又小。尤其是成一的两条长长的结实的腿，松松垮垮地分别从驴背的两侧顺势耷拉下来，脚尖几乎快要触到了地。这样一来，毛驴小跑时的上下颠簸，加上小岛路面的高洼不平，使成一的皮鞋不免与地面发生磕磕绊绊。不过，成一并不怎么介意，脚一旦碰到地面，他就把腿稍稍往上提一提，过后又顺其自然地开始下垂……正是由于有了生活中这样一个细节的反复出现，以至成一穿过的所有皮鞋中，竟没有一双鞋头长年累月面目娇好的。

　　现在上尉连长成一骑着驴开始对小岛进行巡视。

　　成一胯下的驴，原来是炊事班用来拉磨的，用于做豆腐或是磨豆浆。后来连队买来了电动磨碎机，毛驴便完成任务，下岗了。营长曾经建议把驴杀了改善伙食，遭到了全连官兵的一致反对，大家说驴为我们服务了多年，没有功劳也有苦劳，我们不能卸完磨杀驴，应验了民间流传了多年的俗语，坏了我们阳山岛守备连的名声。这样一来，驴就理直气壮地留在了岛上。至于成一把驴当作自己的坐骑，那是后来发生的事。作为一连之长的成一，骑了隶属于本连的驴，理由不能说不充分，所以他骑驴骑得顺理成章。

　　成一巡视的路线相对固定，第一站照例是二排。战士们见他骑驴，笃笃笃地来了，纷纷打招呼说，"连长来了！"成一骑在驴上板着脸很凶地说，"我来了就要批评你们，看你们这双杠动作，软了吧唧的，没吃饭是怎么着？"说着用手上的柔嫩柳枝一指："二排长，你过来，做个示范给他们看看！"排长立正，答一声"是"，跑步来到双杠前，然后一跃，上杠，以一连串前后打浪、倒立、曲臂支撑干净利索地完成了一套组合动作。成一说，"就照你们排长这样给我下功夫练！"说完，成一用柔嫩柳枝在驴屁股上轻抽一下，驴便配合默契地笃笃笃向前走去。接下来，成一来到指挥排，照例是板着脸很凶的样子朝那个年轻的排长吼："说你是怎么搞的，门口这么脏也不安排人打扫打扫？看，那是谁扔的纸屑……我不是讲过多次了嘛，怎么就记不住呢？"指挥排排长看着骑在驴上的连长，嘿嘿地笑。"笑什么？"成一说。排长笑着说，"就打扫。"边说边弯腰拾起地上的一支烟头和一片废纸。就在指挥排排长弯下腰的时候，成一已经骑驴走了。成一顺着环岛小路走向他本次巡视的第三站。成一还没有抵达位于西山脚下一排居住的宿舍时，便听到了笛声。于是成一两腿一夹，连连喊了几声"驾驾驾"，骑驴一路小跑，然后停在了一扇窗前。隔着敞开的窗子，几乎是前番模样的再现，成一板着面孔，露出很凶的样子对坐在窗前吹笛子的那个战士说，"你吹的是什么呀？胡乱吹呢！那句曲谱该用单吐技法——单吐你会吗？"那个战士摇摇头。成一骑在驴上说，"把笛子扔过来！"那个战士就把笛子隔窗扔给连长。成一接过竹笛，横在嘴上，多多米米法索拉……吹了一阵子。"听到啦，这就是单吐！"说着把笛子扔给那个战士，你来一遍试试？那战士接过笛子，多多米米法索拉地吹了几下，问连长："你看行吗？""不行，再给我练，连着给我吹十遍，中间不要停……"

就在上尉骑驴巡视小岛的时候，有一个人站在连部门前不远的那块巨大的礁石上，饶有兴趣地进行跟踪观看，那专注而投入的样子，就像看中央电视台在黄金时段播出的一部极其精彩、故事性很强的电视连续剧。

许是新鲜与好奇，终于在成一骑驴巡视小岛归来的时候，那个充当热心观众的人，开始与成一就骑驴巡视连队的相关问题进行了对话。

那个人问："你干吗要骑那头驴呢？"

成一说："我干吗不骑那头驴呢！"

那人一笑："你干吗骑驴巡视到哪里，就板着面孔露出很凶的样子把火发到那里呢？"

成一说："我不想发火，可是忍不住。"

那人又问："为什么？"

成一摇摇头："说了你也不一定知道；不过，你若在岛上待得久了，自然就会明白了……"

那人点点头，沉默不语。

过了一会儿，成一突然问那人："你来岛上有半个多月了，感觉怎么样？"

那人说："你指的是哪方面？"

成一说："随便哪个方面。比如说海吧。"

那人说："要说大海的景色嘛，没说的，当然很美！"

"是吗？"成一说。

成一接着说，"你看那白云，一大团一大团地重复着自己，每日都是惺忪的样子，湿漉漉地低垂在海面，懒洋洋地与细浪闲聊；而天空和海洋，似乎蓝得总是一成不变。那种蓝，不是普通的一般的蓝，它蓝得铺天盖地，蓝得让人看得久了就会感到隐隐约约地发腻。那时候，你要是伸手去触碰一下，极担心那种蓝粘在你的手指上，永远摆脱不掉。怎么，不相信？不信，你就试试！你再看那只远帆，像不像民间剪纸天长日久地张贴在那里？不知你注意过没有，昨天，它在那个方位；前天，它也在那个方位；大前天，它还是在那个方位……你说乏不乏味吧？还有那整日里游荡不歇的略带淡淡咸腥海藻气味儿的风，在这个季节里纯属变态了，很是女性化，唱起歌来，哼哼叽叽，竭力模仿某类歌星，用气声发音，让人感觉到十二万分的蹩足！尤其是呈现出弧形的海平面，微微弯曲，像一把巨大的劲弓，然而却射不出一只响箭来，以便把你固有的想象击得粉碎……哦，不说了，我这是在岛上待久了，看够了这个季节里缺少变化的风景，甚至觉得一个个日子都落入了俗套。你初来乍到，可千万别受我的影响！"

那个人笑了一下，一时无话可说。

那个人佩有中尉军衔，名叫金光辉，是新近从警备区机关下到阳山岛守备连代职的指导员。

这一天上午，依旧风平浪静。

骤然响起的电话铃声，使上尉连长成一精神为之一振，仿佛有着某种预感，他觉得一定会有什么事情发生，于是抢在通信员之前，几乎是身子一扑，迅速出手拿起了桌上的电话听筒。

果然有情况！参谋长亲自从警备区司令部值班室打来电话，告诉成一，据空军五号气象站紧急报告，今天下午三时左右，将有龙卷风从阳山岛经过。参谋长命令连长成一务必在下午一时前，做好一切防范准备。参谋长严申，在龙卷风袭击阳山岛之际，全连必须做到三不能：不能有一人伤亡；不能有任何军用装备及物资受损；不能有一只牲畜减少……在这期间，每有情况，连队在向营部报告的同时，必须向警备区司令部值班室进行报告。

成一两脚后跟使劲一磕，站成标准的立正姿势，对着话筒大声喊道："请首长放心，我们保证完成任务！"

肯定是成一喊声太大，把隔着茫茫碧海远在数百里之外的大陆上的参谋长耳朵震得轰隆隆直响，以至参谋长连连埋怨："成连长，你喊什么喊？有劲过一会儿去使，别使得不是地方！"说完，参谋长在电话里忍不住嘿嘿地笑。

成一也嘿嘿地笑，笑得很是惬意。

放下电话，成一继续把笑意保持在脸上，一边急速搓动着一双急不可耐的大手，一边连连自言自语道："来了就好，来了就好……"站在一旁的中尉指导员金光辉差点不相信自己的耳朵，以为是听错了，心想连长这是怎么啦，龙卷风就要袭击小岛，他却说来了就好。

根据连队紧急召开的支委会上的分工，上尉连长成一担任这次防范龙卷风袭击的总指挥。

会后，连队的其他干部如同离巢的群鸟，按照各自分工迅速离开会议室，然后深入班排，组织人员进行抗灾准备工作的具体实施。这时，成一不慌不忙地走出连部，独自在离门不远的那块巨大的礁石上站了一会儿。此间，成一依旧习惯性地将自己的目光海鸥拍翅一般在海天之间做了一次自由自在的飞翔，飞翔的结果，并没有发现龙卷风的蛛丝马迹。天空依旧是那样的湛蓝，阳光依旧灿烂明媚，云朵依旧低垂着与细浪态度暧昧地拍拍打打或是交头接耳；同样，极远处的那几片白帆依旧一动不动地再一次成为民间剪纸，继续保持着其多年来一贯固有的艺术品位……但成一绝不会被眼前风和日丽的景色所迷惑。他是"老海岛"了，多年来的守岛经验告诉他，大自然变幻多端，完全超出了人的想象。成一经历过很多次海上奇遇，他知道风暴可以明着前呼后拥铺天盖地地袭击小岛；也可以暗地里骑在鱼鳍上潜入水中，等到悄悄接近了小岛，再突然跃出水面发动猛烈的袭击。他还知道有一种可以隔着军装用长长的针一样锋利的嘴巴叮咬人的苍蝇，平日里它们无影无踪，不晓得哪一天倏地乘着海风，趁人不备，从用于隐身的某片云层后面成群结队地飞出来，然后穷凶极恶地扑向小岛……所以成一对龙卷风持有高度的警惕性。他对龙卷风如期而至的相信程度，几乎不亚于相信自己足已具备了成功地带领全连官兵防范龙卷风袭击的能力！

在成一离开那块巨大礁石的时候，通信员在毛驴的屁股上轻轻一拍，便把毛驴拍到了上尉连长的面前。成一伸手在毛驴灰黑闪亮如同锦缎的背部轻轻地抚摸了数下，然后微笑着对通信员说，"牵回去吧。"通信员不解地问："不骑啦？"成一说："不骑了。"说完，成一便兴致勃勃地徒步沿着往日骑驴所走的固定路线，开始了对龙卷风袭击之前的连队进行新的一轮巡视。

成一来到二排住地。战士们见连长来了，纷纷热情地打招呼："连长来了？"成一乐呵呵地说，"来了。"然后成一态度温和地问二排长："火炮进入坑道啦？"二排长说，"全部拉进去了。"成一又问："双杠呢？"二排长说，"坚壁清野了。"二排长接着补充说，"实在舍不得留给龙卷风哇！"成一大笑，这就好！

山坡下，指挥排排长带着一个班的战士协助饲养员正把猪们往坑道里赶，于是人和猪们发出的阵阵热闹非凡的喊叫声，顷刻形成了对成一极大的诱惑。于是成一迫不及待地离开二排，兴高采烈地奔跑着，一步步接近那群人和那群猪。这时，成一的臂膀前后急速摆动着，其姿势远远看上去很像是一只云端疾飞的大鸟！

赶猪的队伍有了连长的加盟，似乎这一项最平常的活儿便由此焕然一新。这不，成一一到，见平日里连队饲养的这八十二头挺听话的猪，这会儿组织纪律性特差，任性得很，当即就和指挥排长商量，提出要对现有的赶猪方法进行改革。指挥排长连连叫苦，说是猪多人少，赶起来往往顾此失彼，不大好办？成一笑着照指挥排长宽厚结实的胸部亲昵地击去一拳，说："那你就抓住主要矛盾呗！"指挥排长嚷道："怎么个抓法？"成一说，"看我的。"说着上尉连长成一眉飞色舞，嗷嗷叫喊着去撵那头老公猪。那头老公猪个头特大，被连队的战士们公认为是猪王。成一撵上它时，猪王似乎知道来者不善，眼睛瞬间瞪得滚圆，嘴里呼呼发出低沉而又威严的警告，那意思再明白不过了，不要靠近我，否则，我对你不客气啦！谁知连长成一不理睬它那一套。成一围着猪王转了两圈，趁它个大转身迟缓不够灵活之际，身子一跃就骑在了猪王背上。猪王又急又恼，一番蹦蹦跳跳吼叫过后，很是无奈，便哼哼叽叽地不得不表示了服帖。接下来，连长骑着猪王在前面走，其他猪们见了，哪还敢胡闹？便一个个老老实实地尾随其后，排着大致整齐的队伍，在战士们的护送下，向坑道走去……

接近中午的时候，沿着小岛巡视的上尉连长成一与中尉指导员金光辉在一排的菜地前不期而遇。于是成一和金光辉这两位连队的主官，便见缝插针，站在菜地的地头，简要地碰了碰各自所掌握的连队防范龙卷风袭击的各项准备工作的进行情况；不过，这个话题不久就被一排长打断了。一排长正组织排里的战士们按照以往防台风的惯例，为菜地里茁壮成长枝叶茂盛的辣椒和茄子加盖茅草毡，这时一个战士提出异议，说龙卷风不是台风。龙卷风来了，别说是盖茅草毡，就是压上石头也没有用。那个战士的结论是：干，还不如不干！一排长细想，觉得有道理。就请示连长和指导员，是不是可以不为小菜地加盖防风的茅草毡了？上尉连长成一尚未表态，指导员金光辉当即给予了肯定的答复。接着金光辉忽发奇想，说："你看可不可以这样，把地里的辣椒和茄子连根带土刨起来，然后装进塑料袋，暂时移到坑道内，等龙卷风过后，再把它们栽回地里去……"一排长听了直叫好，说这办法不错，挺有诗意，以后连队在写防范龙卷风袭击的工作总结时，还可以作为一个典型情节好好渲染渲染呢！金光辉听了连忙严肃地指出："我们做工作不是为了图总结，你这个说法欠妥当。"一排长就笑，说指导员批评得对。说完，一排长就风风火火地准备安排人把辣椒和茄子从地里起出来。

此时，成一却提出了不同意见。成一笑呵呵地对金光辉说，"把这些菜搬走，然后再搬回来，我看诗意倒是有，只是费力太大，而且出力不一定讨好？想想看，只要龙卷风打我们这座面积只有零点一五平方公里的阳山岛经过，小岛的表面之物顷刻土崩瓦解面目全非……到那时，我们不辞辛劳地把这些辣椒和茄子们移回光光秃秃的地里，就很难说风景如画了。再者，万一上级机关事后来人见到，那不成了秃头上的虱子，明摆着给人家一个说三道四的机会嘛！所以依我之见，就算了吧。你说呢，指导员？"金光辉听连长这么说，连忙表示赞同，让一排长按连长的意见办……

中午一点钟之前，阳山岛守备连按照上级要求，提前做好了防范龙卷风袭击的各项准备工作。接下来，让上尉连长成一等待的，唯有龙卷风的到来了！

风和日丽，依旧友情客串，成为眼下海与天的特邀嘉宾。那么，狡猾的龙卷风此刻躲在哪一片云层后面呢？

离空军五号气象站通报龙卷风袭击阳山岛的时间还有两个小时，上尉连长成一站在连部门前不远的那块巨大的礁石上巡视海天，竟然没有发现一丝一毫龙卷风就要到来的迹象。成一相信空军五号气象站的预报，多年来这个气象站在为空军机场服务的同时,也为守岛部队提供气象预报,在成一的印象中,只要是五号气象站的预报,准确率高达百分之百!

那么,成一此刻急切守候着的龙卷风,其袭击小岛的方式,看来一定非同寻常了。莫不是面对的是军人,龙卷风也学会了动用军事手段欲对阳山岛发动一场突然袭击?果真那样,成一倒十分喜欢。成一喜欢不同凡响,渴望遇上强大的对手。

成一在阳山岛驻守了十年,在成为一名"老海岛"之前,他像所有的新兵一样,曾经一度惧怕过风暴。在早先的那些风暴袭击小岛的日子里,成一如同遭遇末日来临,他甚至不敢透过窗子看狂风掀起的巨浪很响地撞击在礁石上,然后将溅起的高高大大的玉树银花猛地在窗前摔得粉碎;他害怕听到风暴在自己所居住的宿舍屋顶疯狂地大跳迪斯科,那种咚咚咚强烈的节奏,如同非洲人在擂鼓,一声声震他头昏目眩,心脏几乎都快要承受不了;他还不愿置身在那种被黑暗紧紧包裹着的凶险氛围里,让大团大团的乌云离自己那么近,以致近得迫使你不得不产生种种幻觉,以为自己被乌云吞食了,竟连骨头都不剩;他还不想在风暴平息过后见到被恶浪劫持到岸上的鱼们,那些原本在海中自由自在游动的鱼,被摔得面目全非的样子,会让他感到是对自己目光的极大伤害……不过,那都是过去的事了,久远得如同发生在古代。后来,成一记不清从什么时候起,发现自己的感觉渐渐发生了一些变化,他变得不仅不惧怕风暴了,甚至在某个风平浪静的季节里,竟然会隐隐约约地产生出对于风暴的某些说不清道不明的深深渴望。他渴望在风暴来临的时候,让狂风呼啦啦歌唱着钻进自己的军装,把一身的绿色撑开,撑得像正在远航的风帆;他渴望大风把自己头上戴着的军帽当作风筝在天空尽情放飞,然后在他裸露着的短发间急速抚摸。他真的好喜欢那样的抚摸,那种摩挲,仿佛能产生出强大的能量,让人在得到某种快感之余觉得自己是那样的强大无比;他还渴望看到风暴中的海洋,那时候的海给人一种真实的感觉,真实得无须任何装饰;他还渴望那些被巨浪抛上岸的鱼们,如同在水中继续游动那样,在自己的血管深处,游成一个绝不平庸的汛期……现在,上尉连长成一正是带着这种难以言表的心情,守望着眼前阳光灿烂万里无垠的高天阔海。

准确时间是在午后两点,成一惊喜地发现位于阳山岛东南方向的湛蓝湛蓝的天空上，突然渗出一缕黑色线性的瘦云。这根瘦云在阳光的照射下，急速膨胀着自己的身体，以致极短的时间内，竟像某个世界超级魔术大师手中把玩着的魔棍，在成一激动无比的目光中不停地伸展着，越伸展越长。不多一会儿工夫，这根神奇的瘦云背衬无边无际的湛蓝，便以磅礴的气势，在浩瀚的苍穹，用自身飒爽的英姿，书写下一个巨大的惊叹号！

"嘿，来了，终于来啦！"成一高兴得手舞足蹈，他头也不回地大声向站在身后的通信员发出命令："快，吹哨子，全连集合，立即下坑道！"

连队很快集合起来。但就在全连官兵列队跑步接近坑道口时，成一改变了主意。成一没让大家立即进入坑道，而是在坑道口一侧的山坡上席地而坐，集体观看和欣赏那根悬挂在高空寻常并不多见的神奇的瘦云。成一非常理解战友们的心情，在这样一个艳阳高照海面无风无浪的时辰，看龙卷风是怎样一步一步接近小岛，不仅可以满足好奇心，而且是一种强烈的观感刺激，可以使大家从中获得极大的审美享受！至于龙卷风真的抵达阳山岛，成一也不用担心，只要一声令下，五秒钟之内，全连便能迅速进入坑道。这就是说，此刻大家无须花钱买票就可以充当热心观众，现场观看热情好客的大自然多年来难得馈赠的这一神奇景观，且绝对保证人生安全！

这时候，时间一分一秒地朝着下午三点钟接近；与此同时，那根悬挂在空中的巨大的瘦云，也得寸进尺，一步步贪婪地向着海面急速延伸。成一惊奇地注意到，就在他手表上的时针与分针准确地重叠在空军五号气象站预报龙卷风到来的那个时刻，那根长长的瘦云突然在几乎是静态的湛蓝色的背景画面中，一头扎入了大海！随即，奇迹出现在大家的眼前，龙卷风凭借着那巨大而急速旋转所产生的力量，在平坦无垠的海面神奇地拔起了一根浪柱。那浪柱在大家的视野里一尺一尺地茁壮生长着，其情景与电视节目中某部卡通片里的一个著名情节十分雷同，于是，没费多少事，浪柱便高高拔"地"而起，奋勇抵达蓝色的天空。接下来这座罕见的突兀的浪柱，随着龙卷风的走向，以绅士般的风度，缓缓地在海面作悠闲的漫步。而此时此刻，四野静极了，浪无语，鸥无声。成一注意到，作为观众的阳山岛守备连的全体官兵们，一个个被眼前发生的奇绝景观惊得目瞪口呆，只见人人屏住呼吸，端坐在山坡上，把脖子伸向统一的那个方向，竟连大气都不敢喘。

巨大的浪柱旁若无人地在海面继续行走着。

成一曾当过指挥排长，精通目测。成一将胳膊向前伸直，然后竖起大拇指，采用跳眼法，对那座巨大的浪柱进行测距。通过测算，成一发现龙卷风拔起的浪柱，仅离阳山岛大约六千五百米之距。稍有常识的人可想而知，在晴天能见度高、视野极其开阔的海面上，六千五百米的距离该是一种什么样的概念？那就好比浪柱近在咫尺，甚至是伸手可触了！

此时，成一放心的是，那座由龙卷风亲手缔造的巨大浪柱，其走向，由东南朝着东北呈直线性位移。这就是说，如果龙卷风在走向上中途不发生突变，将始终与阳山岛保持六千五百米的距离，从小岛的一侧默默无声地经过。当然，也可以换一种文学的说法，那就是威力无穷释放着巨大能量的龙卷风，虽然是以奇袭的方式，突然出现在大家的面前，但它没有丝毫的恶意，它并非是冲着守岛的军人们来的。因为它长途奔袭的过程中，没有惊动艳丽的太阳，没有打扰湛蓝的天空，不仅如此，也没有改变它所经过的周围以外的环境。所以它的行动是有限度的，仅此而已。

这样一来，龙卷风一下子就改变了它传统的凶恶面目，变得无比美丽动人了。现在，这座直径大约二百余米，而高度超出千米之外的浪柱，正以远比人们在世界上所有大都市中能够见到的最高的擎天大楼都要高大都要雄伟的奇特景观，打小岛的身边缓缓走过。成一注意到，那座巨大的浪柱呈玉色，背衬湛蓝的天空和金色的阳光，雪白之中略显透明，让人视觉上感觉极好。

浪柱就这样气势磅礴威武雄壮地在阳山岛守备连全体官兵们的检阅中健步行走了四十多分钟，然后龙卷风的风力减弱，于是它的身躯一尺一尺地低矮了下去。又过了一会儿，浪柱便无声无息地消逝在众人的眼前。这时，海面平坦依旧，阳光灿烂依旧，让人一眼望去，好像什么事情都不曾发生过一样。再看天空，标志着龙卷风的那道黑色的长长的瘦云，不知道什么时候神秘地失踪了，天空显得格外湛蓝，那情景好似被浪柱擦拭或是清洗过，竟然格外明亮清澈，纤尘不染……

而此刻，阳山岛守备连的全体官兵们，以恋恋不舍的目光送走那座由龙卷风惊心制造的巨大的浪柱之后，恍若置身梦中，依旧姿势不变地席地坐在坑道口一侧的山坡上，静静地坐成了一组群体雕像。后来，要不是上尉连长成一站起来，朝着海空，挥臂大喊了一声："龙卷风，你真是太棒了！"大家也许还会坐在那里，直至永远……

许多天后，依旧是一个风平浪静的日子。

被西下的夕阳染成一身金黄的上尉连长成一，站在离连部门前不远的那块巨大的礁石上，把展翅飞翔成海鸥的目光从辽阔的海天之间收回，然后头也不回地吼了一声："把驴牵来！"这时，立在身后早有准备的通信员便在毛驴的屁股上拍上一掌，说："去吧你。"那头小毛驴便轻车熟道地走到成一的跟前，用一颗硕大的脑袋亲昵地往成一的身上轻蹭。上尉连长成一转身跨上驴背时，通信员及时把手中的柔嫩柳枝递过去。连长接过柳枝，吆喝一声"驾——"，小毛驴便驮着成一沿着固定的路线，开始了对小岛的巡视。

此时，成一骑驴笃笃笃地往前奔跑，通信员则在距离毛驴腚后五米处紧追不舍——夕阳用暖暖的色调随意涂抹出的这样一幅画面，深深吸引住一个从连部走出来的人。那个人极有兴趣地走到门前的那块巨大的礁石上，让目光追随连长和他骑的那头小毛驴渐渐远去，然后看成一板着面孔露出很凶的样子粗声粗气地朝某个部下无名地发火；而那个部下却一点儿也不生气，只是笑，笑容十分灿烂……

那个人就这么久久地站在礁石上观看，看得心弦禁不住悄悄被一只无形的手拨动了一下，于是有响声在胸膛引发出共鸣，其声如钟，深沉而又洪亮。与此同时，一抹晚霞飘落在他佩戴着的中尉肩章上，把本来就很有光彩的金星，映得铮亮。

原载《山东文学》文学杂志 1998 年 6 期

三个深夜喝酒的人

李惊涛 江苏连云港人,中国作家协会会员,江苏省作家协会会员,中国计量大学人文与外语学院中国文化研究中心主任。有文艺论文集《作为文学表象的爱与生》《文艺看法》、长篇小说《兄弟故事》、中短篇小说集《城市的背影》《三个深夜喝酒的人》、散文集《西窗》和剧本《千秋计量》等行世。

黑脸人开着一家小吃店,可是这天晚上一个客人也没有。天是秋天,因为有几只蚂蚱和蝼蛄在店前的路灯下飞起来,又摔下去。它们又飞起来,又摔下去。黑脸人看着这些蚂蚱和蝼蛄。从他的黑脸上可以看出来,他对这些小东西并没有兴趣。但是他依然看着。

黑脸人的小店,经营卤煮火烧,延吉冷面,也炒小菜。行人像流水经过门前,又流过去了。偶尔也溅上几朵水花,这便是黑脸人的生意。

夜深的时候,来了一个人,这个人背着一把吉他。黑脸人睃了睃来人和他的吉他,问:"吃点什么?"

背吉他的人摇摇头。

"坐吧,"黑脸人说,"抽支烟?"

来人又摇头,但看看店面招牌,就坐了。迎接他屁股的是路灯下圆桌旁的一只小兀凳。像这样的小兀凳,圆桌周围一共有四只。他将屁股安顿下来,调整了一下视角，以便可以看河对岸影影绰绰的树林。这人将吉他斜垂下来，用指头拨了一个和弦。

黑脸人不紧不慢地在小圆桌上摆了一盘小葱拌豆腐，又摆了两只酒盅，拎上半瓶洋沟酒。这种烈性酒价格低廉，产自中国东部一个小镇。

"想弹，你就弹吧。"黑脸人说。

灯影里，来人看上去眉清目秀，像个少年。一副秀琅架眼镜骑在他鼻梁上。他的眼睛在鼻梁后面眯成细缝，说，"你这个小吃店，名字很特别——秀才小吃店。"

"也就是讨一个口彩吧。"黑脸人呷了一口酒，说，"大学本科生，该算个秀才了吧。"

"有本科文凭，"带吉他的人问，"怎么开起了小吃店？"

"弹你的吉他吧，"黑脸人说，"拣你拿手的。"

"我想喝杯酒，可是我没有钱。"带吉他的人说，"我觉得有点胃寒。"

黑脸人斟了一盅，递过去。"胃寒，喝点酒会有好处。"他说。带吉他的人接了，先抿了一点，品品，然后皱着眉头一饮而尽。

"好多了。"来人表示。"我是第一次喝这种牌子的酒，"他说，"我弹唱一首歌，算付你的酒钱。"

"弹你的吧，"黑脸人说，"拣你拿手的。"

来人又拨了一个和弦，弹唱起来。

    这位先生来自鹿港小镇
    请问是否看见我的爹娘
    我家就住在马祖庙后面
    卖香火的那家小杂货店

弹唱到这里，戴秀琅架眼镜的人停了下来。因为桌边又来了一个人。现在桌边的人加起来，一共是三个人。这第三个人生着络腮胡子。他往桌边一站，不知为什么弹吉他的人觉得再也弹不下去了。水泥地上，蚂蚱和蝼蛄们，飞起来，又纷纷摔下去。细小的噼啪声，令人想到它们身体很好，很结实。

"吃点什么？"黑脸人问第二个来人。

灯光下，络腮胡子脸上有阴影，使人看不出他的表情。他没有说话。

"坐吧，"黑脸人说，"抽支烟？"

络腮胡子摆了摆手。

黑脸人说，"抽烟有好处，虱子不叮蚊子不咬。"

"好处是不少，"络腮胡子嗓音沙哑地开了口，"可是我没这坏毛病。"正说着话，此人的手却像蟾蜍的舌头，突然弹出去，捉住一只想从眼前掠过的蚂蚱。他看了看，塞进嘴里，顺手抄起一盅酒倒进去，嚼了嚼，咽了。

"飞虾的味道，历来是不错的。"他喉咙蠕动着说，嘴角还挂着一条蚂蚱腿。他也在一只小兀凳上落了座，看看弹吉他的人，他又说，"接着弹，弹吧。"

弹吉他的人扶扶眼镜，注视着络腮胡子的嘴角、喉头，又看了看地上飞起来又摔下去的蚂蚱。他闭了一下眼睛，接着弹唱起来。

  这位先生来自鹿港小镇
  请问你是否看见我爱人
  想当年我离开家时她正十八
  有一颗善良的心和一头长发

"女人的事情，你不能太酸。"黑脸人吱地吞下一盅酒，问，"你们俩，识文解字吧？"

络腮胡子笑着摇了摇头，说，"我不识字。"又问弹吉他的人："你呢？"弹吉他的人说，"我也不识字。"

"看你们脸上，都透着书卷气。"黑脸人狡黠地说，"玩真的，你们准不敢。"

"你弹你的，"络腮胡子对弹吉他的人说，"我爱听。"

弹吉他的人皱皱眉头，又开始了弹唱。

  在梦里我又回到鹿港小镇

> 马祖庙的烧香人依然虔诚
> 岁月掩不住爹娘纯朴笑容
> 梦中的姑娘依然长发迎空

由于没人插话,他的弹唱继续下去了。

> 台北不是我想象的黄金天堂
> 都市里没有我当初的梦想
> 漂泊的人啊 请听我唱首歌
> 我的歌里有风雨声 有鹿港的清晨

啪、啪、啪,络腮胡子拍了三下巴掌。然后他说,"你唱得动情,弹得也不难听。"

"我在大学是全校吉他弹唱亚军。"戴秀琅架眼镜的人有些不好意思地说,"这歌写的也像我。"

"你上的什么系?"络腮胡子问弹吉他的。

"中文。"被问的人说。

"你呢秀才?"

"也是中文。"黑脸人回答。他的声音听起来有些被动和不情愿。

啪、啪、啪,络腮胡子又拍了几下巴掌。他鼓出的掌声渐渐地有些可恶。

"幸会。"他说,"我学的系科,也跟中文有亲戚关系。"

"这么说,我没看走眼,你们俩真是文人。"黑脸人说罢,转身走进店里,出来时手里又多了一瓶酒和一只酒盅。

现在小圆桌周围坐的是两个学中文的,一个跟中文沾亲带故的。菜还是那盘小葱拌豆腐。另外,就的灯影里活蹦乱跳的蚂蚱和蝼蛄了。不过这些活跃的小东西,并不是人人都可以享受到的,你得有那番身手。

"你们喝着我的酒,"黑脸人说,"我不要你们的钱,因为你们都是文人。"

"你是个好掌柜的。"刚才弹吉他的人说,"你不像别的那些人。他们从东面和西面向我要钱。他们从南面和北面向我要钱。可是我没有钱。就是有也不给。就是给也不多。就是多也没用。因为钱是假的。因为我没有钱。"

"你的记性很棒，这是世界上最好的诗。"络腮胡子说，"写诗的是我朋友，可惜他已经死了。"

"啊，他该得诺贝尔文学奖。"黑脸人说，"喝点酒吧，为你的朋友。"

"酒也不见得是什么好东西。"络腮胡子嗓音更加沙哑，"我的朋友，很可能就死在酒后发作上。"他一边说，一边将曾经致朋友于死地的东西，又喝下去一盅，然后，用力一捏。酒盅在他手里，立刻碎成齑粉。

黑脸人默默注视着捏碎酒盅的人。

戴秀琅架的人看得有些呆怔。他夸赞络腮胡子好功夫，问道："你从哪里来？"

络腮胡子说了一个大地方的名字。然后问："你们怎么，从我的口音里还听不出来？"

"听不出来。"店主人的脸，已经彻底黑透。他说，"现在满世界都是南腔北调的人，谁知道是哪座山里蹦出的猴子。"

"你这么说，"络腮胡子说，"说得也是，我是属猴的；老家的山，早给搬去填海了。"

黑脸人品着络腮胡子的话，烟头烧痛了他的手指。他起身为络腮胡子又找来一只酒盅，咧了咧嘴说，"属猴，那咱俩同岁，四十了。都说这是个不惑的年龄，可有些事情，你就是闹不明白。"

"闹不明白好。"络腮胡子说，"糊涂难得呀。"

"我有点烦你们了，"戴秀琅架眼镜的人说，"看你们俩跟知音似的。"

黑脸人一笑，对戴秀琅架眼镜的人说，"你把吉他放下，说段恋爱史吧。说这个喝酒，有劲。"

戴秀琅架眼镜的人把吉他放下了。他说了一段恋爱史。原来，这是个骑虎难下的人。

"女人是老虎，"络腮胡子说，"这话有点意思。"他的话音里，有种牙痛的感觉，嘶嘶的。

"你这话让人听了，"戴秀琅架眼镜的人说，"好像你受过伤，经验多丰富似的。"他呷了一口酒，开始咳嗽起来。他一咳嗽，听着就像有人不断地扔空罐头盒。

"我经验不丰富？"络腮胡子往面前的两个人眼前猛一凑，"看看我脸上这道疤，还不算伤？能没经验？"

这时候有风吹过。尘土、纸屑和树叶们开始活动了。

"看样子你是个情种。"黑脸人说，"可是，对女人，我更内行。跟你们说吧，我结过三次婚。"他喝了一盅酒，下巴颏仰着，迟迟不肯放下来，说，"男人不娶三次妻，到老不如小公鸡。说起女人，你们懂什么。"

络腮胡子也喝下一盅，问黑脸人："你现在的太太，跟你可好？"

"又离了。"黑脸人喑哑地说。他将下巴颏放下来，用劲抽了一口烟。

"这说明，女人，你并没真懂。"络腮胡子说。

"哪一任夫人最棒？"戴秀琅架眼镜的人意犹未尽，问黑脸人。

黑脸人抽了一口烟说，"唉，天下乌鸦一般黑啊。"

络腮胡子忽然爆发出一阵大笑。

"你笑什么？"黑脸人说，"听你的笑声，你倒像个专家了。你是干什么的？"

"我干什么，这无关紧要。"络腮胡子收住笑声说，"重要的是，女人跟女人，都是不一样的，风味，情调，感觉……"

"你就说说你的女人是个啥风味吧，"黑脸人截断络腮胡子的话，说，"好给咱下酒。"

"你喝多了。"络腮胡子说，"关于女人，我只能说，她们不是下酒物。"

黑脸人听了这话，将半瓶白酒竖起来，倒进早已做成漏斗状的嘴里。只两三秒，他便把空酒瓶朝身后一扔，抹了抹嘴，说，"你以为你在跟谁说话？嗯？"

络腮胡子见黑脸人眼睛直直地盯着他，想了想，说，"拿酒来吧。"

黑脸人摇摇晃晃走进自己的小吃店，眨眼便拎出两瓶白酒。这种洋沟酒遍布大大小小的烟酒店和小吃铺，黑脸人店里的墙角，起码堆了有上百瓶。烈性白酒，在这座城市很受欢迎。

"你们想干什么？"戴秀琅架眼镜的人厉声劝道，"别斗狠了，谁也不要目中无人！"黑脸人听了，又歪歪扭扭走进店铺，拎出了第三瓶。此刻，已经喝掉的和将要喝掉的，一共是三瓶半。

"甭废话了。"黑脸人说。他掂起一瓶，启开，对着嘴咕咚咕咚倒了进去。而后，他将酒瓶在桌沿上猛一磕，手里便落下半截茬口锋利的瓶颈。他在喉咙里咕噜说，"看着办吧。"

另外两个人相互瞧瞧。就是这么回事，他们两个过路人，被一家小吃店的店主，下了两瓶白酒的死帖儿。这两个人相互瞧过之后，又向大街张望。街上，真正是阒无人迹。河里的流水声尚在远处。或许，那里的流水根本就无声无息呢。

戴秀琅架眼镜的人说，要不，"我唱首歌替代这瓶酒吧？"

黑脸人的脸上，看不了出任何意思。

戴秀琅架眼镜的人只好拿起酒瓶，启开，嘴巴朝天仰着，试图把酒倒进去。但是他很快呛了一口，剧烈地咳嗽起来。

络腮胡子问："你能行吗？"

戴秀琅架眼镜的人泪流满面。他想说什么，但终于什么也没有说，又将瓶嘴对着嘴巴，仰起了脖子。在路灯黄色的光晕中，他的脖子显得白嫩细腻。忽然，这个被迫豪饮的过路人，将空酒瓶往电线杆下猛一掷，立时有几只蚂蚱和蝼蛄被砸毙了命；另有几只，被流出的残酒浸熏得无法起飞，晕头胀脑地趴在地上。

络腮胡子用力捏了捏戴秀琅架眼镜人的肩膀，然后抄起酒瓶，启开，一口气将酒干了，却又用牙一崩，将酒瓶口啃下一块，有滋有味地嚼着。他的嘴里，玻璃碴沙沙的响声，在深夜里听起来格外清晰，传得很远。

黑脸人站了起来。他上前抓住络腮胡子和戴秀琅架眼镜人的手，说，"你们到底还是来了。我估摸着，今天夜里，一准有真人来。这店开了大半年，就是为了今天，等你们俩。"

戴秀琅架眼镜的人用另一只手揩着眼睛，说，"是我找了你们大半年。"

"要不是我最近背了运，"络腮胡子庆幸地说，"今夜还不定能不能见面呢"。

然后他们三个人的六只手紧紧握在一起，亲热地摇晃起来，最后干脆拥抱成一团，在路灯底下转起了圈子。

转起圈子之后，他们感觉十分幸福，彼此从对方脸上看出了自己兄弟的影子。然后，他们旋转的速度越来越快。这时候，他们分别见到了自己的童年，少年。在他们的青少年时代，抱着转圈，旋转，是常有的事儿。后来，他们感到身体渐渐变轻，变薄，像一片纸屑，一片鹅毛，慢慢升上了天空。他们飞翔起来了。因为街道、房屋、楼厦渐渐降到了下面，变矮，变小，变到没有。伴随着他们飞翔的，是他们和尘埃、和空气、和云彩产生的摩擦声。这些摩擦声像周围的星星一样闪烁不定，有沙哑的，有尖细的，有浊重的，并且有隐隐约约的意义。关于生活和鞋里的沙子。关于眩晕。关于井口落下的石头。关于女人以及咽进肚子里的牙。关于亡命天涯和折断的翅膀……摩擦声渐渐微弱。他们看见了一片光明，那是天堂的景色。

太阳升起来了。行人出现在街头。蒙着口罩的环卫女工，开始用大扫帚清扫街道。事实上在太阳升起来之前，这座市的街巷里，已经有了行人。只是环卫女工习惯于在太阳升起的时候上街清扫。是她们发现在河岸边的电线杆下，小圆桌上摆着一盘小葱拌豆腐，几乎原封未动；桌上桌下有四五只酒瓶，有的站着，有的躺倒，有的已经粉身碎骨。从桌上酒盅的数量可以看出来，曾经有三个人深夜在这里喝酒。但小兀凳横七竖八歪倒在地上，旁边还有一把吉他和几只死蚂蚱，就是不见人影。秀才小吃店的门大敞着，也空无一人。在离小圆桌不远的地方，他们发现了一副被踩碎镜片的秀琅架眼镜……

"这些夜里喝酒的人，只知道糟踏卫生，从来不打扫。"一个年长的清洁女工说，"他们到哪里去了呢？"

一个正在清扫的年轻女工听了，俏皮地一笑，说，"他们呀，飞上天去了。"

原载《十月》2000年第4期

盐河旧事

相裕亭 中国作协会员。著有长篇盐河系列小说三部。其中,《盐河人家》获"五个一工程"奖;《看座》获"中骏杯"《小说选刊》双年奖（2016—2017）、第16届全国微小说一等奖（2017年度）、入围"首届汪曾祺华语小说"奖;《风吹乡间路》获"花果山"文学奖;《忙年》年获"冰心儿童文学"奖;连续六届获全国小小说优秀作品奖。《偷盐》入选2005年中国小说排行榜。

威 风

东家做盐的生意。

东家不问盐的事。

十里盐场，上百顷白花花的盐滩，全都是他的大管家陈三和他的三姨太掌管着。

东家好赌，常到几十里外的镇上去赌。

那里，有赌局，有戏院，还有东家常年买断的一套沿河、临街的青砖灰瓦的客房。赶上雨雪天，或东家不想回来时，就在那儿住下。

平日里，东家回来在三姨太房里过夜时，次日早晨，日上三竿才起床，那时间，伙计们早都下盐田去了。三姨太陪他吃个早饭，说几件她认为该说的事给东家听听。东家也不知道是听到了，还是压根儿就没往耳朵里去，不言不语地搁下碗筷，剔着牙，走到小院的花草间转转。高兴了，就告诉家里人，哪棵花草该浇水了；不高兴时，冷着脸，就奔大门口等候他的马车去了。

马车是送东家去镇上的。

每天，东家都在那"哗铃哗铃"的响铃中，似睡非睡地歪在马车的长椅上，不知不觉地走出盐区，奔向去镇上的大道。

晚上，早则三更，迟则天明，才能听到东家回来的马铃声。有时，一去三五天，都不见东家的马车回来。所以，很多新来的伙计，常常是正月十六上工，一直到青苗淹了地垄，甚至到后秋算工钱时，都未必能见上他们的大东家一面。

东家有事，枕边说给三姨太，三姨太再去吩咐陈三。

陈三呢，每隔十天半月，总要想法子跟东家见上一面，说些东家爱听的进项什么的。说得东家高兴了，东家就会让三姨太备几样小菜让陈三陪他喝上两盅。

这一年，秋季收盐的时候，陈三因为忙于各地盐商的周旋，大半个月没来见东家。东家便在一天深夜归来时，问三姨太："这一阵，怎么没见到陈三？"

三姨太说："哟，今年的盐丰收了，还没来得及对你讲呢。"

三姨太说，今年春夏时雨水少，盐区喜获丰收！各地的盐商，蜂拥而至，陈三整天忙得焦头烂额。三姨太还告诉东家，说当地盐农们，送盐的车辆，每天都排到二三里以外去了。

东家没有吱声。但，第二天东家在去镇上的途中，突发奇想，让马夫带他到盐区去看看。

刚开始，马夫以为自己听错了，随后追问了东家一句："老爷，你是说去盐区看看？"

东家没再吱声，马夫就知道东家真是要去盐区。东家那人不说废话，他不吱声，就说明他已经说过了，不再重复。

当下，马夫调转车头，带东家奔向盐区。

可马车进盐区没多远，就被送盐的车辆堵在外头了。东家走下马车，眯着眼睛望了望送盐的车队，拈着几根花白的山羊胡子，挂着手中小巧、别致的拐杖，独自奔向前头收盐、卖盐的场区去了。一路上，那些送盐的盐农们，没有一个跟东家打招呼的——都不认识他。快到盐场时，听见里面闹哄哄地喊呼——

"陈老爷！"

"陈大管家！"

东家知道，这是喊呼陈三的。

近了，再看那些穿长袍、戴礼帽的外地盐商，全都围着陈三递洋烟、上火。就连左右两个为陈三捧茶壶、摇纸扇的伙计，也都跟着沾光了，个个叼着盐商们递给的烟卷儿，人模狗样地吐着烟雾。

东家走近了，仍没有一个人理睬他。

被冷落在一旁的东家，心里很不是滋味，他在那帮闹哄哄的人群后面，好不容易找了个板凳坐下，看陈三还没有看到他，就拿手中的拐杖从人缝里，轻戳了陈三的后背一下。

陈三一愣！还没有反应过来身后的这位小老头，到底是不是他的东家时，大东家却把脸别在一旁，轻唤了一声，说："陈三！"

陈三立马辨出那声音是他的大东家，忙说："老爷，你怎么来了？"

东家没看陈三，只用手中的拐杖，指了指他脚上的靴子，不温不火地说："看看我的靴子里，什么东西硌脚！"

陈三忙跪在东家跟前，给东家脱靴子。

在场的人谁都不明白，刚才那个威风凛凛的陈大管家、陈老爷，怎么一见到眼前这个骨瘦如柴的小老头，就跪下给他掏靴子。

可陈三是那样的虔诚，他把东家的靴子脱下来，几乎是贴到自己的脸上了，仍然没有看到里面有何硬物，就调过来再三抖，见没有硬物滚出来，便把手伸进靴子里头抠……确实找不到硬物，就仰起脸来，跟东家说："老爷，什么都没有呀！"

"嗯——"东家的声音拖得长长的，显然是不高兴了。东家说："不对吧！你再仔细找找。"

说话间，东家顺手从头上捋下一根花白的头发丝，猛弹进靴子里，指给陈三："你看看这是什么？"

陈三捏起东家那根头发，好半天没敢抬头看东家。东家却蹬上靴子，看都没看陈三一眼，起身走了。

《百花园》2000年8期

《小小说选刊》2000年18期选载

《作家文摘》2000年9月12日选载

《传奇传记》选载

收入《小小说选刊十五年优秀作品选》

选入《语文教学研究》2005年3期

收入《世界华文微型小说选》（英文版）

获《百花园》年度读者推荐优秀作品奖

获1999年至2000年度全国小小说佳作奖

获2000年度全国期刊优秀作品奖

忙 年

一进腊月，吴家大院里就开始忙年了。

先是南来北往的牛贩子、羊贩子，主动上门订货，再就是附近三乡五里的，哪家有个稀罕物，比如院儿里打下的金丝蜜枣、甜水黄梨，以及潋透了的红柿子什么的，自家孩子舍不得上口，也要拣个大个儿的、色泽亮丽的，用筐子、篮子或是一方小手巾什么的提来，问吴家要不要，以便能换几个铜板，赶新年给孩子添件新衣裳，或是全家人能在年初一的早晨吃顿白面饺子。

吴家的内务，全都是大太太掌管着。

每年的这个时候，她都提早告诉管家，进多少牛羊，杀几头肥猪。至于那些枣呀、梨呀、葵花籽什么的，都是些零嘴玩意儿，大太太交给她身边的一个叫兰枝的丫头管。

大太太身边，一直都是兰枝、兰叶两个丫头伺候着。

兰叶多居屋内，给大太太梳头、捶背。大太太好抽烟，她那杆乌亮亮的竹竿烟袋，足有二尺长，大太太自个儿是够不着点火的，全都是兰叶摇着火捻子，歪着头，鼓圆了樱桃小口轻轻地给她吹进火星儿。有时，那火星吹不旺，大太太反手就把那长烟袋抽在兰叶的脸上了。

兰枝在某种程度上，已经担负起管家的重担，吴家大院里，自老管家陈三死后，大大小小的事情，都交给兰枝丫头来张罗。兰枝丫头年纪虽轻，可她很懂理！有事儿，大都站在堂屋客厅与东厢房相隔帘子旁说给大太太。大太太有事儿，由兰叶出来喊兰枝在门口的帘子旁听着。

这一年，吴老爷捎过话来，说要领四姨太回来过年。家里杀的牛呀、羊的，相比往年都要多出好几倍来。

大东家吴老爷自打娶了四姨太，就长年住在城里了。那里，有吴老爷的钱庄和四姨太她父亲留下来的天成大药房。如今都是吴老爷一个人掌管着。

大太太知道，吴老爷和四姨太一回来，就要请县上警察局、镇上治安员什么的，到家里来吃酒席。原准备杀两头牛的，又让管家再去牵一头来，吴老爷爱吃牛肉丸子。又让兰枝多去弄点白果、核桃什么的，为四姨太准备着。

这样一来，家里的计划全打乱了，要杀的鸡呀、羊呀，所蒸的年糕、包子、五花肠什么的，全都要再添份子。一时间，可忙坏了兰枝！眼看就要到年根儿底了，三四个厨子昼夜不停地炒呀煮的，还是少个杀鸡剖鱼择菜的。兰枝想到了往年来帮过厨的东街田嫂，就去请示大太太，问是不是叫田嫂来帮帮忙？

田嫂有二十出头，瘦高个儿，雪白的脖子，干活很利落，杀鸡、宰鹅、油炸狮子头，样样都能拿得下来，尤其是揉馒头压卷子时，她把两只衣袖高挽着，揉起面团来，总踮起脚尖往下用力气。

这几年，吴老爷很少回来过年，家中不再做太多的菜，一般不再去叫田嫂来了。田嫂这两年运气不佳，先是生个小豁嘴丫头，接下来，她丈夫的腿又在今年秋天运盐的时候磕断了，已经三个多月不能下地干活了，家里所有值钱的东西变卖给她丈夫吃药了，可那腿还是不敢着地儿。

大太太可能也忌讳田嫂的孬运气，兰枝在门口问她的时候，大太太半天都没吭声。大太太也在想，这都年根儿底了，不叫田嫂来，又好再去叫哪个呢？再说，换个新手来，她一时半会儿，还插不上手哩。

大太太就没有干预这件事。

兰枝呢，听大太太没有回话，也没听大太太反对，就知道大太太是默许了，随即派人去找田嫂。

田嫂来的时候，满脸都是喜悦。她在家里，正在为过年发愁哩！吴家人若是再晚叫一步，她就要把头发剪下来，拿去小店换两个铜板好过年了！多亏了吴家让她来帮厨。这样，等到年根儿底，离开吴家时，多多少少的给一点鸡呀鱼的也就好了。若赶上吴家老爷、太太们高兴了，没准还能给好几个热肉丸子哩！

田嫂满怀着希望，来到吴家。

当天，田嫂顶着一个灰白的花手巾穿一件紫花的小夹袄。那小袄，没准还是结婚那会做的，前几回来帮厨，也都穿着它，紧箍在身上，衣角还翘巴着，正好有个脏围裙，给她一扎，刚好把那小袄翘起的衣角给扎住了。尔后，田嫂就被指派到当院的污水窝前拔鸡毛。

田嫂挽起两臂，从屋里的大锅里提来一大木桶热水，往那大盆里一倒，抓过一只鸡往那热水盆里一打旋儿，热气还在直冒呢，田嫂就大把大把地往下扯鸡毛了，她旁边有个专门用来蘸手的冷水盆，手烫得受不了时，就往那冷水盆里一蘸，立马又去拔鸡毛了。要不，盆里的热水一凉，鸡毛就不好拔。田嫂干这样的活，是很有些经验的。

接下来，田嫂又被喊去和面、剁肉馅、打年糕，等到年三十的那天下午，吴家已经没有多少事了。也就是说，那时间田嫂可以回去了，可吴家还没有开口说给她点什么东西，田嫂就没急着走，她自己给自己找些事情做，把炸鱼炸剩下的碎鱼、烂虾与玉米面、鱼粉面和在一起，为吴家的狗呀、猫呀，也准备了"年夜饭"。等到吴家大院在风雪里贴上红对子，挂上大红灯笼时，街上稀稀拉拉地响起了迎新年的鞭炮声。那时间，已经是大年三十的夜了。

大东家吴老爷与四姨太，因为那场暴风雪，临时取消了回盐区过年的计划。他们只说等年后，天气好转了再来。

大太太知道这个结果，连晚饭都没吃，歪在床上迷迷糊糊地睡了。后来，等兰枝领着田嫂，站在帘子外面喊她时，大太太似乎是睡着了。兰枝连喊了两声：

"大太太，田嫂要回去了！"

"田嫂要走了，大太太？"

喊声中，田嫂正两眼茫茫地站在门外的风雪里。

田嫂想,今年东家做的肉、鱼丰盛,怎么也该给她一点带上。田嫂自打到吴家来忙年,家中的瘸腿丈夫,还有那个豁嘴的小闺女,没准几天都没进汤水。田嫂家的年怎样过,就指望吴家大太太的恩赐了!

哪知,大太太里屋发话,说:"窗台上的枣儿,给她几个吧……"

兰枝和田嫂还在等大太太的下文,可大太太不吱声了。兰枝低着头,从屋里出来时,田嫂已捂住哭声跑出了吴家大院,兰枝一个人,站在吴家大院的雪地上,许久,一动没动。

第二天,大年初一早晨,吴家大院里一阵喜庆的鞭炮响过以后,少爷、姑奶奶以及吴家的奶娘、奶妈、丫头们,一拨一拨来给大太太磕头拜年。等临到兰枝、兰叶时,兰枝跪在大太太床前磕过头后,退到门外的帘子旁,告诉大太太,说田嫂昨晚在回去的路上,投井死了!

大太太听了,半天没有吱声。末了,大太太恶狠狠地说了一句:"不识抬举!"随后,责成吴家大院里的人,谁也不许去看热闹,权当吴家不知道那回事情。

《百花园》2003 年 3 期
《小小说选刊》2003 年 8 选载
《百花园》2003 年优秀作品奖
获《百花园》读者推荐优秀作品奖
获 "冰心儿童文学" 奖
中国文学馆永久收藏

看 座

盐河入海口的河汊子里,随处可见那样一块块貌似水中浮萍一样的荒岛。它是上游洪峰携带泥沙在此堆积而成。有的岛屿,是因为河水改道后,所裸露出的河床自然形成的。它们凸显在淌淌的河水或潺潺的溪流当中,上面长满了翠生生的蒲草与芦苇。远看,恰如一块块碧玉镶嵌在白茫茫的河面上。偶尔,还可以看到那些岛屿上,长出一两棵不知名的小树,孤芳自赏地矗立在小岛的芦苇丛里,给盐河里觅食鱼虾的水鸟,营造出难得的栖息场所。

盐河边打鱼、扳罾的渔民，很喜欢那样的岛屿。他们携带着捕鱼、捉虾的家什，划一叶小舟到岛上去垂钓，或将一个个系上鱼饵的网筐——当地渔民们称之为罾的一种捕鱼工具，密布在小岛周边的水域里，时而用竹竿猛挑起罾网，捉住前来觅食的鱼虾。

那种虾弹鱼跳的场景，怪喜人呢。

某一年，小麦扬花、青杏挂枝的时候，盐河口捕鱼的汪福，正在大盐东沈万吉沈老爷家秫子地边的河心岛上扳罾捉鱼，河对岸，一辆马车"吁——"的一声，停下了。

当时，汪福认为是过路的商客，停下来观看他如何捉鱼呢。所以，他没去搭理对方，只顾忙于扳罾、收鱼。可等他看清楚河对岸那个身着长袍的老人，是沈家的老太爷沈万吉时，汪福立马慌了手脚，他赶忙扔下手中的罾网，抱起刚刚捕捉到的一对大白萝卜似的鲢花鱼，淌水跑到河对岸来，硬将那一对尚在拧滚、打挺儿的鲢花鱼，塞到沈老爷的马车上。

汪福所扳罾的那个小岛，坐落在沈万吉沈老爷家的地头，谁能说那个河中的小岛，不是沈家的呢？他汪福怎么就堂而皇之地在人沈家的小岛上搭起草棚，扯起网绳，坐收"鱼"利呢，显然是不合章法。

汪福下意识地给沈老爷作揖、求饶说："托沈老爷的福，小民汪福，在此混口饭吃。"

沈老爷支吾了一声，好像没当回事情。

沈老爷或许就是一时兴起，想停车看看风景。刚才，若不是汪福那一番作揖求饶的话语，沈老爷没准都不记得河对面那片绿油油的秫子地是他家的。

汪福看沈老爷不言语，他心里越发紧张了，误认为沈老爷要拿他是问。

汪福当即表示收网走人。言外之意，求沈老爷宽容他这一次。以后，他不敢再来了。

哪知，沈老爷看汪福那副惊慌惊恐的样子，如同说笑一般，告诉他："那个小岛，送给你啦！"

说完，沈老爷登上马车，走了。

汪福却愣在那儿，瞬间不知所措。

马夫看汪福半天没醒过神来，便回头大声告诉他："沈老爷发话，那个小岛送给你啦！"

汪福这才"扑通"一声，跪在沈老爷马车后面的烟尘里，接连磕了几个响头，以谢沈老爷的大恩大德。

这以后，汪福的日子愈发充实了，他拆掉岛上那个临时搭建的小草棚，板板整整地盖起两间门窗敞亮的小茅屋。之后，他一边打鱼，一边铲除岛上的杂草、芦柴，开垦出一垄垄的地块儿，种上了辣椒、茄子、韭菜、洋芋，入秋以后又种了几畦翠莹莹的芫荽、菠菜和过冬的小麦。期间，随着秋后河水变小，水面变瘦，大片的滩涂裸露出来，汪福又把小岛周边的泥土挖起来，堆积到小岛上，使小岛的面积不断肥大。

汪福守着小岛，打鱼、种菜、卖菜，后期，又喂养了一大群水上凫游的白鹅、花鸭，小日子日见红火起来。

此时，汪福没忘沈老爷的恩德。开春的头刀韭、挂花的脆黄瓜乃至市面上尚无出售的紫茄子、青辣椒，以及鸭舍里那些白生生的鸭蛋、鹅蛋，他自个都舍不得上口，总要抢个头水，给沈家送去。

印象中，汪福头一回到沈家去时，是个清晨。

汪福手提一篮子圆溜溜的鸭蛋、鹅蛋，肩挑两筐碧绿的青菜来到沈家。沈家没有人认识他，拦他在大门外，直至马夫出面，与大太太说了来龙去脉，汪福这才有幸见到沈家的大太太。

当时，大太太正在小餐厅里等候沈老爷一起用餐。

汪福去见大太太时，他看人家窗明几净，尤其是大太太那身宽软的绸缎，在他眼前一闪一闪，汪福忽而感觉自己身上的鱼腥味、鸭屎味太重了，他没敢踏入大太太就餐的门槛儿。

大太太身边的小丫鬟，礼节性地搬把亮锃锃的小椅子放在他跟前。汪福担心自己身上太脏了，没敢坐，他就那么蹲在门口，听大太太问话。

后来，汪福再到沈家去时，他先把所送的青菜、鱼虾啥的送到后厨去，再到大太太这边来道安，以讨沈老爷、大太太的欢喜。当然，汪福也想利用那个时机，讨得沈老爷、大太太的赏赐。大太太赏过他岭南的花生、羊儿洼的稻米。有一回，大太太高兴了，还赏了他一撂哗铃铃的钢洋。

汪福有了钱，便注重穿戴，要去沈家前，他着意要在河边多洗几遍手。天气不是太冷时,他还要在河中洗个澡,换身干净的衣服呢。

尽管如此,汪福每次见到沈老爷时,他还是卑卑嗦嗦地不敢靠得太近。大太太在屋里与他说话时,他始终蹲在门外,不好意思去碰沈家那油光铿亮的桌椅板凳。

后来,沈老爷在城里娶了四姨太,汪福已很少见到沈老爷。沈老爷喜欢在四姨太那边过夜。

但是,此时的汪福,仍然把他种植的蔬菜瓜果送到沈家。沈家大太太对他不薄。汪福挑去青菜、萝卜,大太太却回馈他大米、油盐。有一年冬天,大太太还把沈老爷穿过的一件灰棉袍赏给了他。

那时间,汪福与沈家人已经混熟了。他到沈家去时,无须下人通报,便可挑着箩筐,直奔后院去见大太太。

说不清是哪一天,汪福在门外听候大太太问话时,情不自禁地摸过门口那把原本是让他观看的椅子坐上了。

当时,大太太就觉得汪福气度不凡呢。

回头,汪福走后,大太太好像忽然间想起什么事似的,喊来管家,说:"去把汪福开垦的那块荒岛收回来吧,省得他以后再往这边跑了。"

就此,汪福断了财路。

但,汪福到死也不知道,他是怎么招惹大太太不高兴的。

原载《北方文学》2017 年 10 期

《小说选刊》2017 年 12 期选载

获"中骏杯"《小说选刊》双年奖(2016—2017)

入围"首届汪曾祺华语小说"奖(2017)

乡村戏子

李洁冰 笔名梅若,1984年毕业于江苏师范大学英语专业。中国作协会员,连云港市第六届作协副主席,经济类杂志副主编。2010年进修于鲁迅文学院第十三届中青年作家高研班。主要作品有长篇小说《苏北女人》《青花灿烂》《刑警马车》;中短篇小说集《渔鼓殇》《乡村戏子》《魑魅之舞》《天堂入口》;长篇散文《北乡六章》;长篇英烈传记《逐梦者》三部曲等。作品曾经先后被《新华文摘》《作家文摘》《小说选刊》转载,并同期改编电视连续剧。

那女孩儿在台子上咿咿呀呀地唱着。这时候下弦月已经坠下去了。女孩儿挽着头,一缕长长的青丝从鬓边耷下来,使她看上去有了几分忧戚的味道。女孩儿半跪在地上,一下一下向上甩着水袖,幽幽地唱道:"西子湖依旧是当时一样,看断桥,桥未断,却寸断了柔肠。鱼水情,山海誓,他全然不想……"唱到后面时,她就把那个字咬在嘴里,柔柔地用一丝游气托出来,悠悠漫漫地抻呀,抻,然后一甩腔,底下当即爆出一声好来。女孩儿依然不慌不忙,换了个姿势,接唱着:"不由人,咬银牙,埋怨许郎。"那时雁窝村的人都坐在打麦场的槐树底下,看着台上的仙人儿长一声短一声地吟唱着,将白绫子的水袖甩出去,又收回来,犹如变戏法似的繁乱。竟是看得呆了。女孩儿缓缓地唱着,隔一阵子变一下姿势,却是千娇百媚,仿佛要把人的魂魄勾了去。观众从没看

过这么好的戏，或见过这么俊的人儿。她的一招一式，她的顾盼之间的神韵，都是古画里才有的。小伙子们就后悔不能多出四只眼了。"好。"他们说。台上那一句呜呜咽咽，还没吐净，他们就又喊上了："好呀。"立刻招来邻村的一阵叱骂："叫魂哩，找打。"周围哄地笑开了。戏台子却越围越小，用竹竿子搭的围栏眼看挤得散了架。女孩儿依旧只是唱，那柳琴调儿，在苏北鲁南一带叫拉魂腔的，在她口里竟变得如此悦耳。感觉真像三伏天拱到柳青河里，让人觉得通体畅快。一场子人在台下抻着脖子，就这样听得醉了。

女孩儿唱毕，接着又上来一位，拿着带穗子的长剑满场子比画，一样的青衣绣衫，扮相却不美。年轻人就怏怏地倦了，纷纷挤到小学校去瞧热闹，实则是看那女孩儿换装的。只见她把银簪子从头上一根接一根拔下，然后小心翼翼地放进课桌上的妆盒里，黑发就刷的一下，瀑布似的流下来。女孩儿圆圆的粉面，窄窄的柳叶眉，嘴巴点点红，像噙着一粒樱桃。只见她翘起兰花指头，从妆盒里扯出一小块香纸，去脸上轻轻地擦着。一下，眉眼的梢子就短了，再一下，口红就渐渐淡了。雁窝村的小伙子都觉得可惜，就有人喝道："慢来，我们还没看得清爽。"女孩儿回过头来，朝窗子外面喷笑笑，依旧捻出几张香纸，动作却是更快了。这时就听见有人喊："银萍，该你上场啦。"那女孩儿一张素面，就手扯件绣袍裹着，头也不挽，一溜儿小跑奔场上去了。原来是串场子。人们便记牢她叫银萍，觉得这个名字跟人贴得很准。银萍，或者叫银瓶也许更好。银瓶叮当，宛如大珠小珠落在玉盘上，就像她唱戏的嗓门儿。

第二天，银瓶换了便装，和刚结识的小姐妹在雁窝村里走着。不穿戏装的银瓶更有一番风韵，高领子的白毛衣，外罩双排扣的墨绿色外套。长发却不见了，是齐眉的短运动头，哪里像个唱戏的，倒像刚从校门出来的中学生。雁窝村的人都觉得有几分蹊跷，乡间的草台戏班子他们见过，头几年有到村里来演《王二姐思夫》和《盘妻索妻》的，那戏班子里的几个旦角都一样的水蛇腰，大腚盘儿，却媚眼儿乱飞，和其他男角打情骂俏的，一看就是常年跑江湖的出身。不像眼前这个姑娘，举止里竟然透着几分文气。刘老倌子就说，"这丫头不像个唱戏的。"人们都知道他指的什么。不像个唱戏的，不是唱得不好，而是缺点跑江湖的派。那派就像火堆里烘的辣椒，搁在案板上红艳艳的，琢磨起来麻、辣，能让人通身冒汗。而眼前这位姑娘，别说烟火气，就是草灰味儿恐怕也是闻不得的,这就不免使人上心了。银瓶却不觉,拉着几个小女孩儿在村里到处游走,大婶大伯叫得人心尖尖发颤。庆连的老婆就问了:"丫,你不在家里上学,怎么跟着他们到处跑哩。"就拿嘴努努学校那边,没再说下去。银瓶眉毛梢子一场,莺声说,"这样跑不好吗?"

这边幕布才落下,演杂技的又来了。那一年雁窝村里热闹,有三户娶媳妇的,两户给老人做寿的,村头的打谷场就没空过,倒落得村里人跟着看景。戏班子因拉道具的骡子没来,三等两等,日头就掉下了。银瓶姑娘却不急,她脱了戏装,就不再是台上那些悲戚戚的小媳妇样,一讲话,两排银牙细细白白的,在太阳底下好看得很。班主就阴着脸说,"瓶儿,你娘送你时怎么叮嘱的,行不抬头,笑不露齿。"银瓶说:"啥子,不抬头还不撞到人家身上去。"就勾起兰花细指,"叫张生隐藏在棋盘之下,我步步行来你步步爬。"一径哼着走远了。班主白眼一翻,小妖狐子,看我早晚不收拾你。又急急忙忙到邻村找骡子去了。银瓶躲在槐树后面,看着班主走远了,这才拐了两个弯,风摆杨柳似的朝小学校走去。杂技班的底子大,道具都是用小卡车拖过来的。银瓶上午看到小石桥上一共过了三辆,都装些陈年的木头箱子,其中两个人往下抬的时候,扁担压得弯弯的。现在,他们人喊马嘶地在后台搭布景。银瓶看到桌子上摆着许多奇形怪状的乐器,都是她在戏班子里没见过的。有一种号,弯了多少道弯,末了直直通上去,顶端像绽开一朵喇叭花儿。那号通体泛着金黄色的光,静静地歪在一堆镲钹鼓锣里,看上就像一位不入群的客人,有点高贵,又有点生分。银瓶想不出这种号也能吹出音来,就想知道谁是号的主人。熬到晚上,前台热闹得像开了锅,一忽儿小猴拉着车满场子跑,一忽儿金蛇狂舞狗钻火圈儿,喝彩声把月亮都快震落了。银瓶却缩着身子朝后台挤,因为她留意到每个节目开始前,都有一段前奏曲,是听了让人血脉偾张的那种调子。银瓶在众多镲钹声里一下就辨出有种声音是号,但又不是乡间唢呐班子里的那种细脖子号。普通的长号是在百姓的红白喜事上吹的,而这种号吹出来的声音很特别,怎么个特别法,银瓶又一时说不清。于是就更加急着朝后台上钻,她想知道什么人在吹号,是不是乡间那些病丧事上耳朵夹着烟卷的半大小子,一吹就两嘴冒沫,腮帮子鼓胀得像个蛤蟆。

现在银瓶终于挤到了后台。银瓶在乐队里一眼就捉到那把弯头号,它系着红绸子，在月光下的晚风里飘荡荡的，显得更加气度不凡。银瓶接下去看到端号的手，也和乡间号手的不同，是戴白手套的，它们轻轻地托着铜号的底部。接着银瓶就依次看上去，终于看到她要看的了，那位号手，他定定地坐在那里，腰板挺得很直，头发分三七开梳着，一双凤眼上面，是粗粗的眉毛，银瓶又看到他的嘴，银瓶从没见过这么有棱角的嘴唇，上唇两个尖尖的峰，也用眉线笔一丝不苟地画出来，这在俊朗里又平添了几分女性的妩媚。银瓶傻了，她看到那人把号捧起来，噘着嘴吹一阵，放下来，吹一阵，又放下来，声音就是从那里传出去，却不尖厉，圆圆的，有些浑浊。银瓶就觉得怪怪的，这人，这号，还有他的杂技班子，好像有些不一致，至于什么地方不合拍，银瓶不清楚。但这种东西笃定是有的，就像她在戏班子的感觉。接下去，银瓶就知道该怎么做了，因为看到那人的目光正无声地飘过来，然后慢慢定格在她身上。那目光很固执，仿佛在一点点打通她身上的脉络，又仿佛在期待着某种回应。银瓶急忙把眼睛迎上去，一眨不眨地托着，不敢有半点差池。她知道那种东西叫"灵犀"，古戏里唱过的，只能用感觉才捕捉得到。那一刻，周围的一切都失了声，满世界静静的，只剩下她跟那位号手在用眼睛对话。银瓶说，"你从哪里来的？"那人回答："有山和水的地方。"银瓶说，"离这里远吗？"那人说，"远，要翻过九十九道山，绕过九十九道壑。"银瓶说，"你手里的东西叫啥？"那人说，"圆号。我是煤矿的。"银瓶迟疑地问："呵，你挖过煤。"对方扬了扬手中的家伙，说，"我从前是号手。"银瓶眼前一亮。这人果然不是杂技班子里的，而是煤矿的圆号手，当然现在不是了，但现在不是并不等于从前不是。正思忖着，杂技演完了。银瓶就看到那人拎着号一步步朝这边走来。

这是1976年的某个夏夜。有位叫银瓶的女子定定地站在雁窝村的槐树底下，看着一个拎圆号的陌生人朝她慢慢走过来。春暖花开艳阳天，难解奴家心愁烦。她现在很想找人说话，可又不知道该找谁说话。除了班主之外，没有人知道她是从哪里来的。可她一张嘴，班子里的人就知道自己完了。她是月亮，他们只是烘托月亮的云或星星，而且这种现状是不可能改变的，特别是银瓶姑娘一挂鞭似的唱起梅英的报花名时，那个叫秋吟的女子就失了色。他们不知道她从哪里冒出来的，这个尤物让所有的人都有了危机，银瓶隐隐意识到这一点。三年前母亲送她上戏班子的时候，外面下着雪。母亲戴着葵盘式的白帽子，两只轧花车间的套袖还没取下来，满脑袋都是棉絮丝子。她哑着嗓门对班主说，好赖是家传的，总比在煤球厂烧锅炉强些。银瓶不懂什么是家传，但她依稀记得母亲当年的样子，金章紫绶，韬略有，智赛武侯，指日破辽寇。母亲用长长的纤指挑住雉鸡瓴，左右一勾，再一甩，底下的掌声就像暴雨似的刮起来。十年后母亲却驼着背，对着一个乡间草台班子的班主讨好地笑道，露出几颗缝隙很宽的牙齿，那是无数次批斗后留下的印记。班主慢腾腾地放下水烟袋，说，"正好，萧太后身边还缺个打扇子的，就让她试试吧。"母亲和银瓶对视了一下，就走了。她的腰现在很粗，从背后看上去，就像镇西卖油郎的婆娘。银瓶当然没打扇子。她不只会唱卖水，还会唱《玉堂春》或《锁麟囊》等连本戏，她八岁就知道山坡羊和点绛唇是怎么回事了。她只要一登台，戏班子里的人就统统成了配角。这是天定的，没有任何人能比。人们都说，这是石八艳的魂附了体，因为那时她已经投湖了。也是在一个雪雨纷飞的早晨，那位五十年代红透鲁西南的泗州戏名旦突然走上了不归路。厂里解释说是因为出了疵布，但更多的人则知道石八艳早就死了，投湖不过是简单地履行一下形式而已。银瓶知道这件事时，正在场子上凄凄婉婉地唱着春秋亭外，风雨暴，何处悲声——呀破寂寥，一时间竟搞不清是唱薛湘灵还是在唱自己。但银瓶没有太多的伤感，母亲与其像卖油婆娘一样活着，倒不如早点走更好些。那时台子下面的掌声像鞭子一样抽打着她，使她透不过气来。她很清楚自己在戏班子里待不久，人们看她的眼神怪怪的，同样给她某种无处藏身的感觉。

现在，银瓶在槐树底下站着，看着陌生人慢慢地朝她走过来。这时周围的人都已经走散了，那人迟疑了一下，但还是目标坚定地朝她走来。银瓶傍着树身只是不动，且看他如何说话。那人就开腔了，他的声音很好听，中音偏低，有磁性的那种。"我知道你。"他说。然后对方说他知道她是石八艳的女儿。他说这话时，将手中的圆号一点点放下来，最后轻轻地搁在地上，银瓶看到他的后背很宽，红绸子扎的腰带也很宽，这使他弯腰的动作有点吃力。那号就放在地上，银瓶蹲下去，看着圆号，不知道这家伙为什么发出这种声音，像风，又像人的灵魂悬在半空里。她现在很想用手摸一下，这样想着，她将柔若无骨的小手伸出来，终觉得不妥，又赶紧缩回去了。他们毕竟还没有搭话，再说，她完全不了解眼前这个人。星斗这时在天边不断眨眼，风一阵阵从那面吹过来，银瓶觉得脑子清爽多了,"我知道你是谁。"号手又缓缓地说,"打捞石八艳的时候,我在场。"银瓶的眼睛依旧一眨不眨地盯着他,好像在听一个不相干的故事。"没有人知道她是谁。"号手又接着说,"她可以是镇上那些打烧饼卖油的老婆,可以是敞着怀当街奶孩子的脏婆娘,或者路上任何一个收破烂的,唯独不会是石八艳。但只有我知道她就是石八艳。"号手说。九回环峰俱寻遍,却不料一代名优命丧湖边。银瓶只觉得脑子很空,这些事似乎离她太远了。她原以为自己早已解脱了一切,但人们为什么总跟她提这个。她有点怕冷似的倚在树身上,觉得夜露越来越浓了。"也许你并不知道,我有时会到那片墓园去,那里很荒凉,草把碑都盖住了。"号手继续说,"我就用一把小铲子铲它们,草很多,它们有时候堆在冬天的太阳底下,暖暖地罩住我的脚。"银瓶打个愣怔,痴痴地问:"你是什么人?"号手沉沉地说,"我谁也不是,我只是喜欢她从前的扮相,如此而已。"

　　号手又说了很多话,有些银瓶能听懂,有些就听不懂了。她不知道里面有多少可靠的成分,但她很想听。从没有人这样跟她说过话,班主只会乜着白眼告诉她:"你是我养着的,我能让你红,也能叫你走人。"秋吟则仿着班主的口气喊她妖娥子。"妖娥子招人,"秋吟说,"早晚跑坡的时候得栽了。"银瓶就经常做噩梦,梦见她被绑在庙宇的柱子上,周围全是变了形的眼睛在瞪她,她想挣开,但绳子扣得死死的,就憋了一身冷汗。现在,周围被缀着星星的夜幕捂得严严实实,她对着一个陌生人,好像又回到梦境里。"跟我走吧,"号手说,"到很远很远的地方,搭座茅棚,让我们生一堆孩子。种田、牧羊都行,就是不要让他们当戏子。"银瓶的心忽悠一下子提上来,这个人真像是从天上掉下来的,他连名字都没问,就要和她结发同行了,再说他也没问她是否愿意。奇怪的是,银瓶并不反感,倒有种想继续听下去的欲望。但号手停住不说了,而是像刚才吹号时那样,定定地看着她。他们现在离得很近,这使他的目光更显出几分特别。银瓶的心突然怦怦跳动起来,她不敢再贸然托着它们,她觉得里面有种东西,如果对接起来,能把人烧焦。母亲说过,世上的男人都是狼,所以好女人必须远远躲着他们。银瓶知道自己在外面待得太久了。她在月亮地里听一个陌生的男人说了这么多话,不知道算不算是个好女孩,但她分明是不想回去的,她还想知道更多的东西,比如说,他的经历,还有他的家。号手显然知道她在想什么，他笑了一下，又说，"我翻过九十九道岭，就是为了找你才来的。在这之前，我曾在没有太阳的地底下待过十年，你能知道我挖煤时的姿势吗？是这样。"他把身子向下一伏，模拟狗在地上爬行的样子。银瓶觉得自己顿时放松了。

后来我学会了吹这个，那人扬了扬手中的圆号。但挖煤的不需要这个，他们只要填饱肚皮就可以了。号手的脸开始变得有些不自然，他似乎陷进了某种回忆。从前号手曾被各种音符萦绕着，在他的生命中构成许多肥皂泡般的幻觉。他原以为会永远这样，在那些漂亮女人的注视下展示才艺，但很快发现自己错了。在矿区文艺队解散的那天晚上，他演奏了最后一曲，然后千里迢迢地把那个宝贝弄回故里。号被擦得很亮，尊贵地放在桌子显眼的地方，却没有人能够赏识它。"老葛头的儿子在外混了八年，就挣了个这。"村里人说。后来圆号被扔到了屋角，很快就蒙上了厚厚的灰尘。再到后来，他在一个朝日初升的早晨娶了本村最胖的女人桂为妻。桂的贤惠和唠叨就像两根绳子勒得他喘不过气来。桂说，"鸡轰到树枝上蹲着了。"桂又说，"猪老打嗝不知咋回事儿。"他心疼地发现裸着半个乳的桂把那本《和声学》一页页撕下来，给孩子揩屁股。他想骂什么人，又不敢招惹，只好门一摔走了。三年后他跟着杂技班子回来时，已经是名噪一时的号手。但桂容不得那东西，桂说女人听了会睡不着觉的。桂由于月经不调而变得怪谲无常，号手没敢细问，桂是因为噪声睡不着觉还是别的。女人心海底针，就像眼前这女子一样，分明站在那里，却又什么话也都不说。既然不说话，干吗不走开呢？月亮这时候已经隐到了云层后面，号手不知道是否犯了战略性的错误，他觉得自己也许早该选择放弃了。

拉道具的骡子一直没找到，戏班子就在村子里耽搁下来。银瓶落得天天晚上跑到打谷场看杂技，确切地说，是看号手吹号时的样子。号手把嘴巴嘬起来，轻轻地朝号上一碰，声音就起了。在雁窝村的上空旋转着，依旧是那种摄人魂魄的感觉。银瓶看到很多女孩儿围着号手，只把眼睛在他身上来回看着。挤得紧了，有人就在人堆里发出阵阵尖叫，以此引起号手的注意。银瓶感到既好笑又好玩儿，银瓶知道那些女孩儿全是枉费心机，不知道号手早就心有所属了。含情欲说心中事，鹦鹉前头不敢言。银瓶知道那人心里装的是谁。号手不会对那帮柴火妞子说,"跟我走吧。"然后去和她们生一堆孩子。一想到这里,银瓶的脸就发烧了。她想晚上见面的时候,号手还会说很多话,号手似乎一生的话都对她说尽了。他喜欢把嘴抿起来,然后对她微笑着。现在,银瓶可以把整个圆号抱在怀里,学着号手的样子吹。但她憋足了劲,也发不出一点点声音来。号手就笑了。说她端号的姿势不对,然后就拉起她的手,分别将五指按在每个音键上。号手在第一次抓起她的手时,轻轻地,似乎怕把它们碰碎。他的手指头很粗,其中两根还缠着胶布,号手说是挖煤时伤过的。银瓶就心疼地把它们捧起来,放在嘴上呵着。他们隔着圆号,默默地对视着,不知道时间会过去多久。号手反复说,"跟我走吧。"号手总是对他们的住所做着行踪不定的描述,它们一会儿在东北的深山老林里,一会儿又搬到新疆那些秀色如画的大草滩上。银瓶变得痴痴傻傻,就是去月宫她也愿意搭个梯子跟着他,像戏里嫦娥那样甩着水袖飞身而去。但银瓶现在不能飞,因为她被号手紧紧拢住了。号手亲近她的姿势很特别,是老人爱护孩子的方式。他把腿盘起来,让她坐在膝盖上,然后轻轻在她脖子后面哈着气,弄得她挺痒痒的。但号手从来没有进一步的动作,这使银瓶感到放心。号手的眼睛略显女性化,是民间叫作丹凤眼的那种。眼角却又有点下垂,因此总是显出忧伤的样子。银瓶就伸出小指轻轻在他的眼前划一下,说,"别伤心了,有人给你做老婆。"有时候说着话,两人就不约而同地沉默起来。那时候星星却一点一点地亮了,仿佛要把整个天空烧起来。号手说,"苍天,前世的福分原来是在石八艳的墓碑前面修来的,就让我们盟个誓吧。"月亮整个升起来了,现在把大地照得白昼一样。银瓶看着号手,他跪在那里,双手合十,说着某年某月某日的一些话。银瓶觉得有点像演戏,不知为什么恢恢的,就感到兴味索然了。因为古戏里在凡盟过誓愿的,都不会太顺利。王宝钏十八年苦等,还不是把寒窑都快坐穿了。这样想着,就坐在树墩子上发起呆来。号手祈祷完毕,非常认真地对银瓶说,"你放心,我一定会带你走,否则我就不是人。"

到了第三天傍晚,班主才急急忙忙赶回来。戏班子在雁窝村盘桓得太久了,连吃喝拉撒都成了问题。班主急得像上树的猴子,没有一刻消停,见了谁都想骂娘。最后逢人就烧香,终于弄来一头骡子。那骡子呱嗒呱嗒,在地上无力地敲打着蹄子,几只苍蝇老围着它的尾巴尖转悠。因为刚下过崽,还不能太累着，班主只好装上道具，分五趟朝七十里外的翔凤岭押运，那边正在搭台子。才运了三趟，天就渐渐黑了。班主只好把人马先留在雁窝村。这天也是杂技班子的最后一场，听说有美女戏蛇的节目，太阳还没落山，打谷场上的人就挤满了。银瓶连日来没有上戏，头面也懒于收拾，只等晚上挤在槐树底下看杂耍，实则却是奔着那人去的。红绸子依旧在圆号上飘飘荡荡，声音在每个节目开始的间隙，就蓦地响起来。高亢、突兀，依然是摄人魂魄的感觉。只是银瓶现在不用依次看上去，而是一眼就捉牢号手的眼睛。那双美目，银瓶看过无数次，每次都想把它们刻在脑子里。号手还是像第一次那样，慢慢地把他的目光抬起来，然后定格。银瓶沉着多了，她不再像开始那样心慌意乱，只是觉得自己有点无耻。这显然离母亲的训诫越来越远了，但银瓶不知为什么会像中了魔一样的身不由己。理妆开镜损朱颜，看云鬓与翠环青丝犹乱。她现在开始无数次描画以后的日子：一座茅棚，三两丛修竹，自己盘腿坐在月亮窗前，玉臂轻绕，风车儿就像花一样旋转起来。银瓶认定苦日子该到头了。早晨串场子的时候，号手瞅个空子对她说，"晚上来，我有话对你说。"银瓶不知道他要说什么，可她隐隐觉得可能不是一般的事情。现在，节目快到尾声了，银瓶发现号手有点神色不宁，几次抬手去看腕子上的表。银瓶没有表，就举首看看槐树梢，月亮又偏西了。美女戏蛇的节目还没开始，台子上是两个矮人没完没了的摔跤，但银瓶知道那其实是一个人穿着特制的假人套子，摔过来，挣扎半晌，又猛地摔过去。银瓶担心这样下去一晚上也摔不倒白鼻子那位，急着在心里替他使劲。就在这时，忽听一串长长的音律从半空砸下来，依旧是高亢、突兀，举世无双。号手在吹这串音符的时候仿佛用尽了生平的力气。银瓶心里一跳，知道压轴戏终于开场了。

先是上来一位女子，着一身鳞片闪闪的紧身衣，眉眼都画得古埃及人似的，正鼻梁却有一道白杠，直挺挺地通到额头上，这使她看上去像个女巫。只见她拿着块黑绸子布，左右一抖，场上的玻璃橱子就刷地显出来，里面赫然睡着条花皮肤的巨蟒。女子却变戏法似的横出一支箫来，然后轻舒玉臂，做出一番吹的模样，那姿势真的是曼妙极了。随着箫声渐起，巨蟒开始晃动自己的脑袋，越扭越高，最后竟然忽地把盖子顶开了。场上一片死寂，静得连掉根针都能听得见。却见那女子不慌不忙，开始和那巨虫斗法。一眨眼缠在脖子上，一会儿束在腰肢间，可怜巨蟒此刻竟像面团一般容易拿捏了。银瓶看得心惊，她从没见过这么美的女子，也没看过女子和蛇能同台献艺。这和白蛇传里所表现的内容显然是不一样的，许仙要是见到白娘子是这模样，早该托生几次又轮回了。银瓶就觉出戏的荒诞来，可世人却爱看戏，明知道是假的偏偏乐意上当。一想到这些，银瓶又觉得无趣了。她不想在这里耗下去，明天戏班子就要走了，有很多事情也许要今晚敲定的。她再看对面时，那边早已离了座。

号手说，"你还是来了。"他的声音沉沉的，像刚来的那天晚上。银瓶说，"我不能不来。"号手说，"其实你原本可以不来。"银瓶说，"为什么不。"号手说，"也许这样你会心安些。"银瓶说，"怎么见得。"号手说，"以后你会意识到认识我是一个错误。"银瓶倏然惊出一身冷汗。她等了一晚上，不是为了听这些话的。号手的声音依然很好听，奇怪的是好像多了一种东西，至于什么东西，她暂时还弄不清楚。现在，他们坐在离打谷场很远的石磙子上，久久地陷入冥想。风在近处吹着，不时发出沙沙的声响，那是从打谷场上刮过的麦壳子，不停地转着，形成一小团旋风窝儿。银瓶就无声地滴下泪来，号手没有再说话，而是轻轻托起银瓶，朝离村庄更远的地方走去。他没有卸妆，阔袖的白绸子衬衣在他身上飘飘洒洒，看上去很像武戏里的侠客。银瓶分不清天上人间，不知道在现实中还是将舞台延伸到脚底下。前面是一片没有边沿的桑海，遮天蔽日，远看上去形成一个巨大的未知的世界。号手走得很从容，不再有一分犹豫。银瓶躺在他的臂弯里，长长的手臂环绕着号手的腰部，眼看着满世界的星星闪着炫目的光韵朝她扑过来，扑过来。这时候打谷场上的节目经进入高潮，惊天的锣鼓一阵接着一阵，仿佛要敲碎这个铁壳子般的暗夜。银瓶知道接下来要发生什么，它可能与某种程式有关。银瓶唱过太多的连本戏，银瓶知道自己现在是戏中的女主角。最可怜背人处红泪偷弹，盼佳期数不尽黄昏清淡。银瓶知道母亲唱了一辈子戏，演过佳人无数，最后还是落得饮恨黄泉。但银瓶不是石八艳，银瓶知道要过另一种生活就必须从现在开始，银瓶此刻心如磐石，就是上九天揽月下海底捞针，只要跟定眼前这个人，她认了。通往桑林的路并不长，但银瓶觉得已经走过自己的前半生了。

第三天，银瓶一早儿爬起来收拾东西。天还没亮透，她觉得脑子昏昏沉沉，不知道什么地方出了问题，戏班子的人头天下午就走尽了，银瓶找个借口留了下来。秋吟临行前颇有深意地看了她一眼，秋吟的头盘得很高，歪歪地用银簪子别着，这使她看上去总是摆脱不了媒婆相。秋吟说，"呀，月移花影，玉人来。今日勾却了相思债。"一甩水袖，就风也似的飘远了。银瓶懒得搭理她，兀自一件件把戏装叠好放在随身携带的柳条箱里。她现在要去找一个人，他们是昨天晚上约定的。号手在轻车熟路地做了那件事后，流了泪。银瓶一动不动地躺着，天地与自己一样凝住了。她没有任何感觉。或许说，她还没有入戏。她突然觉得这件古戏里吟唱过无数遍的事情不过如此而已。接下来，她就听见号手用千般怜万般惜的声音对她说，"上苍啊，原来你是为我生的，我只有用生命来补偿你了。"银瓶依旧无言地望着天边的月亮。她要记住这个夜晚，为了戏里的她和戏外的自己。眼下她要跟号手一起漂泊异乡了，去那些他曾经说过的地方。一想到这些，银瓶感到体内的血液真的加快了流速。她把箱子拎起来，顺手裹了条长长的丝巾，就奔桑园去了。那里是他们约定好的地方。银瓶来到桑林里，绕过第一棵树，又绕过第二棵树，然后就看见那块青石板。那上面曾经留过自己的体温，也有过号手的印迹。现在，它空空如也。银瓶张着眼睛四下里寻觅着，但没有找到她要找的。银瓶突然感到一阵心慌，这是多少天来的第一次，银瓶知道，现在的感觉也许才是最真实的。她无暇去细琢磨，银瓶拎着箱子走出桑林，一径奔了小学校。所有的门都开着，只是没有人的声音，银瓶再次感到五脏六腑都被掏空了，她放下手中的东西，看到一位老人正在院子里清扫落叶。就问："他们人呢？"那老人抬起脑袋，没头没脑地说，走了。他七个孩子，都在家里等买米下锅呢。

　　太阳这时候从山脊上冒了出来，雁窝村的上空又升起缕缕炊烟，早起的农人吆着耕牛，在路上慢吞吞地走着，他们不断打着嗓子，惊得路边草丛的青蛙或小虫到处乱窜。天亮了，戏班子走了。只有路两边零乱的车辙告诉人们，这里曾经有过的热闹。雁窝村的人睁着惺忪的睡眼朝打谷场望去，那里曲终人散，乱糟糟的地面已经被刘老倌子打扫得干干净净，仿佛什么也没有发生过一样。人们意犹未尽地在上面逡巡着，好像还在寻找昨日的喧闹。西子湖依旧是当时一样，看断桥，桥未断，却寸断了柔肠。那女子的声音还在人们耳边低回着，只是倩影早已消失得没有踪迹。

三天后，在离雁窝村七十里开外的翔凤岭，正在上演连本戏《锁麟囊》。却见那位女子在台子上幽幽唱道："一霎时把七情俱已昧尽，参透了酸辛处泪湿衣襟。"没有人知道，她就是曾经走过雁窝村大街上的银瓶姑娘。

原刊登于《十月》2001年第4期

《新华文摘》2002年第2期转载

荷花灿烂

苏学文 1982年开始发表文学作品，1993年毕业于中国人民解放军艺术学院文学系。1995年加入中国作家协会。出版长篇小说《血河》，短篇小说集《逝去的红草地》《无处诉说》等。曾获中国人民解放军第五届、第六届文艺作品奖。

一

6月的一天早晨，日头刚露红，白洋淀边的村庄里，没有鸡叫，也没有狗咬。月惠正在给鸭栏里的鸭子撒食，突然从淀里传来一声枪响，接着就连成了一片。

月惠赶紧跑出院子，向淀里眺望。这时，淀面上还笼罩着一层薄薄的水雾，初升的阳光映在上面，五光十色地耀眼。月惠循着枪炮声望去，什么也看不见，只有远处近处一片片碧绿碧绿的芦苇荡。

月惠折回屋里，一边在柜橱里翻找东西，一边急急地说："赶紧收拾一下，咱们到淀里看看去。"

正在编着辫梢的舒云瞅了眼嫂子，说："刚刚淀里不是打枪了吗？"

月惠从柜子里取出了一杆烟锅和一个荷包塞进兜里，神色有些急躁地说："正是呢，可能是咱们区小队和敌人交上火了。"

舒云朝嫂子瞟了一眼，笑道："淀里天天响枪，你怎么知道区小队回来了？"

月惠盯了眼顽皮的小姑子，有些气恼地说："你耳朵怎么长的？没听见有大抬杆、雁枪的声音吗？"

舒云看着嫂子，故意眯缝着一双清亮亮的眼睛，问："咱们是到淀里捡鬼子的洋落吗？"

月惠扑哧一声笑了："捡你个头！"

舒云也咯咯地笑了起来，笑声惊得栅栏里的鸭子嘎嘎地叫。舒云笑着扛起了船桨，蹦着跳着跑到了淀边。月惠打开鸭栏，在后面赶着鸭子说："看你慌的，一听说打仗，就像去赶庙会似的！"

舒云在淀水边，用竹篙一撑，身体凌空一跃，就立在了船头："是我急吗？"

"你不急，怎么跑得这么快？"月惠把鸭子赶下了水，解开拴船的缆绳，也跃到了船上。

舒云用竹篙在岸上一点，小船像鲢鱼一样蹿出老远。月惠扳起船桨开始划水。舒云将篙顺在船上，坐在船头嘟囔说："自己心里急，还要怪怨别人。"

舒云话中有话。月惠嫁到舒家一年了。当时，白洋淀上还没有敌人的汽船，整个淀里平静安详，捕鱼的、采菱的、猎雁的，在水上卖杂货的船只，你来我往。男人朗朗的笑声，女人婉转的歌声，在荷塘里、在苇丛中飘荡。偶尔传来一两声枪响，淀里人都知道又有大雁或是野鸭扑扇着翅膀坠落水中了。到了1939年秋冬的季节，白洋淀里驶来了日本人的汽船，船上站着穿一身黄衣裳的日本兵，日本兵用三八大盖枪瞄着捕鱼的青年人当靶子打。就是这年冬天的一个晚上，月惠的丈夫被区里的干部动员参了军。临走时，月惠泪湿衣襟，有些依依不舍。区里的干部说："等赶走了日本鬼子，让舒雨天天陪你过安生的日子。"

丈夫说走就走了，一走就是半年多，连个音信都没有。这年冬天，日军对冀中平原"扫荡"得厉害，白洋淀里每天都能看到日本人的汽艇、货船驶来驶去。有一天，敌人的货船被埋伏在芦苇荡中的八路军区小队袭击了一次，日军就用刺刀逼着周边村庄的老百姓到淀里割芦苇，割了好多日子，还没有割完，日伪军就在芦苇上喷了汽油,将干枯焦黄的芦苇烧得一片噼啪作响。

眼下,被烧掉的芦苇又长有一人高了。半年多,天上没有落下一滴雨,淀里的水渐渐浅了,可浅滩上的芦苇、紫菱却比往年都长得盛,一片郁郁葱葱的样子。月惠想,都进6月了,芦苇荡也能掩住人了,区小队该回来啦。

月惠划着桨,一下比一下快,只听双桨拍打淀水的声音哗啦、哗啦地响。

舒云坐在船头悠闲地剥着煮熟的菱角吃。

小船划进了芦苇荡的巷道里,巷道只有两丈来宽,水也浅,水路里长满了菱角、荸荠、莲藕和浮萍。菱角藤上开着四瓣雪白的小花,在水波中忽闪忽闪的;荸荠棵从浅水里探出头来,像小葱一样碧翠碧翠的;莲藕的叶片,有的浮在水面上,有的叶颈高高挺着,像举着一把把被风吹开的绿伞;荷叶上有蜻蜓在飞,还有青蛙蹲在贴水的荷叶上,咕呱咕呱地叫;小船从水路里穿过,青蛙便扑通扑通地跳进水里,没了声息。只有粉色的荷花箭不屈不挠地直立着,无论波浪怎样汹涌,始终骄傲得像哨兵一样眺望着。

小船在狭窄的水路里行驶,速度明显地慢了下来,舒云心里无端地觉得紧张。两边的芦苇密密的,一棵挨着一棵,苇秆都有指头粗。风吹过,芦苇相互摩擦,发出呜呜的响声。苇丛像浪涛一样一波波滚过来,挤得人心慌。舒云抛掉手里的菱角,从船头跳进船舱,夺过月惠手中的船桨,使劲地划起来。

月惠看见舒云发疯似的划桨,就叫起来:"你疯啦,划得这样快,鸭子都丢下啦!"

小船穿过芦苇荡,驶进了宽阔的水面上。这时,月惠和舒云立在船上,四下张望,宽阔的白洋淀里连个人影都不见。细细一寻,远远的有一艘汽船像条死鱼忽悠忽悠地漂着,在缓缓地下沉。一层薄薄的烟雾里,几只鸬鹚在汽艇沉没的上空盘旋,忽而一只芦花色的鸬鹚收紧了双翅,像羽箭射进水里,不一会儿,从水里浮出来,尖长的喙里钳着一条白晃晃的鲢鱼。

月惠看着,心里有一些失落,便轻轻地叹了一口气。舒云知道嫂子的心事,就说:"咱们来晚了,他们打完伏击就走了。"

"这么一会儿工夫,他们不会走远。"月惠又划起桨。

"谁知他们又会到哪儿去呢?"舒云有些茫然。

"他们出不了大淀。"月惠又把船划进了芦苇荡的水路里。

"那咱们找找吧。"舒云此时也充满了好奇心。

她们划着船在芦苇荡的水道上穿梭着。半晌的时辰,月惠突然发现了一条小渔船,月惠紧划几下就靠近了。

月惠看见划船的人有些面熟,就大声地问:"你看见早上打伏击了吗?"

那位划船的青年人看了月惠和舒云几眼,笑着说:"你怎么知道早上打伏击?你们是谁?"

舒云瞅着青年人说:"我们耳朵又不聋,早上那么大的枪声,你听不见吗?"

"你是哪个村的?嘴这么厉害。"青年人盯着舒云问。

月惠忽然瞧见船舱里躺着一个伤员,心里一时焦急起来,说:"我是咱区小队舒雨家的。"

"噢,是嫂子呀。你们干什么去?"青年人看着她们说。

舒云说:"我们是来看看我哥。"

"噢。"青年人笑了笑,说:"打完伏击,他们都撤走了。"

月惠急切地问:"船上躺着的是哪个?"

青年人说,"是区小队的队员。"停了一下又说,"打伏击时,头上中了敌人的一颗子弹,伤得不轻。"

月惠问:"你这是往哪去?"

"我正愁呢。"青年人叹了口气,一脸的愁容,"现在敌人扫荡得紧,村子里不能去了,只有把伤员放在芦苇荡中养伤。"

"大热的天,在芦苇荡里还不把人闷死呀。"月惠盯着船上的伤员说。

"在淀里又没遮掩,敌人每天都有巡逻船呢。"青年人不安地说。

"看他伤得这么重,你把他交给我吧。"月惠说着就跳上了那条小船,她用手在伤员的身上摸了摸,发觉伤员身上烫手,忙从兜里掏出一块手绢,在水里湿了湿,给伤员擦了擦嘴。伤员的头上缠着白绷带,只露出一张嘴和两个鼻孔。白布上洇出的血都干了。

青年人有些犹豫,半天没有说话。

月惠又蘸水给伤员擦了擦脖子,伤员轻轻地呻吟了一声。月惠说:"你是不放心吧?"

"不是不放心，我怕连累你们。"青年人低声地解释说。

"什么连累不连累的，我是咱区小队的家属呢！"月惠心头漫过一股热浪，声音有些发颤。

"好吧。"青年人终于下了决心，"那就把伤员托付给你了，等过些日子我再来接他。"

青年人消失在芦苇荡中。临走时，青年人留下了一杆早上从敌人手里缴获的长枪。

二

青年人走后，月惠才感到心里沉重起来。伤员伤得这么重，走又不能走，她背也背不动，在淀里若是被敌人发现了可怎么办呀？

舒云看着伤员一动不动地躺着，也有些担心："他会不会死了啊？"

月惠说："他是昏过去了。"

"那怎么办呀？咱们又不是医生。"

月惠轻轻地把伤员的头抱起来，揽进怀里说："先喂他点水吧。"

舒云为难地看着月惠，说："没碗没勺的，怎么喂呀？"

月惠想了想，说："这么着吧，你到水里摸一只蚌来，用蚌壳舀水喂他。"

舒云从淀水里摸出一只河蚌，掰开蚌壳，舀了一壳淀水，一滴一滴地滴在伤员的唇上。伤员牙齿咬得紧紧的，水顺着唇角又流了下来。

月惠附在伤员的耳边说："兄弟，喝点水吧。"伤员一点反应都没有。月惠又对舒云说："你折一根苇秆来。"

舒云折了一根苇秆。月惠将苇秆插进伤员的嘴里，而后把蚌壳里的水在自己的嘴里含着，对着苇秆将水送进伤员的喉咙里。

伤员的喉咙耸动一下，又耸动一下。终于，伤员哼了一声。月惠听到伤员有了动静，一颗心才算落下来。

到了晚上，舒云从家里熬好了汤药送来，两人把药水喂了伤员。舒云坐在船头，望着朦朦胧胧的芦苇荡，发痴的样子。月惠呢，也不说话，用一块湿布，在伤员身上一会儿擦擦这儿，一会儿又擦擦那儿，伤员身上没有汗，可月惠感觉到伤员身上滚烫滚烫的灼手。

这时，月亮升起来了，有树梢那么高，清淡清淡的。月亮还不怎么圆，边上缺了一块，因而那光亮也是朦胧的。风从苇丛里掠过，弄得芦苇唰唰地响，风吹到小船上，一丝凉意也没有。水路上只有长脚尖嘴蚊子在嗡嗡地飞，不经意的时候就落在人身上，一口一个大包，大包又疼又痒，还不能用手抓，抓破了就会感染流脓水。

月惠折一片荷叶给伤员驱蚊子。月亮洒在小船上，像是罩上了一层薄纱，细风吹来小船轻轻地摇晃，像是婴儿的摇篮。月惠看着船舱中的伤员，止不住用手去抚摸着伤员的身子。月惠心里充满了一股浓浓的柔情，这股柔情使她消除了焦躁和忧愁。

舒云坐了一会儿，热得难受，薄薄的衫子被汗水沾在了身上。舒云似乎省转过来，站起身说："我热得慌，咱们把船划到荷花淀吧。"

月惠愣了一下，说："我怎么没觉得热呢。"

舒云说："瞧，你身上的衣服也都湿透了。"

月惠这才感觉到衣衫紧紧地贴在身上，黏糊糊的。月惠说："出了芦苇丛，要是被鬼子发现了呢？"

舒云说："夜里，小鬼子也怕呢！咱们把船划到荷叶里，不到近前也看不见呢。"

"那就去吧。"月惠想了一会儿说。

她们把船划到一片有几百亩大的荷花淀里。荷花淀里的荷叶比芦苇丛巷道里的荷叶长得茂盛，叶颈有半人多高，叶片也有锅盖那么大。小船划进去，人坐在船上，外面连个人影儿都瞅不见。

荷花淀里这时寂静得很，荷叶一动也不动。月亮升高了，比原先皎洁了许多，清光照在纯洁碧绿的荷叶上，荷叶像涂了一层油脂，熠熠生辉。

月惠感觉自己像进入了从没有见过的仙境。过去，她和舒云每天都会到荷花淀里来放鸭子，可怎么就没有这样的感觉呢？月惠觉得自己心里在发生微妙的变化，这变化虽然还没有表现出来，但毕竟让她感觉到了。她正是在这时才体味到，作为一个女人，此时她不仅仅是父母的女儿，丈夫的妻子，她还是八路军区小队员的家属，抗日战场上的一名战士。

舒云在船边掬水洗了把脸,说:"这水真温乎,要是能洗个澡就好了。"

月惠看了看舒云,就说:"那你就下去洗吧,这儿水又不深。"

"水深我也不怕。"舒云看着船舱里的伤员说,"可他在这里,我不敢洗。"

"快下去洗吧,你害怕什么?他是什么也看不见听不见的。"月惠笑着催促说。

"咱俩一起洗吧。"舒云犹豫着。

"我在船上给你看着,你洗完了我再洗。"月惠擦了把脸上的汗。

舒云脱下鞋和上面的碎花布褂,穿着里面紧胸肚兜和裤子,踩着船舷,颤颤悠悠地滑下水里。淀水只没到胸口,她蹲下身子,把整个身体都泡在水里,只露出头和在水面上飘散着一缕长发。舒云转过身子冲船上叫道:"快下来吧,嫂子,这水好凉快!"

月惠将身上的褂子也脱下了,只穿了一个紧胸的红肚兜,月惠身上的红肚兜与舒云身上的肚兜不一样。舒云的肚兜是翠绿的,肚兜上绣的是一枝还没有绽开的紫红色的荷花骨朵。月惠的红肚兜花样就多了,上绣有碧翠的荷叶,开放的白色荷花,荷花下面有绿波,绿波里有金鱼戏荷,这些图案里面的意思就多了。一般水乡的女孩子长到十七八岁,媒人给说定了婆家,只要接了定亲的彩礼,出嫁前的半年,就很少出门了。每天关在屋里,大裁小剪的,即使贫穷的人家,也少不了绣一对绣花枕头,两个红肚兜,还有一双绣花鞋。富裕的人家那活就多了,女孩家自己做不完,还要请村子里手巧的女人帮着做。只是唯有一件绣物别人不能帮,那就是红肚兜。因为红肚兜是吉祥物,又是私密物,只有待嫁的女孩做。女孩给自己绣一个,也得给丈夫绣一个。那细密的针脚里,绣进了待嫁的女孩多少柔情蜜意,多少期盼和对幸福生活的憧憬啊。

月惠娘家是白洋淀上的殷实人家,父亲不仅会捕鱼,还会猎雁。母亲也是个手巧利落的女人,织网、编席,还养着几百只鸭子,一年要生好多蛋,自家吃不了,母亲就用盐水和泥,把鸭蛋裹起来搁在缸里腌了,两三月后捞出来,洗净,放进锅里煮熟,那蛋黄橘红橘红的,流着油,一吃满嘴都香。天津、保定城里人都爱买白洋淀的咸鸭蛋吃。

月惠不仅模样长得好,鸭蛋形脸,杏核儿眼;性格也文静,平时话很少。而且,月惠心眼儿也灵巧,媒婆儿刚给她说定了人家,她就悄悄地赶着鸭子,偷偷地把舒雨给看了。看过后,月惠心里挺满意。舒雨家是淀上的富户,兄妹俩,淀里有几百亩藕田。舒雨长得很健壮,一脸的厚道相,淀里的手艺都精通,捕鱼、打猎、割苇子都是好手。

月惠心里有了着落,手里的针绣活就做得格外精心细致。她给舒雨绣了红肚兜、烟荷包,还给小姑子舒云绣了一个绿肚兜。月惠嫁过去后,把绿肚兜送给舒云时,舒云惊得半天说不出话。舒云被爹娘和哥哥娇宠坏了,每天都是叽叽喳喳的像个花喜鹊,针线女红一点儿也不精通。舒云对绿肚兜喜欢得不得了,私下对月惠说:"嫂子,等我出嫁时,你帮我绣红肚兜吧。"月惠笑话她不害臊,舒云就缠着月惠不放,一直等月惠答应下来才罢休。

月惠在船上看着舒云洗澡。月惠说:"你把衣服都脱下来,我帮你洗洗。"

舒云就站起身来脱肚兜和裤子。月光下,月惠看见舒云身上乳白乳白的,胸脯上的两个鸭梨大的小乳房,一会儿被水淹住,一会儿又浮出水来,好像两朵即将绽开的荷花苞,鼓鼓的,要多诱人有多诱人。

月惠知道,17岁的舒云已情窦初开了。要不是日本人来到了白洋淀,闹得鸡犬不宁,人心惶惶,舒云也该定下人家了。

舒云白白净净的身子在水里泡着,就有一些小鱼小虾围在身边,悄悄地咬着、钳着她那白嫩嫩的皮肤,一噆一挠的。舒云觉得身上痒,就一扑腾身子,身边的鱼虾就散了。过了一会儿,舒云又感觉到脚指头有些痒,沉下身子用手一摸,便抓出一只马蹄大的螃蟹。舒云举起手中的螃蟹大叫:"嫂子,快看,我抓了一只螃蟹。"

月惠笑了笑,说:"你小声点儿,别叫人听见了。"

舒云静了声,四下张望一遍,说:"夜深人静的,淀里哪有个人影儿啊?"

月惠用手指了指船舱说:"你不怕被他听见。"

舒云一慌,做了个鬼脸,忙爬上船头穿上衣裳。接下来,月惠也到水里洗了洗。洗完后,月惠对舒云说:"洗了澡,身上好凉爽,咱们帮他也洗洗吧。"

舒云怔了一下,问:"怎么帮他洗?"

月惠说:"他只是头上负了伤,身上好好的。咱们把他衣服脱下来,帮他擦洗。"

舒云惊诧地说:"他可是男人啊。"

"什么男人女人的。"月惠开始替伤员解扣子,"他是咱们区小队员,跟你哥一样哩,咱不帮他谁帮他。"

舒云嘟着嘴说:"要帮你帮,我不。"

月惠说:"那好吧,你背过身去,我帮他洗。"

月惠把伤员身上的衣服脱了,用湿布很细致地在伤员身上擦,一边擦着,一边自语着:"伤成了这样,要是让家里人知道了,还不得急慌成啥样呢!"擦完了身子,月惠又把伤员的衣服洗净了,搭在船桨上晾干。

后来,月惠给伤员穿上衣裳,舒云才转过身来和月惠说话。说着说着,舒云就在船头睡着了。月惠也困乏的不行,头一低,也歪在伤员身边睡过去了。

夜深了,两个女人守护着八路军区小队的伤员,在荷花淀里的小船上度过了第一夜。

三

第二天一大早,太阳还没有出来,荷花淀里的水雾蒙蒙的。舒云醒来后,月惠就让她回家给伤员熬药。临走时,月惠叮嘱说:"你悄悄地去,悄悄地回,千万要小心。"

舒云答应一声就走了。

舒云走后,月惠就在荷花淀里等,过了几个时辰,还不见舒云的影子,月惠心里就不安起来。这时,太阳已升起一竿子高了。等等不来,等等还不来,月惠心里急得不行,担心日本人的汽船来巡逻。

越是担心汽船来,日伪军的汽船说来就来了。这一次,日伪军来了两艘汽船,船头上架着机枪。

月惠脸上吓得立时没有了血色。她不仅害怕掩藏在荷花淀里的伤员被敌人发现了,她还害怕舒云突然回来,被日伪军看见。

月惠从船上滑进了水里,用荷叶把小船盖住,自己头上也顶了一片荷叶。日伪军的汽船近了,月惠都能望见船上敌人的眉眼了。月惠在水里慌得厉害,身子打着哆嗦,她在心里一遍一遍地安慰自己:"不要怕,不要怕。他们看不见小船,也看不见我。"

荷花淀里的水浅，敌人的汽船绕着荷花淀转了一圈，又向荷花里扫了一梭子子弹。子弹打折了好多荷叶茎和荷花箭，荷叶发出了"噗噗"的响声。但没有中弹的荷叶和荷箭仍然坚挺着，硕大的荷叶舒展开来，在阳光下闪耀着莹莹的光芒。

敌人的巡逻船开走了，又绕着芦苇荡进行扫射。芦苇荡中被惊起的野鸭、大雁、水鸟愤怒的鸣叫着，一群群地冲向天空，在芦苇荡的上空盘旋，把整个淀面都遮暗了。

快到晌午的时候，舒云才从船边露出了头。舒云叫了一声："嫂子。"月惠吓得险些从船上栽进水里。

月惠又惊又喜，就骂道："你个死丫头，是怎么来的？"

舒云在水中举着一个瓦罐说："我是凫水来的。"她把瓦罐和一包吃食递到船上，又说，"小半晌的时候，村里来了几十个鬼子和伪军，搜查得紧，我是从后窗跳到水汊里来的。"

月惠长长地舒了一口气，说："你听见淀里响枪了吧？我担心死了，就怕你那时来。"

"听见了，我在家里也害怕呢，怕你被鬼子看见了。"舒云上了船，水淋淋地站在船头。

月惠说："你快蹲下，别让人看见了。"

舒云就蹲下来，帮着月惠给伤员喂了药。后半晌的时候，伤员身上的烧退了。渐渐地，伤员就醒转了过来。伤员先是在身边摸索了一会儿，然后就去撕扯头上裹着的绷带。月惠忙去止住伤员的手，伤员便一把抓住月惠的手，问："你是谁？"

月惠被抓得有些疼，但月惠没有动。月惠说："我是舒雨家的。"

伤员听不见，又问："我是在哪儿？"

月惠大声说："你在船上。"

伤员还是听不见，再问："你是男的，还是女的？"

月惠看了看舒云，舒云扑哧一笑，说："都伤成这样了，还问是男是女的。"

伤员挣扎着想坐起来，可挣了半天也没坐起来，头上的绷带又渗出殷殷的血水。伤员呻吟了一阵，出了一身虚汗。月惠看着就有些心疼，她不知道伤员要干什么。伤员头上的伤是动弹不得的，她忙问："你是觉得躺着不得劲儿吗？"

伤员又动了几下，嘴唇也有些紫，舒云在边上看出了伤员有些憋闷，忙说："嫂子，他是不是头疼得厉害呀？"

这时，伤员终于颤抖着说："我要撒尿。"

舒云脸一红，浑身一颤："这可怎么办？"

月惠靠近伤员，轻轻地把伤员的头托起来，揽进怀里，慢慢地扶直了伤员的上身，让伤员坐起来。月惠对舒云说："你帮我把他的裤带解开。"

舒云的脸又泅出一片红。舒云走过来，扭过脸，摸索着去解伤员的裤腰带。伤员又抓住舒云的手，握了握说："你躲开，我自己解。"

舒云躲开后，伤员憋出了一身汗，却怎么也撒不出尿。

月惠觉得伤员浑身在哆嗦，想了想，就从兜里掏出那杆一尺长的烟锅和烟荷包塞进了伤员的手里。

伤员将烟锅和荷包在手里抚摸了一会儿，就将尿水畅快地撒了出来。伤员将烟锅和荷包递回月惠手中问："这烟包是你家里绣的吧？"

月惠没有吭声。

伤员的头在月惠的怀里动了动，伤员没有感觉出什么，可月惠心里却咚咚地跳个不止。

月惠把伤员的头轻轻移开，放到大腿上枕着。月惠想，现在还不能让他知道自己是个女人呢！

伤员躺下后，说："你是咱白洋淀的人吧？咱白洋淀的女子手都巧，做的针线活儿可细密了，绣出的花儿、鸟儿的跟真的一样。"伤员说着就停了下来，伸出舌头舔了舔干裂的唇。月惠看见了，忙叫舒云端来水给他喂下。

伤员喝了水，声音比刚才圆润了一些："等赶走了小鬼子，我也娶一个咱淀上的女子，让她给我绣一个像你手里这样的烟荷包。"

月惠听了，心里就一阵阵发烫。

过了一会儿，伤员轻声地说："老乡，我现在啥也看不见，听不到，你告诉我，咱这船上是不是有个女的？"

月惠想告诉他，知道他听不见，就抓起他的手摇了摇，而后就把烟锅装上烟，用火镰打了火，把烟锅燃着了，将烟嘴儿塞进伤员的嘴里。伤员吸了一口，便咳嗽起来。伤员说："好久都没有吸烟了，乍一吸就呛得慌。老乡，你自个儿吸吧。"

月惠就真的把烟嘴儿含在嘴里吸了一口。虽然，她没有把烟吸进肚里，可还被呛了一下，连声咳嗽了起来。

伤员闻到了船舱里弥漫的烟草味，说："咱淀上的男人都喜欢吸烟，身上有了烟熏味，蚊子就不叮哩。"

他这一说，月惠才知道，为什么白洋淀上的男人，不论是捕鱼的，还是打猎的，腰带上都要系一个烟锅子了。她听说丈夫舒雨以前是不大吸烟的，只是进了淀才吸。成亲后，她送了他一个绣花荷包，丈夫就把烟锅和荷包整日系在腰带上，在淀里吸，在村子里也吸，他还特别爱在人多热闹的地方，掏出荷包，慢慢地装烟丝，显摆着吸。

月惠心里明白，丈夫是在展览他的绣荷包呢。那荷包虽小，只有巴掌般大，可那荷包上绣着一枝荷与两只鸳鸯呢。鸳鸯在荷下交着颈，似乎在轻轻地呢喃着。只可惜丈夫临走时，把红肚兜穿走了，却把烟锅和荷包落下了。月惠一直想把这物件捎给丈夫，却一直没有机会。

又过了会儿，日头偏西了。舒云觉得肚子里咕咕地叫，这才想起带来的食物，她忙打开蓝花包裹，拿出一块玉米饼子和一个藕团子，递给月惠说："快吃点东西吧，我都饿得没力气了。"

月惠说："省着点吃吧，这几天，家怕是回不去了。"

舒云说："回不去就回不去，在淀里也饿不着咱们。"

月惠有些忧愁地说："饿是饿不着，可伤员的药呢。"

舒云歪着头说："我熬了一瓦罐呢，够他喝几天的啦！"

月惠说："要是能熬点莲子汤就好啦，伤员吃不了硬食物，喝点莲子汤能清肺败火。"

舒云听了，想了想，说："这么着吧，我到水里踩点嫩藕和荸荠，这两样也能敷伤清火。"

说完，舒云就跳进水里，先用脚踩，踩着了，再把身子沉到水底，用双手去抠。不一会儿，舒云就捧出了几截鲜嫩的藕段和十几颗荸荠。因没到季节，藕和荸荠还没有长成。藕才棒槌粗，荸荠也只有指头大。等到了秋季，藕和荸荠长成了，藕能长到胳膊粗，荸荠也长得小橘子似的。那时的藕和荸荠不论是生吃，还是做熟了吃，都是脆生生、甜丝丝的。

舒云把藕和荸荠洗净，说："先给他吃这个吧，看他能不能嚼。"舒云把一颗荸荠刮了皮，先在嘴里咬一丁点儿尝了尝，又说，"有点甜味呢。"

舒云将那颗荸荠塞进伤员的嘴里，伤员嚼了几下，说："是荸荠吧？"

舒云说："还没长成呢。"

伤员说："我就爱吃咱淀里的荸荠呢，像鸭梨一样，甜死啦！"

舒云说："咱家荷田里种了好多呢，到了秋天，我给你踩好多好多，让你吃个饱。"

月惠听了，就笑说："等他伤养好了，还不知道又跑哪去了呢！"

舒云说："他能跑哪去？跑得再远，也是咱淀上的人呢！"

月惠故意一本正经地说："那可不一定，人家要是走远了呢，要是在别的地方成家了呢。"

"那我不管他。在哪里，都没有咱淀里的荸荠好吃！"说这话时，舒云似乎有些赌气的样子。

月惠突然发现，舒云有些变化，这变化虽然不怎么明显，可是作为女人，她还是感觉出来了，她在心里说，舒云长大了，有自己的心事了。

四

在担惊受怕中，日子说过去也就过去了。敌人的汽船还是每天都到白洋淀里来巡逻，在这儿开几枪，在那儿放几炮。有一次，敌人的一颗炮弹落在荷花淀里，离掩藏伤员的小船只有几丈远，炮弹掀起的水浪，差一点儿就把小船掀翻了。从这以后，只要听到敌人的汽船声，月惠和舒云就跳下水，头上顶着荷叶，凫着水推动小船，把船推到芦苇荡中水浅的岔道里，等敌人汽船走后，再划进荷花淀。

伤员在月惠和舒云的精心护理下，一天天好起来。伤员勉强能动弹着自己方便了，只是喝药、吃东西还要人喂。每次喂伤员喝药、吃东西的时候，月惠心里总是颤悠悠的。伤员已把她当成男人了，在她身边也不避讳。伤员越是这样，她越怕被伤员知道自己是个女人。因此，伤员的手一碰到她的身体，她就浑身一激灵。

舒云却和月惠想的不一样。舒云从伤员的嘴里知道了他家里的事，他家兄弟两个，都是白洋淀里捕鱼的。去年冬天，他和哥哥正在淀里起网，鬼子的汽船来了，哥俩还没来得及躲，一梭子子弹就将渔船打翻了，哥哥当下就死了。要不是他一猛子扎得深，命也就完了。哥哥是秋天成的亲，当时嫂子已怀了三个月的身孕，母亲眼睛都哭瞎了。他一狠心，没要区干部动员，就扛了杆雁枪参了军。伤员说，嫂子如果没改嫁，他的侄儿现在也该落地了。伤员还说，等他伤好了，说什么也要回家看看母亲和嫂子。

舒云就想，他还没成亲呢。

舒云对月惠说："我来喂他吧。"

舒云自己也觉得很奇怪，怎么胆子一天天就大了，当她和伤员的身体一接触，心里就麻酥酥的，越是麻酥酥的，也就越想接近。她和伤员的身体接触时，一边担心被他察觉出自己是女人，一边又希望他知道她是个女人。

这一天晌午，天气奇热，淀上一丝风也没有，顶在头上遮阳的荷叶很快就蔫拉下来，捂在头上更是闷得慌。遮盖在伤员身上的荷叶，把他捂出了一身痱子。

敌人的巡逻船刚走，舒云就说："让他也到水里洗洗吧。"

月惠说："他头上的伤怕水呢。"

伤员燥热的难受。在舒云的搀扶下，伤员下了水。伤员在水里扑腾几下，就把身上的白布褂子脱了，脱下褂子，伤员还想脱裤子。舒云在船上急得直叫："别，别脱光呀，脱光了谁扶你上来。"

伤员却一点儿也没有停顿，脱下了还招呼说："兄弟，快下来吧，水里可凉快了。"

舒云羞红了脸，背着身子，不敢看。

伤员洗了一会儿，就摸索着要上船。月惠赶紧跳下水，把衣服递给伤员，让他穿上。月惠不敢靠近伤员，只好看着他在水里扑腾。舒云在船上急得出了一身汗，就央求说："好嫂子，快扶扶他，别让他头上沾水了。"

月惠看了眼舒云急慌的样子，便笑着说："死丫头，心疼得慌，你怎么不下来扶他？"

"扶就扶！"舒云扑通一声就跳进了水里。

在舒云的扶助下，伤员爬上了船。月惠看见舒云的脸羞得红红的，就逗她说："等他伤养好了，就把他留下给咱家当长工吧。"

舒云瞥了眼月惠，就低头摆弄自己的湿衣裳，说："想得美，你怎么不把咱哥留下呢！"

月惠扑哧就笑了，笑了后，就说："你哥走到哪儿，他也是咱家的长工呢。"

"我不和你说了，你净拿人家开心。"

从这以后，舒云就一天比一天安静下来。有时，月惠和她说话，她半天还缓不过神来。月惠拿话逗她，舒云就红着脸打嫂子几下。

村子里的日伪军撤走了，舒云又回家取来了一些药品和食物。那天晚上，月亮升起后，淀里一片银白。舒云从兜里掏出一块绣花布，对月惠说："嫂子，我求你一件事。"

月惠看着舒云那羞涩的样子，问："什么事让你这样为难？"

舒云说："你教我绣荷花吧。"

"咱身边的荷花都开了，你照样子绣就是啦！"

"我想绣一个你那样的烟荷包。"

"现在就准备嫁妆啦！"

"嫂子就能神神道道的！"舒云一撇嘴笑道，"就兴你给哥绣？"

"好吧，我教你。"

不几天，舒云就把烟荷包绣好了。舒云又回家去做了一个和月惠身上一样的烟锅，她把烟荷包系在烟杆上，一会儿拿出来看一遍，过一会儿又拿出来看一遍。

月惠说："你怎么不送给他？"

舒云说："他看不见呢。"

又过了几日，淀里的巡逻船就松懈了。月惠和舒云看见巡逻船的日伪军有时停下来，跳到淀里去洗澡。这时，月惠就想，区小队要是来了，肯定是打伏击的好机会。

想到打伏击，月惠就记起那天区小队员留下的那杆长枪。当时，月惠担心枪放在船上不安全，就把它藏在了芦苇荡里。这时想起来，她立马凫水到芦苇荡里取出了长枪。

舒云看着她手中的枪，吃惊地问："你拿它做什么？"

月惠说："咱们手里有枪，也能打鬼子的伏击。"

舒云说："可咱们不会打枪呀。"

月惠一笑说："让他教教咱嘛，我不信打枪还比绣花难学。"

舒云脸上立马飞过一抹红晕，静了静，说："也是，只要不心慌，谁都能打枪。"

月惠和舒云在伤员的指导下，很快学会了使枪。她们趴在船头上瞄准，瞄着瞄着，缺口、准星前就出现了日伪军的嘴脸。月惠使劲扣扳机，却怎么也打不响。月惠一急，就爬起来问："这枪是坏的吧！"

舒云疑惑地问："怎么会坏呢？他不是说，这枪是鬼子的洋枪吗？"

"那怎么打不响？"

"你打啦？"

"打啦！"

"打什么呢？"

月惠这才发觉刚才是看花了眼。她把枪递给了伤员，伤员又在手里示范了几下，月惠才知道，刚才子弹没有上膛呢，幸亏没上膛。伤员示范后说："兄弟，练瞄准，不单要在船上练，还要在水里练。在水里凫着水打枪才叫本事呢。"

舒云就接过枪，跳到水里练。她们轮换着，白天练，晚上也练，立在水中练，浮在水上练。到了农历六月底七月初的时候，荷花淀里的荷花都开了，满淀飘着清馨的荷花香。月惠就和舒云商量，准备伏击敌人的巡逻船。

那正是一个傍晚，太阳还没有落下去，敌人的巡逻船突然就来了。船上有两个鬼子和三个日伪军，五个人都敞着怀，很得意地站在船上。

敌人的汽船向荷花淀驶来，月惠和舒云赶紧又跳进水里，用荷叶遮住头。

舒云端着枪问:"打吗?"

月惠说:"等一等,近了再打。"

汽船驶近了,都能听见船上的伪军说话了。一个伪军说:"太君,这儿的水浅,洗个澡吧。"

两个鬼子叽里咕噜一阵子,就从船上跳下四个人,还有一个伪军在船上站着哨。

舒云说:"打吧。"

月惠说:"先瞄准船上那个拿枪的打!"

"啪——"一声清脆的枪响,子弹像一只蜜蜂从荷花丛里飞出来,带着蜂鸣射向了船上的伪军身体。

接着又一声枪响,水中的一个鬼子也撅了一下白白的屁股。

蓦然间,船上的伤员听见了枪声。伤员在船上摸索了几下,什么也没有摸到。伤员立时就紧张起来,用手去撕扯头上的绷带。

当伤员撕下头上的绷带,伤员朦朦胧胧地看到,在荷花淀不远处,有一艘汽船在水上漂着,船边的两个日伪军正扑腾着向船上爬,伤员收回目光,朝船边的荷花丛里一看,立时就愣住了。

这时,夕阳也变成了一团红红的火焰,火焰映照在荷花淀里,淀水开始燃烧起来。淀里的荷花都开了,白的、红的、紫的连成一片。白的像云,红的像锦,紫的似缎。荷叶也都蘸了油彩一样,碧翠碧翠的。

枪声还在响着。

伤员看见荷叶下面有两缕黑发在水面上漂着。映入伤员眼帘的,还有两朵灿烂的荷花般的面容,一朵是白的,一朵是红的。伤员一时不敢相信自己的眼睛。伤员愣在船上,有种飞翔的感觉。

原载《解放军文艺》2001年9期

巴儿狗

韩克波 笔名寒江，江苏省作家协会会员，三级作家。1980年参加工作。先后任灌南县作家协会主席、《灌河》文艺期刊副主编、连云港市散文学会副会长、连云港杂文学会副会长、连云港诗歌学会副会长。

局长家养了一条巴儿狗，主人很宠爱它。

每天行人路过他家门前时，这条巴儿狗总是对着行人狂吠一阵，有时向人猛扑上去，虽没有咬着人，可吓人一身冷汗。

我与巴儿狗的主人相隔几户人家，每天上下班必经他家门前，可这条巴儿狗对我与路人没有什么两样，照样冲着我狂吠不止。起初，我以为它不知道我是它主人的邻居，对我的不恭，我总是原谅它。一晃三年过去了，可它对我还是那副凶样，我便开始讨厌它。

最令我厌恨的是，有时我散步思考问题时，它老是冷不防地向我扑过来，常常吓得我茫然不知所措，扰乱了我的思路。

一天下午，我看到这条巴儿狗横卧在门前的路上，气不打一处来，骑着自行车就向它猛冲过去，速度快不可挡，它一见这气势，急忙向旁边一躲，我便跳下车子抓起一块石头就向它猛砸过去，它被这突如其来的阵势吓坏了，赶紧朝院子里钻，等我离开后，后面才传来汪汪的狗叫声。

几天后，局长牵着这条巴儿狗在一条马路上闲逛，我正好骑着自行车路过，想不到这条巴儿狗突然向我腿上猛咬一口……

"你家的狗怎么这样厉害？"我很生气地问。

"你肯定打过我家的狗，它才这样咬你。"主人护短地答道。

看来，我没有制服这条巴儿狗，在此后的日子里，它反而变本加厉地对待我，见到我就扑上来，甚至见到我的影子都要汪汪地叫几声。

有一天，我突发奇想，如果我拿个肉包去喂喂它，也许它不会再与我作对吧。但我转念一想，这样做如果让局长看到了，还以为我想害死他家的巴儿狗，要是这条巴儿狗真的有什么三长两短，到那时恐怕我跳进黄河也洗不清呀！于是我打消了这个念头。

多少天过去了，我总想不出什么好办法对付这条巴儿狗。

那天我随便问一位邻居的长者："你路过局长家门前时，他家的巴儿狗咬你没有？"

"怎么能不咬呢？"

"那你是怎么办的呢？"

"我是绕道走的。"

"你怕它吗？"

"我哪里怕它呢，其实我是不想与它啰唆，它毕竟是局长家的一条狗，与狗啰唆有啥意思呢？"

说到这里，这位长者稍微停了一下，接着又深有感触地说："现在生活节奏这么快，我们要做的事情太多了，哪有时间与狗过不去呢，你若被狗咬了一口，就是把它宰了，你的伤口还是痛的。这样倒不如让它一步，不必与一条狗争着走路，免得被它咬着……"

听罢长者的一席话，不禁长叹一口气，我似乎明白了什么！

后来听说这条巴儿狗咬了局长的情妇，被局长活活打死。

原载《连云港文学》2003年7月，2011年《小说选刊》
第二届全国小说笔会中荣获优秀作品小小说二等奖

黑客的密码保护

赵　航　曾用过笔名海星，中国寓言文学研究会理事，江苏省作家协会会员，连云港作家协会副秘书长，海州区作协副主席。已出版个人专著12本。

一、善意的黑客

  2023年的一天早晨，在反黑客专家罗克博士的研究所里。罗克博士用手掐着腰，一动不动，已经足足有半个小时了。他用双眼紧紧盯着办公桌上的电脑屏幕。助手阿辉此时正在全神贯注地检验电脑程序，他的两只手不停地敲击着键盘，神情严肃，眼睛眨也不眨一下。

  办公桌上的电话响了，罗克走过去拿起电话，是张律师打来的，他请罗克马上到他的律师事务所去一趟，有急事相告。罗克放下电话，转问阿辉道："检验结果怎样？"

  阿辉满脸的喜悦，转过椅子，对罗克说："太棒了，半年内没有一名黑客闯进程序，试验成功。"

  罗克犹豫道，"不，不，可能有一个会特殊。"

  "博士，难道你说的是'善意的黑客'？"阿辉说。

  罗克点了点头："正是他！"

原来，二十年前，也就是2003年，黑客随着互联网的发展而不断壮大，也因为互联网的"绝对自由"，使得木马病毒泛滥成灾，给各国的政治、经济、军事造成了重大损失。

针对这一情况，各国纷纷组织起针对黑客犯罪的专门组织——反黑客联盟。这个联盟容纳了许多国际上反黑客领域内的佼佼者。罗克博士就是其中的一员，他从事这个行业已经二十年了，由于他非凡的才能、使得大部分黑客在他面前束手无力，即使黑客研发出新的木马、病毒，他也能迅速地做出反应，在最短的时间内恢复网络的正常运转。而让众多黑客最胆战心惊的是：罗克能根据病毒木马的反复制，进行追踪，最终将黑客犯罪分子绳之以法。二十年来，也不知有多少黑客栽在罗克手上，因此，罗克大名远扬，几乎成了世界反黑客的核心人物。

但是，罗克也有他头疼的人物，这个人就是刘显，从罗客进入反黑客联盟到现在，就一直在跟刘显暗中较量，但每次，都让刘显逃之夭夭。刘显有个绰号叫"善意的黑客"，从这个名字我们就可以知道，他似乎不是在利用电脑犯罪，而是在做一些"有益"于网络的事情。是的，他每次闯入财团、银行、军事机构、情报部门的时候，总是在最高程序上发号施令，留下点"到此一游"诸如此类的痕迹，别的，似乎对于整个程序是没有一点杀伤力，他的目的好像仅仅是在世人面前炫耀自己的能力，或者是在表明自己的存在。也因为他的闯入，使得这些部门及时补丁漏洞，更改程序。一次一次的防守，一次一次的被刘显攻破，在对阵中，这些部门的整个程序最后简直到了臻于完美的理想境界。基于刘显的反面贡献，人们给刘显起了个绰号叫"善意的黑客"。

二、一封档案文件

罗克和阿辉很快就到达了律师事务所，找到了张律师，大家寒暄几句，张律师直接步入正题，他从保险柜里拿出了一份档案文件，递给罗克道："罗博士，这是一位用户托我转交给你的。"

罗克接过文件，看了看档案袋封面，先犹豫了一下，然后打开，里面有封信。罗克坐在沙发上仔细阅读这封信，看着看着脸色开始严肃起来，后来慢慢地变得苍白，像是看到了什么可怕的东西一样。阿辉道："博士，怎么了？"罗克闭上眼睛，叹了口气，将这封信递给阿辉道："你看看吧！"

　　罗克转过身问张律师："这封信是谁交给你的？"

　　"一位顾客委托的！"

　　"现在他人呢？"

　　"今天早上死在了医院里。"

　　罗克和阿辉坐在车上，两个人似乎都心事重重。

　　阿辉一边开车，一边说："你相信这封信吗？我看他在说谎。"

　　"他有这个能力，我和他较量了二十年，他的能耐我知道。"罗克心情沉重，又不无感慨地说。

　　"那我们无能为力了吗？"

　　"不，还有一点可能，阿辉，开快点，我们回去看看他的文件里究竟留给我们什么？"

　　什么信，会有这么大力量，使得大名鼎鼎的罗克感到忧虑和害怕。

　　原来这封信，是刘显留给罗克的一封遗书，内容如下：

罗博士：

　　老朋友，你好！

　　这是我和你之间二十年来的第一次书信往来，也是最后一次，因为胃癌的痛苦折磨，我决定安乐死，当你看到这封信的时候，我已经到天国和上帝较量了。

　　多谢你陪我玩了近二十年游戏，我很感激你。半年前，你在N公司设置的一个程序的确是臻于完美的程序，简直说是无懈可击，几乎没有一丝技术上的差错，如果要打开，只有知道你密码保护问题的答案才行。我不是你，所以我无法回答你的提示问题。想不到在我生命的最后时刻，竟败在你的手里。告诉你这个消息，你高兴吗？

　　哈哈哈哈，你有密码保护，我也有！我用我生命最后两个月的时间，也设置了我的密码保护问题。如果你能在程序上发现漏洞进行突破那当然更好，但是你想可能吗？我只给你两天时间，也许你不知道我们这次较量的赌注是什么，告诉你也无妨：是整个世界！我已经控制了整个世界百分之三十的核武器最高程序控制，如果两天后，你解不开我的密码保护，那么我设计的程序会自动运行，它将把整个世界毁灭几百次，你也跟我一起陪葬吧！

　　对了，我的密码保护问题不妨先告诉你，只有三题，你可以去网上查找 MY 文件名，上面有我设置的三道密码保护问题！

　　再见，我的朋友，祝你成功。

刘显绝笔
2023 年 × 月 × 日

　　两人快步跑进办公室，打开电脑，很快在网上找到了刘显告诉他们的文件名。

　　"这个程序能破译吗？"阿辉问。

　　罗克睁大了眼睛，看了很长时间，惊叹道："太完美了，简直太完美了，他设置的这个程序简直没有缺陷。"

　　"有希望破译它吗，博士？"

　　"不，不可能，如果要破译，至少需要半年或者更长时间。"

　　"那怎么办？"

　　"你先启动，看看密码保护问题是什么？我和他打交道二十年了，我自信对他是有所了解的。"

　　"博士，你看第一道题'我的大学？'太简单了吧！我接触刘显时间不长都知道他是 W 学院毕业的？"

　　"恩，你输入看看？"

　　阿辉按照罗克的吩咐，将 W 学院输入了第一道密码保护的答案方格内。

　　阿辉看到计算机的回应，高兴地叫道："成功了，太简单了。"

　　"别高兴得太早了，看第二题是'我的对手？'"

　　阿辉自言自语道："刘显有对手，我怎么不知道啊？在所有黑客中，他是最厉害的一个，几乎没有人能及得上他的智慧和能力的。难道他有仇人，那是谁？或者是他在计算机领域内遇到的什么难题？"

罗克笑道："不用猜了，我知道是谁，把我的名字输进去。"

阿辉听后，拍了一下自己的脑袋道："对呀，看我怎么这么糊涂？"阿辉将罗克的名字输在了第二题密码保护答案的空格内。

"回答正确"，同时第三个题目显示在屏幕上。罗克、阿辉看到后都非常兴奋，慢慢地两人又都安静下来，脸色都变得很难看。

"怎么会是这样的问题？"阿辉道。

罗克皱了皱眉头道："怎么不会，这可是密码保护中最常见的一个问题。"

"我不是这个意思，我的意思是这个问题对这个人是不适合的。"

"恩，性格孤僻的刘显心中也有自己最爱的人，那是谁呢？"罗克赞同道，继而陷入了沉思之中。

不错，正如大家心里所想的，第三道题的密码保护问题是："我最爱的人？"

三、破译第三道密码保护

根据以往罗克对于刘显的调查记录，刘显父母早亡，没有兄弟姊妹，因为性格孤僻而单身，和他来往的女人的确有不少，但都只是短暂的交往，产生感情的没有几个。罗克叫阿辉把与刘显生前有接触的所有女人的资料都从电脑里调出来，一个一个输入验证。

阿辉同意罗克的计划，他从电脑中查出了与刘显有关系的女人，一一填试，竟没有一个正确的。阿辉又把刘显的亲人名字列一系列，反复的填试着，还是不行。

罗克见了，他用手挠了挠自己的头发，二十年来，与黑客打交道，还从来没有今天这样烦躁不安过。

罗克和阿辉彻夜未眠，他们俩将现在的所有工作都丢掉了，心里只想着一个问题：刘显的最爱的人是谁？

又是一天的早晨，这一天可能是这个世界的最后一天了。罗克叹了口气，他掏出烟盒，抽出一支，点着后一口一口地吸了起来。难道真要让这个世界毁在一道密码保护题上？罗克想。

如今罗克已经是满脑子的雾水，头脑像炸了似的，他好像已经很难再保持稳重干练的本色了。"阿辉我想起来的，最爱不一定就是女人，也可能是男人，比如说是他的父亲，或者弟弟或者别人，你把我电脑中与刘显有关的所有人都试一下，包括你和我。"罗克恍然大悟道。

阿辉按照要求，列出了与刘显有关系的所有人的名单。

罗克坐在阿辉的对面问："全部输一遍，大约需要多少时间？"

"十六个小时"阿辉道。

"也只有这样了。"

"博士，你看一下这个人资料。"阿辉刚要动手操作，忽然看到一份资料说道。

罗克像是看到了希望，急忙问："怎么了？"

"这个人叫王素素，刘显的大学同学，也是刘显的初恋情人，自从和她分手后，刘显失踪了近两年，出来后，就做起了黑客。"

"把她名字输一下。"罗克说。"已经输进去了，但不是，不过我肯定刘显成为黑客应该与一定这个人有点关系。"阿辉断定道。

罗克听了，点了点头，像想到什么似的，他立即向阿辉要来了王素素的联系方式，拨通了她的电话号码，请她务必在今天下午之前来研究所一趟。

罗克继续思索着，他站起身，走到窗边，看着窗外高楼林立，路上人来人往，车水马龙，这就是今天的世界，多么美好啊！时间一分一秒地快速移动，每走一步，罗克博士头上的青筋就颤动一下。

下午三点左右，罗克和阿辉还在绞尽脑汁思考第三道密码保护题，他们来回不停地填试着人名。这时候，门外传来了一阵轻微的敲门声。

"请进"罗克说道。

四、黑客的真情

门开了，进来一位四十上下的女人，衣装整洁而自然，长发瘦肩，浑身上下，让人看上去充满了一种风韵的成熟美。

"你好！"罗克道，"请问夫人芳名？"

"我姓王，叫王素素。"这个女人答道。

罗克把王素素安排坐下。然后问："能冒昧地问一下，你和刘显是什么关系吗？"

王素素看着罗克的眼睛，想了想道："同学，不，年纪这么大了，我还怕什么呢，我们是二十年前的初恋情人。你能告诉我，他现在还好吗？"

罗克见王素素还不知道刘显已死的消息，说道："他死了。"

"什么？死了？"王素素呆住了，嘴里咕噜着，两眼发了呆，很快地眼眶溢满了泪水。"为什么？"

"因为胃癌他选择了安乐死。"

王素素听后，抽搐般的小声啜泣着。

罗克递过一张手纸给王素素道："我们需要你的帮助。你知道除了你之外刘显最爱的人是谁吗？"

"我不知道。"王素素神情暗淡着回答，眼泪再也控制不住，像一颗颗断线的珍珠，落了下来。

罗克无声地递给王素素一张手纸，王素素接过，口中自言自语道："小鹿，你走了，海棠果的心也死了。"

阿辉继续往电脑里输入资料中记录的人名，听到王素素的话后，奇怪地问："什么？小鹿？海棠果？这是人名字？"

"没有第二个人知道，我们是永远的小鹿和海棠果。"

罗克似乎想到了什么，他明白了，他一个箭步就跑到自己的电脑前，在第三个密码保护——你的最爱，输上"海棠果"三字。

奇迹出现，文件被打开了。

罗克仔细地搜索着，哪有什么核武器控制程序，文件里什么都没有，只有一段刘显的留言：

罗博士：

你赢了，我真的没想到你能打开这个文件，谢谢你，能够让素素看到我最后的遗言。

素素，我控制着整个世界百分之三十的核武器的最高程序控制，并不是危言耸听，我有这个能力，我也想过，让这个可憎的世界陪我一起走向死亡，但我一想起你，想起你是世上最美的"海棠果"时，我就会为我这个单纯而幼稚的想法而感到可耻，为我这一颗自私自利的心而感到害臊。

海棠果，你知道当初我为什么离你而去吗？大学毕业后我没找到工作，我的家境贫寒，所以我生活得很苦很累，我对你说过，要照顾你，养活你一辈子，但现在我连我自己都承担不起，又怎么好照顾你，养活你呢？所以，为了你生活更好一点，让你能够在富裕的条件下幸福地生活一生，我选择了离开。我调查过，你的家人给你找了个有钱有身份的男人，的确风流潇洒，我和他真是不能比。

没有你日子里，我忍受着比贫穷更难受的孤独，无法排遣的时候，我便拼命地研究电脑知识及黑客技能，当我学有所成时，你已成为他人的新娘，看到你结婚时光彩夺目的样子，我真有点自惭形秽，于是我决定再不打搅你了。我走了，但我内心深处始终无法排遣相思之苦，于是我开始以管理员的身份登录世界各大网站、新闻中心、军事基地等等，目的只是为了证明我的存在，只是能让你经常在网上，在电视上听到我这个名字，让你知道，在这个世上，还有我这个人的存在。

多少年下来，我麻木了，我觉得我用这样荒唐的形式表明我在你心中的存在是多么可笑，一万次让别人在你的面前议论我的名字不如一次我们面对面的交流。

我相信缘，如果罗博士能解开这三道密码保护题，那表明我们来生还有缘，如果解不开，就让我先前的遗嘱变成这个世界上最大的欺世谎言吧！我在生命的最后一刻钟删除了已经设置好的核武器的启动程序，因为不管有没有缘，在这个世界上，还有你。我不愿意你死亡，更不愿意你痛苦，我要让你幸福地活着，让你的一生快乐地活着。再见了海棠果。

刘显

原载《今古传奇》（故事版）2004年第1期

雪 鼬

周景雨 江苏东海高级中学语文教师,《东海文艺》副主编,江苏省作协会员。陆续在《清明》《小说界》《青年文学》等刊物发表小说30余万字,在《雨花》《芳草》等杂志发表散文20余万字。中篇散文《四季芬芳》获首届"彦涵文学艺术奖"。微电影剧本《寸草春晖》获江苏省委宣传部、省文联主办,省电影家协会、人民日报江苏数字新闻中心协办的"中国梦·我心中的梦"优秀电影剧作奖。2015年出版中短篇小说集《青青河边草》,2018年,出版散文集《四季芬芳》。

谷三爷扣动猎铳扳机的一瞬间,心头陡然掠过一道闪电,持枪的手轻微地战栗了一下,射出去的霰弹也就偏离了目标的绝命之处。那猎物拉成一道白光,转眼间消失在茂密的丛林里。

谷三爷走过去,地面的碎石杂草上洒着斑斑血迹。谷三爷蹲下身子,用手指蘸了一点草叶上的血迹送到鼻子前嗅了嗅:奇腥!谷三爷从腰间抽出油光锃亮的铜杆旱烟袋,点上,一缕青烟夹带着谷三爷的思绪在秋日的骄阳下缓缓弥散。谷三爷的心头笼上一层厚厚的阴云。

被击中的是一只雪鼬。捕鼬行内流传着一句千古名言:千鼬难寻一玄,万鼬难觅一素。谷三爷从祖辈那里知道,黑鼬是鼬中珍品,这雪鼬则是鼬中极品。据说，雪鼬的毛制成的狼毫笔使用千年不败，过去只有皇宫中偶有一两支，那是皇帝使用的朱批御笔；雪鼬的五脏六腑均可入药，可治天下绝症。谷三爷的祖祖辈辈以打猎为生，尤其擅长捕鼬。在谷家捕鼬的千年历史中，据说只有曾祖父曾遇见一只黑鼬，一击未中，懊丧不已，回到家中就冲着自己的太阳穴来了一枪，无限遗憾地离开了人世。

鼬，俗名黄鼠狼，行内人称之为"赤脚大仙"。既称之为大仙，也就极具有人类的灵秀之气。鼬毛是制作狼毫毛笔的绝好材料。过去，湖州德仁牌狼毫笔天下闻名，这制笔的狼毫原料主要就是由谷家提供的。

既然把捕鼬作为谋生手段，谷家祖祖辈辈摸索积累，自然也就有捕鼬的绝招。谷家捕鼬除了在路边道口山洞崖边设机关以外，主要靠猎铳（俗名土洋炮）击杀。谷家的猎铳枪筒细，枪口小，每次只能射出一粒霰弹；谷家的霰弹呈六棱形，体积是一般霰弹的三到四倍，杀伤力比一般霰弹强十几倍。一般猎人使用的猎铳每次射出的霰弹几十粒几百粒不等，像撒渔网，杀伤面积极大。使用这种猎铳捕获的猎物虽多，但破坏力极大，猎物的皮里肉里沾满了霰弹，无论是食用还是物用，都很费工夫，那价值也就差远了。谷家的猎铳枪筒细枪口小，瞄准时定位也就准；每次只射出一粒霰弹，专击猎物的眼睛、嘴巴，不会损伤猎物的其他部位，所得猎物无论是品质还是利用率都极高。谷家对猎手持枪、射击的要求极高，谷家子孙练枪也就要吃许多苦头。每次练枪，持枪的手臂下面都要放上一把锋利无比的猎刀，刀锋向上，枪杆上面则压上青砖。开始是一块，练到能够准确无误射中目标后再加一块，练到又能准确无误击中目标后再加一块，一直加到十块。十块都练过关了，才算出师，才能上山捕鼬。所以，谷家子孙的右手臂上常常是疤痕累累。

谷三爷今年五十有五，有四十几年捕鼬历史，捕猎的黄鼬足够堆成一座玉清山！谷三爷本来不打算再捕鼬了，可近几个月鼬皮、鼬毛的价格疯长，再加上某一研究所说鼬肝可治肝病高价套购，这鼬价陡然之间就飙升了十几倍。谷三爷食人间烟火，放不下这种诱惑。谷三爷决定到了年底就金盆洗手。

谷三爷刚看到雪鼬时，以为是阳光刺花了眼睛。他用力揉了揉眼睛再看，那确确实实是一只雪鼬！那是一支威严的队伍：前面八只雄鼬，身体肥硕粗壮，负责开道和保卫；它的身边围着四只年轻的雌鼬，让人惊奇的是四只雌鼬用四只前爪撑起一片荷叶，为雪鼬遮阳；后面紧跟着八只老年黄鼬，臣子般怯懦而又恭敬。谷三爷的心头一阵接一阵涌动着战栗的波浪。雪鼬的躯体是一般黄鼬的三倍多，浑身雪一般洁白，涂了一层油脂般光滑耀眼。黄鼬的尾巴拖在地上，雪鼬的尾巴则高高翘起卷成一个蓬蓬松松的圆环。谷三爷怎么也没想到他这辈子竟然遇到了他的祖先们连做梦都不敢想的雪鼬。他一定要捕获这只雪鼬，谷家捕鼬的历史将由他来改写！谷三爷端起猎铳。

就在他扣动扳机的一刹那，那只雪鼬竟然转过头来，眼神慈祥而又柔和，充满了善意！谷三爷的心头一凛，持枪的手便抖了抖，霰弹偏离了轨道！

谷三爷锐利的眼睛告诉他，霰弹击中了雪鼬的左前腿。

谷三爷猎鼬无数，极少失手。

回到家里，谷三爷沮丧不已。

第二天早晨刚起床，谷三爷嗅到了黄鼬味，猎人特有的感觉告诉他出事了。谷三爷推开门，满院子黄鼬脚印，鸡圈门洞开，自家养的十几只正在下蛋的母鸡踪迹皆无。谷三爷走出院子，发现鸡的脚印连成一条线向山里延伸。谷三爷明白了。黄鼬是猎鸡高手，再厉害的鸡遇见黄鼬也会打战酥软。黄鼬得到鸡后就骑到鸡背上，用前爪揪住鸡冠，就像舵手掌舵一样，想要鸡往哪走鸡就往哪走。鸡让黄鼬们给搬运走了。一物降一物是自然界千古不变的规律。

谷三爷沿着鸡脚印追进了山。那些鸡堆在了一棵老槐树下。黄鼬只喝鸡血不吃鸡肉，得到鸡后，黄鼬就从鸡脖处撕开鸡的血管，吸尽鸡血后就抛弃了。

这预感中的报复来得真快！谷三爷心头的那块阴云又加厚一层。

就在谷三爷忧心忡忡的第五个早晨，谷三爷预想中的事情又发生了。谷三爷家喂养的三只山羊又神秘失踪了！谷三爷震惊了。作为一名老猎手，不能说山崩于前不变色，海啸于后不动容，可遇到天大的事情也会冷静如水，这份涵养还是有的。谷三爷从来没有如此震惊过！

谷三爷不是心疼那三只山羊，让谷三爷搞不明白的是，这鸡黄鼬能左右得了，山羊的体积是鸡的几十倍，黄鼬是怎么下的手，又是如何搬运走的！

这一切绝不是一般黄鼬能做到的，它们还没有如此的大智慧，一定是雪鼬所为，只有它才会有如此灵气！真正遇上对手了！这种报复行为今后肯定还会屡屡发生。谷三爷心头的沮丧一扫而光，他决定和这只送上门来的雪鼬斗斗。

谷三爷从大儿子家牵来一条蒙古猎犬，放在院子里。他要先搞清楚雪鼬的身体状况、来此目的以及它的行踪变化，然后再制订以后的行动计划。

中秋时节的夜晚，月明星稀，能见度极好。谷三爷披着狗皮大衣，怀里抱着猎铳隐藏在玻璃窗户后面。第一夜，除了猎犬由于刚来到生疏的地方发出的不满意的"吱吱"声外，万籁俱寂。第二天夜里，就在谷三爷略微产生睡意的时候，一道白光流星般从屋顶掠过，此后再无任何动静。谷三爷知道，雪鼬在虚张声势探听虚实。

第三天夜间，天快亮了，人们睡意正浓，谷三爷也认为它不会来了打起了瞌睡。就在这时，门外飘来一丝熟悉的气味。几十年捕猎练就的敏感告诉谷三爷：客人来了。谷三爷看见它了，皎洁的月光下轮廓分明。正如谷三爷预料的那样，它的左前腿有点跛。它的体积虽然很大，动作却极其轻柔，轻柔得像一片飘动的羽毛。它竟然能够避开猎犬的听觉和嗅觉，真是不可思议。谷三爷端起猎铳，瞄准。

一道白光直射向猎犬，雪鼬准确无误地挂在猎犬的脖子上，猎犬没来得及发出一点声息就倒地毙命。谷三爷放在扳机上的手又松了下来，他想看看雪鼬后面的表演。

就在这时，几百只黄鼬拥了进来，四个一排四个一排很有秩序地排成一条线，然后，它们四肢朝上卧躺在地上，就像铁轨。那只猎犬被拖到上面后，排列起来的黄鼬的四肢就像滑轮一样极有规律地按照一定的节奏摆动，那猎犬的躯体就像被放在传动带上，没一会儿工夫就被运出了谷三爷的视线。谷三爷丢下猎铳，拿起双管猎枪朝天空放了一枪，然后追赶出去。

那只猎狗被丢弃在路边。谷三爷赶过去，拽起猎犬的头部细看，谷三爷打了个寒战：雪鼬咬在猎犬脖子上的那一口，掐位极为精确，利刃般截断气管，绝对是一着致命，即使是一位老猎手也很难达到如此高的标准。

谷三爷小瞧了雪鼬，谷三爷告诉自己，从今以后要事事当心了！谷三爷坐到门槛上，点上烟，他要认认真真考虑雪鼬的下一步行动。

正在这时大儿子谷山来了："刚才听到枪响，没事吧，爹？"

"没事，不小心走了火，——回去吧。"谷三爷磕掉烟灰，起身进屋。

谷三爷住在村子的南端，离村里还有一段距离。自从老伴死了后，他在村子里给三个儿子每人盖了三间瓦房，把他们都赶回村里住，自己落个清闲自在。

谷三爷心里沉甸甸的，还有点阴郁，谷三爷只在老伴去世时有过这种感觉。谷三爷睡觉从来不关门，今天晚上关门了；谷三爷除了进山，其他时候很少握枪，今晚子弹上膛，右手就放在扳机上。这样谷三爷才会睡得踏实。

就在谷三爷鼾声正起的时候，耳朵边突然传来尖细的"唧唧"声。谷三爷左手弹射出去，准确无误地攥住那"唧唧"声，拇指和食指用力一转，那"唧唧"声便没了。谷三爷这才睁开眼。原来是一只肥硕的大老鼠，脖子已被拧断。谷三爷出手向来极快极准，他能用两个手指头精确地夹住空中飞舞的苍蝇，这"一招死"的本领远近闻名。

谷三爷丢掉手中的死老鼠，猛地意识到雪鼬就在附近。他抬头向外面望去，月色皎洁如水，那雪鼬果然就蹲在窗前，眼神凌厉而威严。谷三爷的枪响了，窗户上的玻璃浪花般飞满天空，在月色映照下晶莹耀眼。

谷三爷知道，这一枪伤不着雪鼬。如果他瞄准了射击，雪鼬也许难逃死劫；持枪再开枪，这间隙雪鼬有足够的时间从容逃生。谷三爷开枪只是为了发泄胸中那被捉弄的郁闷和激愤。开枪以后的谷三爷很后悔，他知道自己又失算了，雪鼬肯定从他的枪声中听出了浮躁和不安。

儿子谷山跑来了，怔怔地盯着父亲。

谷三爷就说，"我正要去找你，你把院里的那头黄牛牵回家喂几天！"

谷山就问到底出了什么事。谷三爷就说，"没事没事，我这几天想清闲清闲。"

儿子走后，谷三爷吸起了闷烟。谷三爷心里有点茫然，这可不是好兆头。谷三爷几十年来杀生无数，从来就没手软心颤过，这是怎么了？年老了？心软了？谷三爷摇了摇头。不知为什么，谷三爷陡然想到了死去的老伴，想到了山魈。谷三爷连连吐唾沫去去晦气。

就在谷三爷踌躇无措的时候，一天早晨，儿子谷山匆匆跑来了，告诉谷三爷小松夜里被什么东西咬了一口，当他听到儿子的哭喊声赶过去的时候，只见一道白光窜出了门。谷三爷一听这话，跟着儿子就往外走。

来到儿子家里，那里已经围满了人。谷三爷走过去，拽起孙子细看：小松的左手臂上留下一排深深的齿印，还在殷殷渗血。围观的人们发出慨叹：

"这不是黄鼬的齿印吗？"

"这世道真的变了，连畜生也敢咬人！"

谷三爷对儿子说你带小松去村医务室包扎一下，然后冲着围观的人们说："没事没事，大家散了吧散了吧！"

回到家里，谷三爷异常镇静。谷三爷知道，凭雪鼬的本领，想要他孙子的性命太容易了。咬孙子不是雪鼬的目的，这是雪鼬在向他下战书。他和雪鼬的恩恩怨怨也该有个了断了。

第二天早晨，谷三爷收拾好干粮，打起帐篷，背上猎铳猎枪进了玉清山。

走进大山的谷三爷充满活力，眼睛鹰一样锐利，嗅觉狼一般灵敏。谷三爷很容易就发现了雪鼬的踪迹。河滩旁，草根底，裸露的粉土上都留下了雪鼬的脚印。对于谷三爷来说，雪鼬的脚印太容易辨识了：它比一般黄鼬的脚印大得多，雪鼬落地沉稳有力，那脚印就陷得深，左前腿跛了，落地极轻，仅留下一点痕迹。

第一天，谷三爷追踪雪鼬脚印，一无所获。

第二天，谷三爷嗅到了雪鼬的气味。雪鼬的气味很特别，既腥又刺鼻。谷三爷知道雪鼬就在附近，并且一直在监视自己的行踪。谷三爷隐隐感觉到，雪鼬那双犀利的眼睛就在他的周围打转转，似乎连空气里也闪动着那双眼睛。想到羊的死，想到猎犬的死，谷三爷满眼都是雪鼬的臆像。他觉得雪鼬的踪影布满了整个玉清山，无处不在。他有点焦躁，他想控制自己的情绪，可他做不到。

第三天，谷三爷决定改变做法。他在明处，雪鼬在暗处，这样下去，谷三爷绝对耗不过它。谷三爷搭起帐篷，躲进帐篷中睡觉。睡觉是假，谷三爷要借助帐篷的掩护，观察雪鼬的具体方位。谷三爷一无所获。

谷三爷觉到了累。

到了晚上，谷三爷燃起篝火。山里面，临近暮秋的天气有些冷。谷三爷穿上狗皮大衣，坐到篝火旁，抽出铜杆烟袋吸了起来。草丛中清晰传来秋虫的鸣叫声，近旁的树林里不知名的鸟儿时不时地拍打一两下翅膀，远处偶尔传来一两声狼嚎。除此以外，没有谷三爷想要捕捉的信息。谷三爷毕竟是老猎手，他隐隐约约感觉到这寂静的背后似乎潜藏着某种大阴谋。他砍来更多的柴火，一部分备用，一部分用来把那篝火添足烧旺了，这才走进帐篷。他想眯会儿眼，养点精神。

朦朦胧胧中，帐篷外面飘进阵阵腥味，越来越浓！谷三爷心头一凛，拿起猎枪走出帐篷。眼前的情景惊呆了谷三爷：帐篷的周围布满了黄鼬。到底有多少只，谷三爷没法计算，就觉得像是沙漠上起伏的黄色沙浪。谷三爷镇定一下自己，迅速做出决断。他把备用的柴火铺在帐篷的四周，点燃起来，筑起一道火墙。然后冲进帐篷，把猎枪猎铳全部装满子弹，揣上猎刀，然后持枪走出帐篷。

谷三爷静静地观察周围的动静。谷三爷看到了它。它正坐在山坡旁边的一棵栗子树上悠闲地嗑着栗子，去壳吃肉，不慌不忙。谷三爷觉得它的动作那么优雅，简直就是一位文质彬彬的书生。

谷三爷端起猎铳。就在那一瞬间，一只黄鼬飞跃火障，扑向他持枪的右臂。利齿透过厚厚的狗皮大衣嵌进谷三爷的肉里。谷三爷猛甩手臂，那只黄鼬飞了出去，落到火堆里，"吱吱"作响，空气中顿时弥漫着一股皮肉的焦臭味。谷三爷放下猎铳，那蠢蠢欲动的鼬群就安静下来。

谷三爷决定伺机而动。他的食指放在扳机上，他要快速出击。就在举枪前的一刹那，三只黄鼬从三个不同的角度飞射进来。一只射向他的右臂，一只射向左臂，一只射向他的后背，动作干净利落，准确到位。谷三爷浑身过电一般疼痛。他三百六十度大回转，三只黄鼬飞了出去，落进火堆。那皮肉的焦臭味更浓烈了。

似乎有一种默契，谷三爷没有动作，黄鼬们也就没有动作。只有那只雪鼬依然坐在那里不慌不忙地剥食栗子。谷三爷仔细观察，这才发现自己犯了个大错误，他所做的努力都是徒劳，他根本就不可能射到雪鼬。雪鼬的侧面有一根粗壮的树干，雪鼬只要把身子微微一侧，就可以躲避任何枪弹的袭击。他暗暗为雪鼬的智慧惊叹。

就在谷三爷沉思的那会儿，八只黄鼬从东西南北空中五个方位同时发动进攻，咬住了谷三爷八个要害部位。谷三爷知道，预料中的那一刻开始了。

就在这时，雪鼬从栗子树上跳了下来，发出一声尖细的叫声，那八只黄鼬闪电般跳出火障。黄鼬们有秩序地撤退了，一会儿就隐没在大山的夜色里。

谷三爷睁开眼睛，望着那篝火的灰烬，刚才发生的一切仿佛是一场梦。谷三爷知道，雪鼬没有全心全意取他的性命，也没想搞得鱼死网破。雪鼬真想要他这条老命，那群黄鼬们群起而攻，他绝无取胜的机会，恐怕连骨头都被啃食净了。

雪鼬到底想干什么？谷三爷真的累了，想打道回府，可雪鼬达不到目的肯定不会罢休，以后的报复行为还会连续不断。再说，自己一辈子做事光明磊落，也算是一条响当当的汉子，这临阵逃脱的事他也做不出来。谷三爷心里很乱。谷三爷向来拿得起放得下，他决定先好好睡上一觉，明天再考虑这个问题。

早晨，谷三爷走出帐篷，阳光很柔和，像涂上一层白蜡。打了一辈子猎，总有一种来去匆匆的感觉，难得有今天早晨的这份闲情逸致。满山的枫叶正红，各种野山果缀满枝头，在晨光的映照下，上面的露珠晶莹欲滴，泛出五彩的光。树梢上鸟窝里的幼鸟已经长大，正在震动翅膀想要展翅飞翔。就在谷三爷兴致勃勃地欣赏这醉人的美景时，无意之中又看到了动人心魄的一幕：一群老鼠排好队，前面一只大鼠领队，后面跟着的老鼠一只衔着另一只的尾巴迤逦前行，最后面的那只老鼠竟然没有四肢和尾巴！它们不离不弃井然有序地行进在山谷中布满碎石小径上，俨然是一个和和睦睦的大家族。

谷三爷陡然明白了雪鼬的意图。

当夜色笼罩整个山野的时候，谷三爷又燃起篝火，他边抽烟边等待自己的预感。果然，雪鼬来了，它又坐到了那棵栗子树上，依旧是昨天的位置昨天的动作。周围没有其他黄鼬。

谷三爷冲着雪鼬举了举铜杆烟袋算是打了招呼。他猛吸一口烟，然后磕掉烟灰，别到腰间。谷三爷知道该做那事了。

谷三爷回到家后，毁掉了所有的捕鼬工具。他打算明年一开春就进山承包一座荒山，种上翠竹，栽上果树。

原载《山西文学》2005年9期

锔锅匠刘小手

李 琳 1955年出生,江苏东海人,江苏省作家协会会员。多篇微型小说被《微型小说选刊》《小小说选刊》《青年博览》等刊载。出版小说集《前面是片天》《留在乡村的底片》《湿漉漉的风铃》《烟镇匠人录》《三水湾》,长篇小说《滚雷》。

刘小手这几天右眼皮老跳,他弄了一截麦秸贴在眼皮上还是跳,跳得心里惶惶的,总觉得要发生点儿什么事。要发生点什么事儿,他又说不清楚,心里七上八下没个底。

刘小手就是锔锅匠刘德贵,在烟镇三六九等的匠人里,虽说档次没有金匠银匠高,但镇上却没人敢小瞧他。

刘小手的手小得跟别人的手小得不一样。人家手小,一是掌心里的肉厚实,掌背上的肉也暄腾,摁一下连个窝窝也没有;二是五根指头又短又粗,肉滚滚的像个泥鳅。刘小手的手是个瘦手,掌薄指细,瘦骨筋筋,他老婆经常说他,两只手也剐不下一两肉,干巴巴的跟鸡爪子似的,摸一把全是骨头。但刘小手手艺好,碎成十八瓣的锅碗瓢盆,经过他的小手都能锔起来,锅是锅,盆是盆,碗是碗。镇西杨老三没少在他跟前说闲话,大盆小盆在镇上卖得少,烧的瓦罐盆都卖给外乡人了。杨老三是个窑匠,在镇西的洼地里盘了一座窑,烧泥瓦盆,大盆小盆都烧,连夜壶也烧,一抹色的黑。镇上有锔锅匠刘小手,谁家的盆坏了，花钱少又锔得好，谁还去买新的？杨老三的盆在镇上卖不动，大多都卖给来赶集的乡下人了。杨老三见了刘小手，经常埋怨刘小手断了他的财路。

刘小手想想窑匠杨老三，又想想铁匠麻老五这些人，相处得都不错，借个钱，多了不敢说，十块八块大洋还是借得来的，平常又没有什么过节，有时说一两句玩笑话，那是不能当真的。刘小手把近几天的事儿想了一遍，觉得没有什么差错，后几天会不会有什么事儿呢？这时，刘小手突然想到了冯寿堂。虽说跟冯寿堂也没有什么过节，但刘小手觉得冯寿堂又黑又抠，人品不太好。

冯寿堂压当期黑了不少当家的宝贝，在百里外的海州城开了一家古玩店，把当家赎不回去的宝贝拿到古玩店去卖。冯寿堂家有一辆胶皮轱辘大车，用木板镶成盒子，里面做了座位，套了厚厚的棉垫子，用金丝绒包了放在座位上，坐上去软乎乎的很舒服。门上、窗上都吊了花布帘子，马脖子上拴了铃铛。冯寿堂经常坐车到海州城去，从街上过时，马脖子上的铃铛丁零丁零响，很是气派。冯寿堂家的当铺不光请了二掌柜的，还请了三个伙计和一个车夫，另外还有一个做饭的胖吴妈。

这天日头快晌了，胖吴妈来找刘小手，说大东家要他现在就过去。

刘小手忙着锔一口锅，劁猪匠苏二桥坐在刘小手旁边等着锅做饭。

胖吴妈见刘小手忙着锔锅连头也没抬，急着说："大东家要你去当铺呢。"

"啥事这么急？"

"急呢，大东家要你快去。"

劁猪匠苏二桥看看胖吴妈，脖子一梗，说："还有个先来后到吧？没看我正等着锅做饭嘛！"

"吴妈，你先回去，锔好二桥的锅我就去。"刘小手说。

"那我先回去了，小手你快点啊，大东家等着你呢。"胖吴妈临出门时，又回头说了一句，"带上锔锅的家什噢。"

刘小手没听见胖吴妈说的话。苏二桥说："吴妈叫你带上锔锅的家什呢。"

刘小手看了一眼苏二桥，说："带锔锅的家什去？"

刘小手不知道冯寿堂找他有什么急事，锔好苏二桥的锅，带上家什，急急忙忙来到当铺，见了冯寿堂说："大东家，这么急叫我来吃饭啊？"

冯寿堂正捧着水烟袋"呼噜呼噜"地吸，说："又不是饿死鬼，吃饭急啥？等铜好了锅再说。"对胖吴妈说，"还不快带小手去。"

胖吴妈两只小尖脚一前一后走得风快，身上的肉一颤一颤的，刘小手有点跟不上，一溜小跑跟在胖吴妈身后来到后院的厨房，才知道胖吴妈正给伙计们做饭的锅漏了。眼看天快晌了，是胖吴妈急着要他来铜锅做饭。刘小手说："我以为天漏了呢，催死人个急。"

胖吴妈说："小手兄弟，我不是等着锅做饭嘛。"

刘小手也是个有啥说啥的直肠子驴，看看胖吴妈，心里有些不快，说："铜个破锅也要扛大东家的牌子？非说是大东家有急事找我，你找我，我就不来了？真是的。"刘小手没看胖吴妈，胖吴妈脸红了他没看见，他看看锅，心里更是来气，大东家也太抠门了，家里五六个伙计吃饭，锅坏了，连口新锅都舍不得买。刘小手嘴上却对胖吴妈说："大东家就差这口锅钱啦！"

胖吴妈朝厨房门口张了张，见没人，小声说："大东家要扣我半个月的工钱呢。"

"大东家真抠到家了。"刘小手看着胖吴妈脸这么说的时候，他就想好了，铜好了锅，要狠敲一下冯寿堂的竹杠。

刘小手从又脏又旧的狗皮包里掏出钻，拿出弓，动作麻利地铜锅，不一会儿就铜好了。

胖吴妈说："走柜上大东家那里拿钱。"

冯寿堂给了刘小手两个通宝。

刘小手说："一块大洋。"

"一块大洋？"冯寿堂把放在刘小手手心里的两个通宝又拿了回去。

"你那锅坏了一个窟窿，补锅还用了我二两铁呢。"

"买口新锅多少钱，你杀人你？"

"我的手艺就值这个价。"

"一个补破锅的，也算手艺？两个通宝，爱要不要。"冯寿堂把两个通宝又扔给了刘小手。

刘小手没有敲成冯寿堂的竹杠，反倒被冯寿堂算计了，铜了一口大锅，才给了两个通宝。刘小手在手心里掂了掂两个通宝，好像掂量冯寿堂的分量似的。这时，恰好冯寿堂的儿子冯森从外边回来，还带了两个日本护矿队员来家吃饭。冯森见门里旁放着一个又脏又旧的狗皮包，飞起一脚把包踢到了门外。刘小手歪着脖子看了冯森半晌，还没开口说话，两个日本护矿队员立马朝刘小手瞪眼。刘小手哪里还敢说话，出了当铺大门，拾起地上的工具包，头也不回地走了。走远了，刘小手才跺着脚说："我这是哑巴给驴日了呀。"

说完这话，刘小手忽然觉得眼皮不跳了，站在街边，闭上眼半天，眼皮真的不跳了。刘小手没想到眼皮跳了好几天，就出了哑巴给驴日了这事呀！

刘小手更没想到的是，他哑巴给驴日的事还在后头呢。刘小手虽说是哑巴给驴日了，但他却成了神锔，烟镇方圆百里无人不知，无人不晓，连海州城的有钱人家，都赶着胶皮轱辘大车专门把他接去锔碗锔啥的。刘小手成了腕，在海州城名气比冯寿堂大多了。

那是半个月后的一天傍晚，刘小手从外边锔锅回来刚进家门，却见当铺二掌柜的从屋里迎出来，说："刘哥回来了？"

刘小手心里一愣，二掌柜的怎么会在自己家？二掌柜的姓马，叫马俊才，但镇上没人叫他马俊才，都叫他二掌柜的。马俊才虽说是个二掌柜的，在冯家当铺做了几十年，也快做成精了，尤其是鉴宝识宝的能力跟大东家冯寿堂不差上下，有时冯寿堂拿捏不准的东西，还叫他过过目呢。二掌柜一直是冯寿堂的得力助手，冯寿堂也一直把他捧在手心里。二掌柜在镇上也算得上是号人物，怎么就屈尊来到一个锔锅匠家里了呢？

刘小手见二掌柜从屋里迎出来，也笑脸相迎，说："不知二掌柜的来，得罪得罪。"

二掌柜说："大东家请你到迎春楼吃饭。"

迎春楼在烟镇是数一数二的高档饭馆，刘小手还从来没有去过，说："大东家请我吃饭？"

"走吧，大东家在等你呢。"二掌柜连拉带拽把刘小手拉出了家门。刘小手想，冯寿堂肯定有事，而且还是大事，一般的事，冯寿堂是不会请人到迎春楼吃饭的。刘小手还想，不会是叫我给他锔锅锔碗吧？不管锔什么，不能再给这个老东西算计了。刘小手拿定主意，跟在二掌柜的身后，两个人一起去了迎春楼。

冯寿堂正是要刘小手锔碗的，锔一只雍正年间的宝碗。

天还冷的时候，有当家在当铺当了一只祖传的宝碗，冯寿堂只看了一眼，就认定这宝碗要属于自己的了。果然，当家没能按期赎回宝碗，宝碗就成了冯寿堂家的宝贝。碗是正宗的雍正瓷，简单几笔勾勒的山水、拽着牛尾巴的稚气孩童，画面简洁，线条明快，意境辽阔而深远。冯寿堂没舍得送到海州城古玩店去卖，而是留在家里时常把玩。三天前的一个晚上，冯寿堂又拿出碗来把玩，不承想，嗓子眼一痒，猛地咳嗽一下，两只手瞬间一点力气也没有，宝碗"当啷"一声掉在地上，摔裂一道通纹，稍一用力，宝碗就会变成两瓣碗碴。原来能值上千块大洋的宝碗，成了一块大洋也没人要的破碗，冯寿堂心疼得三天水米没进。

二掌柜知道后，给冯寿堂出了个主意，请锔锅匠刘小手看看，有没有办法使破宝碗起死回生？冯寿堂思谋了整整一个上午，终于点头答应，请刘小手试试，这才有了迎春楼这顿晚饭。

刘小手也没想到冯寿堂请他吃饭是为了锔一只碗，说："锔个破碗啊。"

冯寿堂觉得刘小手的话有些轻佻，看看刘小手，见刘小手嘴角有一抹浅浅的笑，心里疼了一下，又疼了一下，说："小手，你只要把碗给我锔好，我不会薄了你，五十块大洋怎么样？"

刘小手知道那只破碗是雍正年间的宝碗后，立马抬了价："一百块。"

"一百块？"

"一百块！"

"好，就一百块。不过我也把丑话说在前头，要是锔不好，你可要给我一百块大洋！"

"一言为定！"刘小手拍了一下桌子。

"驷马难追！"冯寿堂终于松下一口气。

刘小手整整半个月没有出门，天天捧着冯寿堂裂纹的宝碗瞎琢磨，终于琢磨出一个绝妙的主意。又用三天时间做好了银锔子，然后，刘小手才开始做活。

冯寿堂不知道刘小手会把他的裂纹宝碗锔成什么样，三天两头来刘小手家看情况。今天来看，刘小手没动手；明天来看，刘小手还是没动手，破宝碗随便丢在鸡窝旁,气得冯寿堂一连好几天没有到刘小手家里来。

这天上午,冯寿堂到刘小手家来的时候,刘小手两腿上放着碗,正在钻碗底的一个锔子眼。冯寿堂只看了一眼,就"扑通"一屁股坐在地上,连说:"完了,完了。"

冯寿堂跌坐在地,惊动了专心致志钻锔子眼的刘小手,抬头一看是冯寿堂,又听冯寿堂连说完了,说:"什么完了?"

"碗,碗完了。"冯寿堂指指刘小手腿上的破宝碗。

刘小手十分纳闷,问:"怎么就完了呢?"

冯寿堂爬起来,指着碗说,"碗底的锔子眼太大了。"又说,"别怪我不讲情面,咱可是有言在先的。"

刘小手放下碗:"碗没有锔完,你怎么就知道完了呢?"

"不管你锔完没锔完,这碗我不要了,你给我一百块大洋,咱一了百了。"

"碗还没有锔完呢。"

"锔完了你自己留着吧,我是不会再要了。"冯寿堂说完,甩甩袖子走人。

刘小手追到街上,拉着冯寿堂不给走,要冯寿堂把话说清楚:"碗还没锔完,怎么就知道完了呢?"冯寿堂不听,与刘小手拉扯了半天,还是头也不回地走了。

当铺二掌柜的第二天就上门来要钱,刘小手不给,对二掌柜的说:"碗还没锔完,怎么就不要了呢?"

二掌柜的要不来钱,冯寿堂要儿子冯森带着日本护矿队员上门来要。刘小手见冯森整天带着日本护矿队员来家里要钱,害怕真的把事儿闹大了,只好眼睁睁看着自己吃哑巴亏,从妹夫裁缝皮三那里凑了点,又从刽猪匠苏二桥那里借了点,还了冯寿堂一百块大洋,冯森这才不带日本护矿队员来家里找事。

刘小手还给冯寿堂家一百块大洋后就病倒了,在家里躺了三天,不光粒米没进,就是连口水也没喝,眼凹进去成了两个窟窿,人整整瘦了一圈。刽猪匠苏二桥听说刘小手病了,赶紧送过来两个猪蛋。

苏二桥说:"哥,啥话也别说了,以后他家就是天塌了,咱不给他锔就是了。"

刘小手拉着苏二桥的手,说:"冯寿堂是弄好了套给我钻,我咋就没看出来呢我。"

"哥，你是老实人，吃亏人常在不是！"

"我恨我自己呀。"

劁猪匠苏二桥原来看好了刘小手的妹妹刘德菊，找刘小手牵线搭桥，刘德菊嫌苏二桥是个劁小猪摘小猪蛋的，名声不好听，没同意，却看上了裁缝皮三，刘小手最终撮成了妹妹跟裁缝皮三的婚事。苏二桥看看没戏了，跟镇西头的一个寡妇好上了。虽说刘小手在他的婚事上没能有所作为，他也没能成为刘小手的妹夫，但刘小手还是给他帮过很大的忙，只是刘德菊没有看上他罢了，他仍然很感激刘小手。苏二桥对刘小手说："哥，给你两个猪蛋，补补元气。"苏二桥一直称呼刘小手"哥"，外人不知道，还以为刘小手真的是苏二桥的哥呢。

刘小手拉着苏二桥的手说："好兄弟，哥没有别的能耐，用得着的时候，吱一声。"

刘小手起床以后，把自己关在家里，按照原先的构思，坚持把冯寿堂破宝碗锔好了。刘小手很满意自己的手艺，觉得这是自己锔的最好的一个碗。刘小手把锔好的破宝碗放在家里香台上，当宝贝供了起来。然后，背着锔锅家什走村串乡去了，他怕镇里人见了他，说他给冯寿堂要了，脸上没面子。

这天下午，冯寿堂背着手在街上溜达，看见刘小手老婆正在门前喂鸡，几只母鸡在吃食，几只母鸡伸头在碗里喝水。冯寿堂走过刘小手家门口时，看见地上盛水的碗，就是那只被刘小手锔好的破宝碗。冯寿堂伸头看看，再看看，两眼忽地放出贪婪的光来，他弯腰拿起破宝碗，仔细端详起来。

刘小手老婆见冯寿堂端详破碗，没好气地说："放下，这是我家的碗。"

冯寿堂看了一眼刘小手老婆，笑笑说："我看看。"

刘小手老婆要把碗夺过来，冯寿堂把破宝碗藏在身后："我看看。"

刘小手老婆说："看什么看，一百块大洋买个破碗。"

冯寿堂脸红了一下，说："我这就把一百块大洋还给你，破碗我要了。"冯寿堂说完，屁颠颠回去拿来一百块大洋给了刘小手老婆。

刘小手老婆说："碗你拿回去了，小手的一百块大洋工钱呢？"

冯寿堂"噢"了一声，说："我忘了我再回去拿。"

不一会儿，冯寿堂给刘小手老婆又送过来一百块大洋。刘小手老婆拿着大洋有些发愣。冯寿堂说："弟妹，一百块大洋，个个都是真货，不信，你听听。"冯寿堂拿起一块大洋，用嘴吹了一下，然后放在刘小手老婆耳边。刘小手老婆果然听到一阵悦耳的金属丝丝声。但刘小手老婆还是说："大东家，我不会动你的钱，等我家德贵来家了再说。"

冯寿堂很高兴地答应了一声，说："弟妹，晚上我请小手兄弟喝酒，给他赔个不是。"冯寿堂拿着破宝碗走了几步，又回过头叮嘱道，"等小手兄弟回来了，让他到迎春楼二楼芙蓉包间，我等他。"

刘小手晚上回来后，听老婆说了下午冯寿堂拿碗还钱的事，叹口气说："你叫我怎么说呢？"

刘小手老婆说："我见破碗放在香台上没什么用，拿去盛水给鸡喝，谁知让冯寿堂看见了。"

刘小手没有去赴冯寿堂酒宴，他从一百块大洋里抽出几块，弹弹听听，吹吹听听，果然块块都是真货。心想，冯寿堂这只老狐狸，吃亏的事儿他是不会干的。

冯寿堂把刘小手锔好的那只破宝碗送到海州城的古玩店，标价两千块大洋。

原来，刘小手根据宝碗的裂纹设计了两条龙，用银锔子锔了，两条龙的龙首聚在碗底，冯寿堂说碗底的那个大锔眼，其实是刘小手设计的龙嘴。碗锔好后，盛上水，好似两条摇首摆尾潜入水中的白龙，尤其是风吹水动，两条白龙就活了起来。

刘小手老婆知道后，后悔得要死要活，吵着闹着要找冯寿堂把碗要回来，被刘小手拉住了。刘小手说："本来就是人家的碗嘛。"

刘小手不光得了个神锔的称号，而且名声远扬，连海州城有破损古董的人家，也纷至沓来，找刘小手帮忙起死回生。

冯寿堂没想到一个破宝碗可以卖个天大的好价钱，更没想到的是也成全了刘小手，一个小小不入流的锔锅匠，成了神锔，成了腕，成了跟他一般齐名的角儿。冯寿堂有些气不过，叫儿子冯森带着日本护矿队员在镇外大路上拦截海州城来找刘小手的人，说刘小手的手废了，什么都不能锔了，海州城来的人听说后,仰天长叹,惋惜得不得了,只好垂头丧气地打道回府。

几天后,刘小手的眼皮又无端地跳起来,他在眼皮上贴了一截麦秸,镇不住,眼皮还是跳。他找了个洋火盒,把擦皮揭下来一块贴在眼皮上,远看眼皮上像锔了一个锔子。刘小手心里想,右眼皮跳,不会再出什么事吧?他出门做事十分小心,连走路都走路边,生怕会有什么不测。

刘小手妹夫裁缝皮三来家里找刘小手那天,刘小手正在为剪纸匠吕三娘家锔一个泥瓦盆。泥瓦盆不是那种小的,是烟镇人都叫大二盆的那种大盆。吕三娘家的大二盆被吕三娘孙子碰掉了巴掌大一块瓦,豁了一个三角口子,扔了也就扔了,可吕三娘儿媳妇也是个会过日子的人,提来让刘小手给锔上,还能用个一年半载的。皮三来的时候,刘小手一手掌钻杆一手拉皮条弓,正在瓦盆上很认真很仔细地钻眼子。皮三站了一会儿,见刘小手钻了一个眼子又钻了一个眼,说:"哥,我有话给你说。"

刘小手还是很认真地在瓦盆上钻眼子。

"哥,我有话给你说。"皮三又说。

"有话你说啊!"刘小手终于停下手里的活,抬抬屁股要站起来,皮三连忙说:"一句话,就一句话,说完我就走,别起来了。"

"你说啊你?"刘小手把抬起来的屁股又放回到小板凳上。

皮三看看院里没人,小声说:"德菊在街上听人说,冯森跟海州城来的人说你的手废了。"

"啥?"刘小手睁大眼,看看左手握着的钻,看看右手拿着的弓,鼻子里哼一声:"蚂蚁日大象,天大的笑话。"

皮三也笑笑说,"哥,冯寿堂爷儿俩你知道,还是小心点好。"又说,"我正给人剪衣服,德菊非叫我过来跟你说一声。"

"忙你的去吧。"刘小手说。

皮三走了,刘小手觉得右眼皮"嘣嘣"跳得更起劲了,心想,还真的要来事儿呢。刘小手放下手里的弓,抬手把眼皮上的洋火擦皮拿下来,又撕下一块大的擦皮贴在眼皮上,说,"我再叫你跳!"然后,又开始拉弓钻眼子。

"冯森说我的手废了?"刘小手一边拉弓钻眼一边自说自话,"他有多大本事,能把我的手废了?"刘小手手上带了点劲,弓绳在钻杆上"轱辘轱辘"响。

刘小手在瓦盆上钻好眼,又在碎瓦片上钻上眼,然后把锔子一个一个上上,拿起手锤,"当"一下,"当"一下地把锔子砸平。"他说我的手废了!"刘小手说完,一锤下去,就听"咔嚓"一声响,剪纸匠吕三娘家的大二盆被他彻底砸碎了。

刘小手盯着地上的碎瓦片愣了,锔了几十年的锅碗瓢盆,还从没有发生过把盆锔碎的事。他不相信这是自己的手艺,但吕三娘家的大二盆确实在他手里碎成了瓦片。"冯寿堂!"刘小手举起手里的小锤,在碎瓦片上一阵乱敲,把瓦片敲得稀巴烂碎。

刘小手站起来,拍拍手,拿出一个通宝,叫儿子到窑匠杨老三那里买一个新大二盆,给吕三娘家送去。

天快响时,劁猪匠苏二桥提着几只小猪蛋回家,经过刘小手家门口时,顺道拐进刘小手家,也对刘小手说:"冯森怎么对人说你的手废了呢。"

"天大的笑话!"刘小手说。

两个人正在院里说着话,只见冯寿堂家的胖吴妈一溜小跑跑过来,对刘小手说:"小手兄弟,炒菜锅又漏了,你快去帮我锔锔吧。"

劁猪匠苏二桥盯着刘小手的嘴。

"不是刚锔过没几天么?"

"是啊是啊,又漏了呢。"

刘小手拿定主意不去,说:"我的手废了,怎么给他锔锅?"

"大兄弟呀,你要不去帮我锔锅,大东家又要扣我的工钱了。"

刘小手听说冯寿堂要扣胖吴妈的工钱,心又软了,说:"你先回,我这就到。"

"哎,大兄弟你快点呀,我还得赶紧做饭呢。"

刘小手对苏二桥说:"你看多抠,连张新锅都舍不得买,锅破了还要扣佣人的工钱。"

苏二桥说:"那你快去吧,别叫胖吴妈着急。"

刘小手锔好了锅,对胖吴妈说:"叫大东家买张新锅,下次再漏了,不好补了。"

吃过晌饭，胖吴妈把刘小手的话学给冯寿堂："小手说锅再破了不能补了，要买新锅。"

冯寿堂说："刘小手说的？"

"是的。"胖吴妈心里得得地发抖，要是她说锅破不能再补了，冯家的这碗饭她就吃不下去了。

冯寿堂大发雷霆，嘀嘀咕咕地说，"刘小手要是不给补锅，就叫冯森真的废了他的手。"

这话让胖吴妈传给了刘小手，刘小手说："笑死我了，真笑死我了，冯森能废了我的手？"

半个月后的一天傍晚，冯寿堂儿子冯森企图非礼金匠秦老疤的闺女春琴，被春琴穿的倒刺贞操带扎伤了下身，连夜送到海州城大医院去治病，竟一直没有回来。

一个月后，日本护矿队在镇北大山沟里找到了冯森的无头尸首，找遍了几道山沟也没有找到冯森的人头，冯寿堂只好把无头尸葬了。天热的时候，冯寿堂才发现金匠秦老疤当给他的狗头金，是儿子冯森的人头。冯寿堂要给儿子一个全尸，找人扒开儿子的坟，又带上一百块大洋，亲自到刘小手家，苦苦哀求刘小手，要刘小手把他儿子的头锔上。

刘小手听说要他去锔冯森的人头，猛猛地吓了一跳，没想到锔了半辈子锅碗瓢盆，还要去锔人头。

刘小手老婆不让他去，刘小手妹妹刘德菊和妹夫皮三也不让他去，咱锔锅锔碗，哪有锔人头的？刘小手叹口气说："冯寿堂儿子死了，人头都掉了，咱就会这点小手艺，还能帮人做啥？"刘小手没有听家里人的话，还是去了，整整一夜，把冯森的骷髅头严丝合缝地锔在了身架上。

回家来，刘小手不能吃饭了，吃进肚里多少吐出来多少。吐出来，再吃；再吃，再吐。刘小手老婆见刘小手米不能吃一粒，水不能喝一口，到杀猪匠吴二嫂家买了几斤骨头，想熬点骨头汤给刘小手喝补补身子，没想到刘小手看见骨头连苦胆都快吐出来了。

这天，劁猪匠苏二桥提了个破盆来找刘小手锔盆。苏二桥说："哥，要不是等着用盆，我就过几天再找你锔了。"

刘小手说:"没啥,我给你锔。"

刘小手起来给苏二桥锔盆,没承想,两手抖得厉害,钻也掌不稳,弓拉得前一下后一下,一捣一拐的别别扭扭,"哧哧"地钻锔眼声,听起来好像钻骨头似的"吱吱"叫,一个锔眼没钻好,竟把盆捣了个大窟窿。

"怎么了,这是?"刘小手放下钻和弓,盯着两手看了半晌,说:"这手不抖啊。"然后,掌钻拉弓钻锔子眼,两手又开始抖,刘小手暗暗用劲掌着钻,紧着拉弓,两手还是抖个不停,又把盆捣了个窟窿。

苏二桥抓过刘小手的手看了半晌,见刘小手的手跟平常一样,说:"不抖啊。"

刘小手再次拿起钻和弓,两手又开始抖,而且越抖越厉害,钻和弓都掉在了地上。

苏二桥一惊一乍地说:"哥,冯森真……"

"我的手啊!"刘小手突然放声大哭起来。

刘小手的手真的给冯森废了,从此再也不能掌钻拉弓锔锅锔碗锔盆了。

原载《四川文学》2010年7期

乘槎街人物

卜　伟　江苏省作家协会会员，连云港市作家协会理事，连云港文学编委。淮海工学院文学院特约研究员。已发表小说，散文等作品五十余万字。

古海州城孔望山南麓有个亭子，叫乘槎亭，据说是秦始皇时代的建筑。乘槎亭又叫星槎亭，古海州的先民们认为天似穹庐，笼盖四野，日月星辰都从天边海涯出没，天连着海，海连着天。他们认为大海与天上的银河相通，乘木筏在此由大海可以划向星空。

乘槎亭下面有一条小街叫乘槎街，历史和乘槎亭一样久远，是名副其实的老街。既是老街，总会有些人物。那些带有传奇色彩的风云人物，乘槎街人常常会骄傲地对外面人讲起，让这条小街增添一些神秘的色彩。现在住在乘槎街的都是一些平平常常的小人物，有时在路上，他们和我们擦肩而过，我们不会留下什么印象。但没有这些小人物，就没有了芸芸众生和大千世界，也就没有了生活。

包三姑

包三姑，乘槎街卖包子的。长得人高马大，脸大，手大，脚大。包三姑大号叫什么，鲜有人知，乘槎街大人小孩都喊她包三姑。

包三姑年轻时在国营饭店味芳楼包包子。味芳楼是海州城里历史最悠久的饭店，说是饭店，其实主要就是卖包子、饺子什么。包三姑包的包子又快又好看，每包一百个包子，她就记一下。一天下来，她包包子的数量也是很惊人的。后来，味芳楼卖给了个人，包三姑还是包包子。老板经常批评她："包三姑，你馅子放得太多了，这样下去我要赔死了。"老板赔没赔本我们不清楚，但时间不长，百年老店味芳楼在海州城销声匿迹了。下岗后的包三姑就在乘槎街的那棵大松树下卖包子。包三姑的包子馅多而且有筋道，因此她每天包的包子都不够卖。

包三姑六十二岁时得了一场大病，要不是得了这场病，包三姑可能会在乘槎街上卖一辈子包子。也正是因为这场病，平淡了一辈子的包三姑重新选择了自己的生活方式。

医生对包三姑说，"你这病也没什么特效药治，该咋样咋样，全凭造化了。"包三姑把摊子交给了她的大女儿，自己报名参加了海州老年徒步行走队。刚开始徒步行走的时候，她不能走太远，只能在海州附近转悠。和以前包包子一样，每走一公里她就用红笔在手臂上画一道，做个记号。慢慢地，越走越远，手臂上的记号越来越多。有时，手臂上流得汗都是红色的。包三姑跟着徒步行走队近的去过苏北的淮安、盐城，又去了南京、郑州，更远的还走到了西安和兰州。包三姑越走越精神，再去医院检查时，什么病都没有。一辈子连小组长都没当过的包三姑在年近七旬的时候竟当上了干部，她被老年徒步队选为副队长兼旗手。

儿女对包三姑整天出去晃荡不归家很有意见，把她锁在家里。没两天，她就浑身不舒服，哪里都疼，一旦出去了，什么病都没有，精神着呢。儿女没办法，任她折腾了。包三姑说，"我健康就是对你们最大的支持。"

包三姑在七十岁的时候竟然还走出了国门，去日本参加"世界行走大赛"。包三姑和一群中国老头、老太太刚下飞机，负责接待的日方人员就叽里哇啦地和翻译说了一通。翻译说："日方说你们中国参赛队员年龄太大了，不能参加比赛。"包三姑说："中国那么大，我们都走了将近一半了，也没人嫌我们年龄大，怎么到了日本就嫌我们年龄大了。"日方又对翻译说，"如果他们真想参加比赛，就象征性走三五公里算了，不要走完三十公里的全程，否则日方不承担责任。"包三姑答道:"中国人两万五千里都走过来了,这点算什么,来比赛就是要走完全程,出了事情我们自己负责。"

比赛那天,一群中国老头、老太太整整齐齐地走在一群年轻人中间,立刻就吸引了各国媒体的关注。走在队伍前面把旗子举得高高的包三姑知道,这时,她就不仅仅是包三姑了。比赛沿途都有赠送饮料、水果什么的,但为了准时到达目的地,他们没有时间停留半秒。当包三姑的队伍准时到达目的地的时候,全场观众都站了起来,使劲地为他们鼓掌。各国记者的相机纷纷对准了这群中国老头、老太太。

包了一辈子包子的包三姑,可能做梦都不会想到,自己的照片能登在世界各国的报纸上。平凡了一辈子的包三姑在晚年迎来了她生命中的华丽转身。

赵教授

赵教授叫赵长海,他非但不是教授,连个讲师都不是,但乘槎街的人都喊他赵教授。

赵长海在孔望职业中专教语文,教了一辈子语文,年逾五旬,职称竟然还是助理讲师。因此,他很郁闷。有一年,一个"专家教授编委会"给他寄来了一个入编通知,他寄了八百多块钱就顺利入编了。那本书很厚,大概有十斤了吧。上面的人名密密麻麻的,就像电话号码本一样,每个入选者有一百字左右的简介。看了这本书,你才知道中国这些年为什么发展这么快,感情专家教授都这么丰富,能不高速发展嘛。赵长海的简历在第一千两百页上,他把这本宝典给乘槎街的每个居民都看。后来,乘槎街的居民就喊他赵教授。

时间不长,这本宝典就被赵长海扔到书橱顶上,不再给人看了。开饭店的丁二说,他的外甥也入选了这本书。赵长海翻了翻,果然有。丁二的外甥,赵长海是知道的,原先是他的学生,仅上了一年就死活不上了。先在海州城贩水果,后来又跑运输,再后来不知道是哪根筋搭错了,搞起了收藏,收藏一些坛坛罐罐的。丁二外甥的简历还排在赵长海的前面,这以后,他就把书扔到了书橱顶上了。

赵长海虽然有些虚荣,但有点文化的人哪个没有这个毛病呢?赵长海的学问还是很好的,他认识很多字,就是一些一辈子也用不到的生字、冷字他都认得。有时,看起来很简单的字,我们会常常读错。每每这时,赵长海总会说,嘿嘿,你看这个字,应该读什么,你却读什么,字不能念半边的。每次学校开完会,赵长海都会给发言的人纠正几个读错的字。他自己觉得是在助人为乐,但学校领导却不这样想。因此,干了一辈子普通教师的赵长海职称还只是个初级。

一次,海州城组织送文化到千家万户。一位领导来乘槎街做了一个报告,他把风驰电掣的"掣"读成了"这"。等他讲完了,赵长海准备上去纠正。没等他走上前,领导就坐车走了。赵教授做事一丝不苟,多方打听到了领导家的住址,去纠正了领导的这个错字。据说,领导对他很热情。赵长海说,如果他不去纠正错字,就像有什么东西压在胸口一样。

赵长海以前的一个学生,在县里做了副县长,派车来接他去县里玩玩。这个学生上学时,家里条件不好,赵长海经常把他接到家里吃饭。也不只是他,好多学生都在赵长海家吃过饭的。

在县里最大的酒店,被众人尊称为赵教授的赵长海坐到了首席。他从未受过如此殊荣,自然有些拘束,基本上属于一个道具,听其他人侃侃而谈。赵教授的那个学生说错了一个字,赵长海刚想说:"嘿嘿,你看……"他忽然意识到这种场合,不应该纠正错字。因此,马上改口,"我的学生出息,我高兴,我敬大家一杯。"后来,又有人说错了字,赵长海又敬了说错字的人一杯,那天喝酒的气氛很好,从未醉过的赵长海喝得酩酊大醉。

此后,那个学生又邀请了赵长海几次,他都没去。

裱画蒋

蒋家是乘槎街上的老住户,几代都做灯笼、风筝什么的,祖传的手艺。到了蒋廷君父亲这代,弟兄几个没有一个愿意学这个的,蒋廷君的爷爷郁郁而终,手艺也失传了。

蒋廷君的二叔蒋云方是海州城有名的书法家,是海州城书画协会的副主席。可惜他的几个孩子也没有一个喜欢书法的。蒋廷君喜欢,他和蒋云方学了一年写字，字写得还是歪七扭八的，没有模样。蒋云方说："廷君呀，你还是干点别的什么吧，别在一棵树上吊死了。要不，你去学学裱画什么的也不错，多看看人家写的东西，眼界还能开阔些。"

那时的蒋廷君已经二十岁了，第一次离开了乘槎街，去了苏州、郑州等地学裱画。一年后回来，在街边开了一家"廷君裱画店"。这五个字蒋云方写了半天，才选了一张自己满意的给他做招牌。店两边蒋云方还写了一副楹联。上联是，蒲锦裱就元贤画；下联是，蝴蝶装成宋版书。

海州城裱画的，大多是跟在师傅后面学个一年半载，然后自己开店，边干边琢磨。相比之下，蒋廷君就属于"科班"出身了。他裱画的款式多而且新颖，颜色搭配的又好看，加上去蒋云方那里求墨宝的，蒋云方都让他们去"廷君裱画店"里装裱，否则就不写。这样一来二去，小蒋的裱画就在海州城的书画圈里有了些名气。

蒋廷君对人和气，不管是去裱画的，还是去站闲的，小蒋都边干活边和他们闲聊，都有白开水一杯送上。这些闲聊也给他带来不少商机，比如哪里又搞比赛或是展览什么的，小蒋就提前和主办单位联系，把活接下来。小蒋给人感觉又憨厚，画裱得又快又好。因此，海州城大部分书画展览的作品都是他装裱的。

一次，海州师范美术系的一个教授来裱画，这个教授是刚从外地作为人才引进来的，担任美术系的主任。他觉得小蒋画裱得不错，美术系的学生也需要知道一些裱画的知识，就请蒋廷君去讲了两周的课。小蒋很兴奋，逢人就说，系里是按讲师待遇给他发课时费的。唠叨得次数多了，一个刻章的顶了他一句，"你少说了一个字，不是讲师，是蒋师傅吧！"众人哈哈大笑，小蒋也跟着笑，并不恼。

海州城书画协会换届，蒋云方让小蒋也去。市里书画协会的秘书长也来了，蒋云方把小蒋介绍给秘书长。秘书长说："蒋老，你的侄儿可是书画界的名人呀，我早就知道他了。"蒋廷君很是得意。

既然是名人，蒋廷君裱画的价格就比别的地方贵一些，但还是很多人慕名而来。廷君裱画店也越开越大，不光裱画，还卖笔墨纸砚、名家字画。蒋廷君一个人忙不过来，他的媳妇、内弟都辞职到裱画店帮忙了。这还不够，蒋廷君又买了一台裱画机,以前裱一张画要好些天,用这玩意,一天就可以交货了。但这以后,经常有人来找,画裱得哪里鼓起来,或者皱了什么的,但多少年的基础,这倒也没怎么影响裱画店的生意。

蒋廷君媳妇人很势利,如果不是来裱画或者买文房四宝的,就是来闲聊的。她耷拉了个脸都能挤出水来。渐渐地,廷君裱画店就不像以前那么热闹了,但老顾客还来。老顾客来裱画,相互都不用打什么收条,到时间来取画,蒋廷君不会出错的。一次,蒋廷君没在店里,一个老客户来裱一张王小古画的葡萄,是蒋廷君的内弟把画接下来的。王小古是近百年里,海州府地区唯一一个大画家,葡萄是他最擅长的,就这寥寥几笔葡萄还得过巴拉马颁发的银质奖章呢,王小古画的价值就可想而知了。顾客来取画时,蒋廷君的弟弟说没收过这张画。这个顾客就在店里闹,闹了一个多月,110的警车也来过两次。后来,不知道怎么处理的。

这以后,裱画店的生意就大不如前了。

梅叟陈远亭

陈远亭号梅叟,画画的,尤其擅长画梅花,年轻时毕业于杭州国立美专(中国美术学院的前身)。当年陈远亭上学时,徐悲鸿校长对他画的梅花就给予很高的评价,认为他假以时日一定会独步画坛。

陈远亭是家里的独子,有年迈的双亲要照顾。毕业时,陈远亭不像其他同学大多去了北京、上海或是留在杭州。他又回到了海州城,住进了乘槎街的老宅中。几年后,差距就出来了。不是他画得不好,而是因为他生活在小地方,小城的名气不大,他画得再好,外面也不会有人知道。更关键的是他人木讷,不会宣传和包装自己。要是善于钻营的人,早就把徐悲鸿大师评价自己的话当成最重要的艺术成就写在简历里。他的那些同学,后来都是画坛的名家,有些还在各省市当了美协主席、副主席什么的。陈远亭什么都不是,在孔望中学教初中生美术,而且是没有编制的临时工。

教育局长附庸风雅,喜欢收藏书画,看了陈远亭的画非常喜欢,就让校长找陈远亭画一张梅花。一周后,一张精致的墨梅图就挂在了局长的书房里。画面是在淡淡的月色之下，几株浓淡相宜的梅花，倒挂在水面上。远观有疏影横斜之妙，近观有暗香浮动的神韵。这是陈远亭非常满意的作品。陈远亭也希望通过这张画解决自己的编制问题。但事与愿违，一月后，他被孔望中学解聘了。陈远亭百思不得其解，后来有明白人点拨他，你给局长画几棵倒着的梅花，不是寓意让他"倒霉"吗？你不下岗谁下岗。没过一年，这个局长还真倒霉了。但这和陈远亭已经没什么关系了。

陈远亭在自己的家里开了一个画室，带十来个学生。陈远亭上课认真，画得又好，他带的学生考进了美院的很多。因此，上他家里学画的人很多，有儿童，也有成人，更多的是学生。

住在乘槎街的陈远亭从未把自己当成画家，不管认识不认识，只要向他求画，他都很认真地画，而且是分文不取，所以，陈远亭的画很容易要到。但容易要到，就意味着他的画卖不出价钱来。这年头就是这样，你的画越不容易求得，就越值钱，哪怕画的是臭狗屎也值钱。

艺术大师李半丁来海州采风，他向陪同的人询问陈远亭的情况，说陈远亭是他的同窗，还是他的班长。陪同的人好不容易打听到陈远亭是在乘槎街住，就准备去接陈远亭来和大师见面。李半丁说："不能让他来，我得去见他。"

陈远亭家中迎来了史上最热闹的时刻，几辆轿车把他家门前的路都堵得严严实实的。李半丁握着陈远亭的手说："班长，我来看你了，四十年了，你上学时替我画的那幅墨梅现在还挂在我的书房里呢。"两位老人热泪盈眶。

从此，陈远亭成了海州城的文化名流。

"土工"李加海

李加海是海州城有名的土工。海州城把专门负责丧事的人叫"土工"。这很形象。就像电工管电，木工和木头打交道一样，做这行生意的一定和"土"有着千丝万缕的联系，人死后讲究入土为安。

年轻时的李加海是乘槎街上数一数二的小混混。打架、斗殴、偷东西，爬上树偷看大姑娘、小媳妇洗澡，总之什么缺德事都干。20世纪80年代初严打时被判了十年徒刑，出来后都快四十岁了。

据说，李加海是在监狱和人学的这行。土工这行不大有人干，一没有人干就有了"稀缺性"。20世纪90年代初期的时候，海州城替人张罗丧事的都是帮忙性质的，不收钱，完事后拿点烟酒什么的。而只有李加海是在工商局登记注册专门干这行生意的，他的公司叫"加海殡葬服务公司"。既然是公司，那就更专业一些。李加海会说，而且那些说辞都是一套一套的。从设灵堂开始，到选墓地、火化、安葬，他一条龙服务，把丧事办得风风光光的。

乘槎街的人从不拿正眼瞧李加海，他们认为干这行是不入流的，更关键的是李家海多有恶名。李加海四十岁时候结婚了，媳妇是一个二十多岁的漂亮丫头，是他公司里的会计。水灵灵的一个大姑娘怎么找这样一个人，乘槎街的居民百思不得其解。还是老街坊赵教授知识面广，他拿出一张当地的日报读给人听。报纸上说，李加海被评为"市十大兴业模范"，报上还介绍了李加海的事迹，说他带了二十几个下岗工人创业，他的殡葬公司在港口等地开了三家分公司，并且宣传文明殡葬，每年上缴国家的税收都是很大的一个数字。

尽管这样，乘槎街的人背后议论时还是会说，这年头，像李加海这样的二混子都能当董事长，上哪里说理去，什么世道。实际上，这样评价李加海是不公平的。先富起来的李加海没有忘记乘槎街。乘槎街的路和厕所都是他出资修建的，乘槎街唯一一位五保户陈老太太家里的空调、电视也是他给买的。

那年三月的一个夜里，九十的陈老太太安静地走了。这些年都是老街坊们照顾她的生活。由赵教授牵头，每家出点钱，准备把老人的后事办得好一些的。李加海来了。他说，如果不让他来操办陈老太太的后事就是真的瞧不起他，并且费用都由他一个人负责。

老人出殡那天，乘槎街的老邻居们都来了，加海殡葬服务公司的精英也都到了。李加海还请来了乐队。不仅这样，李加海还替老人披麻戴孝摔火盆。走在队伍最前面的李加海眼泪哗哗的，老街坊们以为做这行生意的他已经习惯这样了。但李加海心里清楚，出狱的那年春节，家里什么都没有，茕茕孑立的李加海准备出去偷点东西。赵老太太来了，她端了一碗饺子和两节香肠给李加海，就是这点东西，才有了今天的李加海。

这件事乘槎街的人谁都不知道。但赵老太太走后，乘槎街的人开始主动和李加海打招呼了。

王神医

　　王神医叫王敬儒，他不是土生土长的乘槎街人，三十年前搬来乘槎街后，就一直没离开过乘槎街。王敬儒没来乘槎街之前，乘槎街没有诊所。有人生病就要爬过孔望山到朐阳镇去看病，山高路远，很不方便。

　　王敬儒的诊所开在乘槎街中间的一棵大松树下。房子不足三十平方，诊所前面就画了一个白色的"+"字，其他什么都没有，诊所连个名字都没有，三十年了，一直没名字。虽然没名字，乘槎街的人都会说，去王老头的诊所。外面慕名而来的，都会恭恭敬敬地问，"请问王神医的诊所在哪里？"这间不足三十平方的房子被王敬儒隔成了三间。北面那间是药房，南面那间是挂水的地方，王敬儒就坐在中间面对着门。

　　王敬儒虽然是医生，但人很邋遢，一年四季脚上都趿拉着一双拖鞋。头发脏兮兮的，乱草一样，和长长的鼻毛一起在风中飘摇，怎么看都不像一个医生。因此，诊所刚开业的时候，很少有人敢光顾，偶尔有一两个"不要命的"，去诊所看个头疼脑热什么的，回来就夸，这个医生水平高，两毛钱的药，就把我看好了。真正让王敬儒出名的是修车的李二，李二和人喝酒，喝高了，就和人打赌喝雪碧，李二一口气把一大瓶雪碧都喝了，喝完后人就不行了，开始痉挛。被抬到王敬儒的诊所，一块钱的药吃下去，好了。

　　朐阳镇有个年轻的张医生听了王敬儒的名气很不服气，就想去作弄一下他。去的那天，诊所里的人很多，西边那间屋里挤满了挂水的人，就是门口大松树下还坐着几个挂水的，吊瓶就挂在松枝上。被围在叽叽喳喳人群中间的王敬儒不慌不忙地开处方。小张挤了进去，脸色和酱茄子一样，直喊肚子疼。王敬儒抬头朝他看了看，说了句："厕所往东走，再不去就真憋出病来了。"

　　从此，王敬儒就被乘槎街人称为神医。

原载《楚苑》2017 年 6 月

红烧耳朵

庄　青　江苏省作协会员，2016年出版小说集《童年功课》。

过完年后，天气渐渐暖和起来，不知道这是不是一种心理作用，因为其实天还冷着哩。

白炽灯黄黄地亮着，小旗正在磨一把生锈的削铅笔小刀，虽然她很可能不需要那把小刀，锈迹伴随着沙沙声一点点掉下来，这时候，她听到大门外面说话的声音，不用说，就知道父亲来了。她走出去一看，果然父亲和老王正在往走廊上搬货，那是一种冰冻的鱿鱼，大概有二十箱，父亲是卖鱼小贩，经常和老王合伙做生意，小旗该叫他王大爷，但她不喜欢，还是老王喊得顺口，当然她在老王面前还是喊大爷的。

巨大的鱿鱼被冻得如琥珀般坚硬，小旗知道父亲他们在卖货的时候要用砖头敲碎冰块，放在太阳下融化，否则这样带冰的鱼肉顾客是绝不愿意买的。

第二天早上，太阳升得老高，小旗起床的时候，走廊上的家伙早已不见了，它们中的很多已进入不同的家庭。快要开学了，开学之后就没有这么长久的暖被窝了，不过，开学之后能够见到阔别已久的老师和同学，这样也很好。

"妈妈，今天，老王到我们家吃午饭吗？"小旗问母亲。

"应该会吧，今天赶俺庄逢集呢。"

逢集通常是忙碌的时候，但有时候生意依然很差，小旗不知道这是为什么。

中午的时候，父亲和老王推着自行车走进院子，他们在走廊上数钱。小旗打量着那两辆自行车，父亲的车子靠在墙边，老王的车子倚在枣树旁，两辆车子装束差不多，车篮里放着一捆捆红色或者白色的塑料袋，水瓶子，破抹布，后座绑着鱼盒，挂着沉甸甸的鱼篓，秤杆都是高高露在外面，不同的是老王的车把上套了两只保暖大棉套，一看就知道是自己缝的，但是太旧太脏了，自行车，没啥了不起，却是他们极其重要的谋生工具。

　　老王又高又瘦，俨然一根竹竿，他的喝水杯子也是高高大大的，小旗从没见过那么大的杯子，像暖水瓶一样，老王说话的时候含含糊糊，总会吐出一大口唾沫，他喜欢喝酒，经常找个玻璃瓶子装点酒随身带着，到小吃店吃饭的时候就掏出酒瓶喝点。那天吃过饭后，老王坐在堂屋门口晒太阳，小旗顺势一看，就看见了老王的大耳朵。他的耳朵很大并且向外招，令人吃惊的是，阳光照着耳朵，竟然把它们照得通体透亮，里面的血丝都看得一清二楚，像是某种古怪的风景，小旗被这景象深深地吸引了，她确实不是一个见多识广的孩子，任何一点稍微不同的事物都会引起她的注意，她想起了一个名字，红烧耳朵，这不是一道菜，这只是一道风景，太像了，耳朵红彤彤的，如一轮日般，真的太像了。老王不知所觉，依旧在说话，耳朵太大会随着嘴巴一动一动，小旗觉得挺有意思，这冬天的阳光真奇妙，她和弟弟相视笑了一会儿，小旗不知道弟弟在笑什么，弟弟也不知道小旗在笑什么。

　　转眼间，寒假结束了，小旗们都去上学了，父亲依旧在贩鱼货，小旗经常在父亲数钱的地方捡到鱼鳞。小旗不喜欢那些鱼鳞，没有色泽并且很脆弱，却泛着一股腥味。在这期间，老王和父亲因为货源问题吵了一次架，好长时间都没说话，不过后来又和好了。吵架，这是非常正常的事情，就像父亲和母亲吵，自己和姐姐、弟弟吵，同学和同学之间吵，有人就必然有架吵。

　　夏天到了，小旗看到父亲装盐水的瓶子里长满了青苔，那是一种饮料瓶子，不用看就知道是父亲从外面捡来的，盐水是用来洒鱼的，夏天热，如果没有水分，鱼会干死的。她用抹布裹着筷子把那些青苔弄掉，一个亮晶晶的瓶子就成了车上最干净的东西了。

　　盼望着，盼望着，放暑假了，小旗在这个暑假捡过废铁，给扎花轿的老太太收集过烟盒里的锡箔纸，那种金黄色和银白色的纸十张给一毛钱，小旗还经常出去钓鱼、钓龙虾，不过，她钓的太少了，连吃都不够，更别说拿去给父亲卖了。小旗钓鱼的时候，经常在桥头看见父亲，他骑着自行车，上身向前倾斜使劲地蹬着车子。下桥的时候，因为坡度太大，需要用鞋子抵住车轮，这在物理上叫增大摩擦，那是一直很酷的姿势，但对鞋子绝对没好处。小旗的父亲说有一次他驮着货物从桥上直接下来，速度太快，险些磨穿了半个鞋底。小旗害怕那座桥，上面也写着两个暗红色的字：险桥。但父亲和老王依旧每天都在走，许多人也依旧每天都在走。

不知道从什么时候开始，小旗的肚子会疼，那种疼很奇怪，很沉闷很低缓，有时候她正走在小路上，有时候她正看着电视，甚至有时候在吃着饭，肚子就这么悄悄疼起来，每到这时候，小旗就感到特别烦躁特别郁闷，小旗想做一个轻松快乐的女孩。

今天的夏天好像雨水特别多，过几天就来一场雨，虽说凉快一些，但确实给出行带来很多不便，小旗不喜欢下雨，因为这会影响父亲的生意。

七夕到了，小旗知道这是牛郎和织女相会的日子，他们势必要哭一场的，所以，几乎每年的七夕都是在雨中度过的，但也有例外。记得有一年，不知道谁说，七夕的晚上去树下找一片翻过来的叶子，把耳朵贴近叶子，就能听到牛郎和织女说话的声音。小旗和伙伴们信以为真，细细地寻找倾听，最后也只能遗憾地无功而返。

过了傍晚，天忽然暗了下来，小旗知道牛郎和织女的心情此刻是激动的。不一会儿，大雨哗哗而下，天空失去了优美的湛蓝色，取而代之的是一种苍白和浑黄，巨大的水柱没有被任何东西阻止，一直从天上往下泻，而且刮起了大风，葡萄架被吹得东倒西歪，枣树枝开始随着风胡乱地舞着头发，紧接着家家户户的大门哐当哐当地响着，鸡和鸭都躲进窝里，整个世界仿佛被怪物控制住了，四处充满了怒吼与愤怒。母亲赶紧收拾怕雨的东西，小旗被这景象吓坏了，她和姐姐、弟弟躲到屋中，关紧门窗，可是她觉得这场暴风雨有掀翻房子的欲望，躲在房中也并不能感到安全。

小旗开始担心父亲，姐姐、弟弟也是，他们都是忧郁心很重的孩子，这个时候，父亲在干什么呢？他有避雨的地方吗？他的鱼货受到大雨的影响了吗？

雨更大，风更猛，世界呼呼又啪啪地响着，地上一片片河流，就像要发大水似的,院子里的水缸和各种容器都被雨水填满,而且还在往外溢,走廊被雨水打湿,雨点被风吹得都跑进屋里了,天气已无法显示时间,时钟告诉人们该吃晚饭了。

吃过晚饭后,所有人都静下来,他们现在必须开始担心父亲,父亲没有雨具,即便是有,这样的天气也是不容许有任何走动的,他们现在在哪里呢?或许外面的风雨比在家中看到的还要大。

他们坐在屋里慢慢地等待着,有一搭没一搭地说着话,时钟敲过九点,父亲还是没有回来,他们都没有电话没有手机,母亲着急了:"你爸也不知道在哪里,咋回来。"

小旗也害怕了,这样的大雨,路上估计已经不成个样子了,万一父亲摔倒在地甚至跌到河里该怎么办,要知道父亲经常去河边装盐水,或者在大雨里遇到坏人怎么办,这可恨的雨,不过,小旗又想,父亲和老王在一起,两个人总比一个人好吧,他们不会有事的。

这时候,忽然停电了,小旗坐在黑暗中看着母亲划着火柴点燃蜡烛,小旗望着烛光,忽然肚子里的那种怪痛又传来,隐隐地难受,她不知道该怎么办,她只觉得很害怕,可是这害怕又让人毫无办法。

黑夜一点点地到来,风雨却丝毫没有疲惫的意思,父亲还是没有回来。每个人都坐不住。要是以前,七点多后,最多不超八点,父亲总是推着那辆自行车颠簸着走进来。鸭子们呱呱地叫着,父亲把卖剩的小鱼切碎喂给它们,院子里就充满着鱼的气味,接着,洗手,热饭热菜。父亲会拿出从县城买回来的凉菜,招呼小旗们来吃,有时候是豆皮、素鸡,有时候是花生米,还有猪肝或者其他拌菜,如果当天剩的鱼多,父亲就会现开火炖上一锅。父亲边吃着边讲着当天的生意和新闻,而母亲则叨唠着父亲进进出出带进来许多蚊子。

而今天,父亲的归途显然被这场大雨阻止了,小旗这样想着,忽然,肚子的疼痛加重起来了,疼痛和忧伤一齐向小旗袭来,她心里有种说不出的滋味,挺烦。

十点半的时候,来电了,电灯重新闪亮起来,姐姐催促妈妈去睡觉,母亲让她们先去睡,小旗不想承受那种莫名的肚子疼,或许她真的困了,而且她觉得有妈妈在,她爬到床上,睡着了,迷迷糊糊中,她看到外面的灯依然在亮着。

第二天，小旗醒来的时候，天已大亮，而且已经放晴了，看着干净空落的院落，小旗猛然意识到，父亲昨晚一夜都没有回来。

"妈呢？"小旗问姐姐。

"去大伯家商量着找俺爸了。"

小旗一直待在家里，期盼着母亲早点回来。小旗也想出去寻找，可是她太小，过完暑假才刚上三年级，她连去县城的路都认不全。

小旗看着被风雨折腾的院子，地面一片树叶，还有被打伤的枣子，茄子和西红柿的枝条都被折断了，鸭窝水汪汪脏兮兮的，不过太阳恢复了往日的活力，炙热地烧烤着大地，雨的痕迹在逐渐减退。

她不知道该干啥，往日那些小巧的游戏都无心做了，她就静静地坐在板凳上，翻着一本陈旧的连环画。

半响，母亲终于回来了。

"没找见。"

"我身体不好，万一这要真出啥事，这几个孩子该咋办，你大伯母看我哭了也急了，就和我一起出去找，问了好多人都说没看见，最后剃头的柱子说下午的时候看见你爸和老王上城了，在县城应该没啥大碍吧。"

小旗不知道大碍的具体内容是啥，她只知道父亲一夜都没有回来，不，现在都快中午了，父亲还是没有回来，一点信儿都没有。老王的家更远，而且经常在我们家吃饭，倘若他没有回家，他们家人一定以为是在我们家里，肯定不会出来找了。

中午，母亲做了简单的饭菜，他们拿出碗准备吃，就见父亲和老王推着自行车一前一后走进院门，几乎在同时，鸭子们像欢迎英雄一样伸长脖子张着嘴呱呱叫起来。

孩子们立刻跑出去，没等母亲开口，父亲就张口说：

"哎呀，昨天那个雨啊，县城估计下得比这大多了，一步都没法走，幸好旁边有个打铁铺让我们在里面待了一夜，我知道你们一定急坏了，一大早想回来，可是昨晚的货没卖完，这个毒天我怕臭了就继续卖着，本想着找个人带信给你们，可偏生一个熟人也没遇到……"

父亲说话的时候，小旗没有向母亲看，她看到父亲的自行车篮依旧乱糟糟的，那个盐水瓶子伸出篮子外。

小旗默默地回去吃饭，老王和父亲收拾停当，也过来吃饭，吃过饭后，他们坐在走廊上，开始叙述昨天的那场大雨。

看着父亲沾着泥巴的汗衫和黝黑的膀臂，小旗忽然有种想哭的感觉，她走到自行车旁，在上面捡起一片干瘪的鱼鳞，在枣树上轻轻刮起来。蝉儿爬上枝头一声一声叫起来，小旗随着蝉儿的叫声一下一下地划着，鱼鳞太脆弱，弄了几下就碎了，她就用指甲轻轻地划着树干。

"小旗，你别站在树底下，当心毛毛虫掉下来。"母亲喊道。

小旗没动。

大人们说话的声音不断传来。

"你们要是昨天听到消息还不好了，刚好昨晚有两个鱼贩子和人打架了，不然，你们一定以为是咱们了。"父亲说。

老王则端着那只巨大的杯子在一旁微微地笑着，时不时附和着几句。

这时候，一阵风吹来，这阵风好凉爽好漫长，连蝉儿都感觉到了，它立刻停止了叫声，葡萄叶被吹得跳起来，甚至有几枚跌落到地上，小旗顺着葡萄架向走廊上看去，从叶子的缝隙中她看到了老王的大耳朵，古铜色的大耳朵隐在绿色的树叶中就像是某种小动物。

哦，老王的大耳朵，我以后可以继续看他的红烧耳朵了，他的耳朵是雨水浇不灭的，就像太阳一样。

小旗想到这，开心地走开了，她要去修理她的泥巴小屋，造出一只精美的泥巴小屋是她这个暑假的愿望。

原载《连云港文学》2013年第1期

孙二的后高考时代

孙桂伟 别名孙铬,江苏省作家协会会员,著有作品集《张店往事》《槐香五月》。

　　孙二19岁那年,一个燥热而沉闷的夏天的傍晚,是孙店街逢集之日,天尚大亮,集摊多已散去,街心弥漫着臭龙虾和烂西瓜的味道。孙二斜倚在孙家杂货店门前,手里拎着前一天刚翻出来的弹弓,左顾右盼,东张西望,想在街面上搜寻到一两只觅食的麻雀,或是可以带来一丁点刺激的物事。显然,孙二是百无聊赖的。店内,其父孙大爷在柜台里埋头梳理一天的进项,不时偷眼观瞧孙二的一举一动。

　　隔壁修理电器的周二家的花斑菜狗从脚边跑过,孙二不失时机飞起一脚踢将过去,花斑狗"嗷"的一声溜开了。孙大爷看不过去,一边叭叭地打算盘一边叨叨:实在不行就在家开店也中呢!

　　孙二未置可否,他对摆摊开店没有兴趣,其实孙二对啥都失去了兴趣,自打前天高考完一回家,孙二就陷入了无穷无尽的空虚和前所未有的颓废之中。孙大爷看在眼里,急在心头。孙大爷从不过问孙二学校的事,孙二一向让他省心省事而又引以为豪。但这次考试非同以往,是一考定终生的大事,老孙家的荣光系于孙二一身。不管孙大爷变着法地盘问,孙二绝口不提考试的事,一丝忧虑涌上孙大爷的心头。

　　虽然事隔两三天,孙二仍然没有从昏昏涨涨中解脱出来,但他并没有糊涂，只是懒得言说。

那天考完最后一门，走读生们一窝蜂散去，一会儿便没了踪影，住校生们多数来不及撤退，三三两两有一搭没一搭地收拾东西，海西中学校园里飘散着慵懒的气息。孙二长出了一口气，感到彻底解放，彻底轻松了。一方面是连续三天大强度紧张用脑所致，另一方面还有一旦失了重负以后的不知所措，孙二像只昏了头的野狗，在教室、宿舍和食堂之间来回乱窜，说了什么做了什么一概糊里糊涂，就在糊里糊涂之间对付了一顿晚饭。

这是孙二高中生涯在校的最后一晚。整个惯常的节奏全部乱了套，生物钟已经紊乱，时间似乎停滞了，教室和宿舍的灯一反常态全成了长明灯。孙二的眼前人影晃动，大吹子一如既往地在吹，二欧子不厌其烦地盯着孙二对答案，人们说着不着边际的话，谈高考的得失，今后的打算，友谊地久天长，等等，反正全不入孙二的脑子。孙二思绪纷纷，无法左右自己的所思所想。真是鬼迷了心窍，语文作文题目又忘记加了，预考的时候就忘加了一回，数学最后两大题的答案跟二欧子的不一样，最拿手的地理好像也没有发挥到最佳水平。头脑里满是这些东西，整个晚上是在混混沌沌中度过的。

硝烟散尽的战场，没有尸横遍野，只有无尽的怅茫。

等高三各个教室的人影稀疏起来，孙二一看时间已是深夜两点。行尸走肉般回到宿舍，两个近路的舍友已经走了，还有人摸黑在窸窸窣窣收拾东西。尽管睡意全无，总还得胡乱再睡完这最后的一觉。上铺的老邱有失眠的毛病，今晚亦是辗转反侧不能成眠，孙二向来与老邱友爱，为了助其休息，毫不客气地"轰轰"使了两招朝天蹬，老邱立即安静了许多。

第二天早上收拾好东西，大家作鸟兽散，各奔东西。BYE BYE 了母校，老孙再也不回来了。跟了孙二好几年的老式凤凰车上不堪重负，载满了被窝行李书籍杂物，半瓶墨水实在无处安置，也不值当带回，被孙二恶狠狠地砸向宿舍后墙，立时开出了一朵放射状的不规整的蓝莲花。

不是星期天怎么回来了呢？！

不去了，永远不去了，考完了，毕业了。

孙二到家的时候，孙大爷、孙大娘正在店里忙着卖东西，孙二对大人们有如此一问略有些不满。这种情形说明孙家杂货店的生意相当不错，还说明孙二父母对孙二的学业放任自流。

"大学苗子回来啦!"街坊周大姑进来买盐,看到孙二回来主动打招呼,孙二此时痴痴愣愣,心事重重,"哼"了一声算作回答。

头两三日,孙二足不出户,补足了觉,部分消化了患得患失的忧虑,状态有所恢复,开始翻出弹弓在店门口街心头寻开心。

孙大爷对孙二仍然是放任自流,孙大娘则劝孙二过河到神树那里看看,都说神树很灵。孙二有点听天由命,他的注意力在街上。这时眼见有一队人马从街东头的大路上浩浩荡荡杀了过来。这种阵势难得一见,孙二霎时来了精神。这帮人似曾相识,衣服驳杂,高高矮矮,大概有头十来个,每人手里都操着长短不一的棍棒,后边还尾随着几个小孩。

行至跟前,孙二瞧见其中一个半大小孩乃是他的老表封小三。封小三裹挟在队伍里,一例神情专一地行进,似乎并没有看到他一向尊崇的二表哥,或者根本没顾得上看。这帮人所为何来?!孙二涌起探究之心,不由自主地追随了上去。

接下来的时间孙二当了一回彻头彻尾的看客,但绝对不是鲁迅先生笔下麻木的看客,因为有一阵子孙二确乎有点热血上涌,想参与其中挥打几拳,不管打谁都行。事情起因如下:当天是孙店街逢集日,街东三里外封庄有几个小孩上街赶集,与街上的几个好佬遭遇,一言不合动起了手,被打得鼻青脸肿惨败而归。回家后向大人一番哭诉,动了众怒,一声号令之下纠合了在庄男众,按图索骥逐一寻仇。后来派出所是否介入处理孙二并不关心,孙二所知的是,封庄是孙二舅奶家所在,该庄民风强悍,素来好斗,庄内皆是一门亲友,平时并非和睦,却能一致对外,历次与外庄外姓械斗从没有吃过亏。

这次捅了马蜂窝的是臧小毛一伙,他们有的闻风而逃,家里做饭的草锅却不能幸免于捣碎;有的被打按在地,臧小毛即便寡不敌众仍有股不屈的倔强劲,让孙二有点刮目相看。臧小毛与孙二同住一巷,以往孙二在街上混的时候是一帮小纠头中的"副师长",他还拖着鼻涕穿开裆裤,家境不佳,没有大人管,整天脏兮兮,孙二们不带他玩,也没少挨过孙二的揍。不承想几年下来长了个头,也出息成了孙店街欺行霸市的知名大佬了,真可谓混混代有才人出。孙二毫不怀疑,自己如果不是歪打正着走了科举仕途,多数也会成为孙店街上一名出色的混混，臧小毛之流只配做跑腿的跟班了。

这件事只能让孙二兴奋一阵子，但孙二发现了封小三这个人才，可以避免让自己再次陷入无聊无奈之中。孙二心想，自己虽不敢说荣归故里，但最起码出自海西最高学府，算得上是秀才出身，在家厮混怎么可以没有一跟班跑腿之人呢？！当大哥的感觉是与生俱来的，有个人跟在屁股后以壮声色是必需的，孙二看出封小三有那么点打手的潜质，正好补这个缺了。

"封小三子，明天到你大姑家过几天吧！""嗯嘛！"招呼打出，封小三第二天就屁颠颠到他大姑家报到了。封三比孙二小六七岁，前面有两个姐姐，是男娃中的老大，生得敦敦实实，黑不溜秋，虎头虎脑，孙二感觉农村小孩就应该是封三这副模样。而在封三眼里，孙二简单无所不知，无所不晓，家里还藏有《武林》《武魂》《武术健身》之类的杂志，谈起《少林寺》《霍元甲》《射雕英雄传》之类的影视剧沫星乱飞，老宅后院里还专门吊着自制的沙袋，墙上用粉笔书有"习武场"三个大字，显然是会两下子的，简直没有理由不崇拜他。

孙家老宅后院，孙二、封三栓上大门，在"习武场"上挨个击打挂在后墙上的沙袋，地上胡乱摊摆着几本已经破旧的"武功秘籍"，院内泡桐树上几只吊死鬼虫子垂悬悠荡。

"二哥，我保证你能考上大学，不信我们打赌。"

蛇皮口袋挂在墙上已有多日，遭了风雨侵蚀已经部分朽坏，两人打了一轮之后，地上已经渗漏了不少细沙。

"考不上我就上少林寺去。"

孙二狠狠地打出一拳，力道之大让自己吃了一惊，也让封三吃了一惊。封三心甘情愿地说，"你去我也去。"

晚上睡觉，孙二与封三在孙家老宅后院堂屋的大床上通腿，屋里密不透风，一睡一身汗，但孙二有初高中多年的住读经历，对此满不在乎；封三皮糙肉厚，对此也满不在乎。问题是良宵苦短，长夜漫漫，存书已经翻得腻烦，一时两时又睡不着。孙二有点想卖弄点大孩子才知道的学问，便以一个专家的身份给封三贩卖初中课本上的生理卫生知识。而封三不打自招地坦白，他们班有女同学喜欢他。这是一个重大发现。五年级小学生啊，就这样，简直是。孙二有点气不愤，但也不能承认自己在这方面的空白和浅薄，极尽吹嘘之能事，给封三讲解为什么男人女人光坐在一起啥也不做是不会生小孩的深刻道理。

封三对孙二博大精深的才学五体投地,他对孙二考上大学坚信不疑。封三并没有忘记白天的提议,听罢孙二的一番宏论后,已经自作主张写好了打赌协议。协议内容如下:"如孙二考上东吴大学,就请封三在酱醋厂饭店吃饭,喝四季乐。签名,×年×月。"孙二原本是争强好胜之人,岂能怕这个,当即签下大名。封三很当回事,小心翼翼地把打赌协议收藏起来。

二十多年前高考填志愿是在考前填,孙二对填志愿并没有深研细究,家里人一向又对他放任不管,填报东吴大学完全仰仗班主任老管策划安排。"酱醋厂饭店"是孙店去向海西县城的必经所在,是封三这种乡野小屁孩所能想到的最高档饭店,四季乐也是他所能想到的最高档酒水,是当时市面上热销的一种地产小香槟,酒精度不高,价格实惠,大人小孩都爱喝。

孙二不到万不得已还是不想去少林寺,他在家人跟前虽说举重若轻,只字不提高考的事,但头脑里还是放不下,语文作文题没扣,数学最后两大题答案有问题之类,经常萦绕在脑子深处,楞怔恍惚间有时不由会惊出一身冷汗。老妈的关于神树的话孙二显然入了耳,他打算去看看多年未见的神树。孙二是个辩证唯物主义者,政治学得不赖,并非迷信烧香拜佛的事,他主要是想散散心,追忆一下似水年华,反正闲着也是闲着。

孙店盐河之西的白果树据说很有渊源,是唐代程咬金所植,已有上千年历史。古刹与名木是连带的,孙二听乡人说过,在这棵白果树边上原有一座法灵古寺,始建于唐初,乃唐代"南朝四百八十寺"之一,鼎盛时期有房屋二百余间,规模宏大,但是后来毁于战火,只剩下了一棵冠盖四野的白果树屹立不倒,这是孙店远近闻名的一景。孙二记得小时候常结伙去白果树下玩,树甚粗大,小孩三人合抱不过来。乐呵呵在树边厢嬉玩上小半天,然后捡点树叶带回去夹在书里。到县城上学六七年,孙二已经久违了这株孙店佳木。

孙二、封三乘舟渡过盐河,来到河西白果大队,远远望见树影婆娑之中有香烟缭绕,氛围多少有点诡异而莫测。其时应是枝繁叶茂的季节,但是白果树枝叶凋零残落,明显惨遭人为破坏。近到树前,只见树根部被人挖掘了一个半尺见方的小洞,里面有残剩的祭祀之物和香灰余烬,树皮也被什么人刮剥了不少,露出白花花的树干,着实令人痛心。看来乡人们真的把它当成了神树,可惜在罩上光环的同时也给它带来了灭顶之灾。封三伸手想在白花花的树干上触摸一下，被孙二大声喝止。这次拜谒神树使孙二心情颇觉沉重，孙二一反常态站在树下默然良久，心中并没有祈求神树保佑自己高中，却是祈盼神树能早日重现昔日枝繁叶茂的风采。

其后的几天，孙二继续玩世不恭地在孙店各处闲转，饿了回家吃饭，吃完两嘴一抹就出去了。因为带着半大不大的封三，便可冒教导顽童之名，行游手好闲之实，孙二对自己的浪荡子行径也就并不感到羞愧。吃过中午饭以后是下河洗澡的固定时间，不管天气是爆热还是阴雨，洗澡是铁定的。爆热时，炭厂码头嘴那儿就人满为患，阴雨时则人影稀疏，而他们照样雷打不动下水嬉游。孙二和封三无疑是炭厂码头嘴浴场的一道黝黑风景，也是该码头嘴的义务形象代言人。孙二很享受雨中畅游的乐趣。盐河两边生长着不少芦苇，一刹那间孙二把盐河当成了还乡河，而自己则成了小英雄雨来。

逢集日他们就在街心来回乱窜，看闲，找乐子，唯恐天下不乱。他们翻上食品站高大的猪圈墙头，其时食品站业务已经衰败，圈里的猪所剩无几，而孙二、封三在猪圈墙头上如履平地，如入无人之境。有人还看见他们俩的踪迹出没在粮管所的晒谷场上，沂河淌河堆上，南闸闸口等众多可能或不可能之处，他们俩几乎有点神出鬼没。

这种状况有一天终于发生了改变。同乡高一届的潘三跑到孙二家传递消息，说高考成绩下来了，通知孙二去学校领成绩单。孙店偏处乡村一隅，消息闭塞，通信不畅，大约这类事就是通过曲曲弯弯的关系才通知到本人的。孙二正自玩得欢快，几乎忘却了拿成绩单这回事。感谢潘三哥，让孙二从梦幻重又回到了现实。孙二把封三遣送回家，独自一人骑车回母校领成绩单。回到现实的孙二觉得此乃大事，带封三这样的人去成何体统？！如果可能，孙二想最好是沐浴更衣斋戒焚香之后，再去领那张梦里寻她千百度的成绩单。

524分，小纸条翻来覆去看了不下七八遍，分项加总，确信无误。当年一本录取线是508分，上第一志愿东吴大学应不成问题。一块大石头落了地，一切似在意料之中，一切又在意料之外。一瞬间，孙二体会到了范进中举的感觉。孙二在揣着成绩单返家的路上，骑车格外小心翼翼，极力避免与行人发生磕碰，对安全显示出前所未有的重视，甚至对于周侧过往的行人产生了俯瞰群生我为仙的大度和从容。孙二确乎感到自己身份不同了,成为天之骄子了,从凡常之人中脱颖而出了。路过酱醋厂饭店的时候,孙二特意望了望,孙二确信封三的这顿四季乐酒饭是非请不可了,当然街混当不成了,少林寺也是不用去了。

原载《连云港文学》2014 年 3 月

获首届"灌河文学奖"

小李与铜床

王　跃　江苏作家协会会员，在《散文百家》《中国青年报》《散文选刊·下半月》《扬子晚报》《山东青年》等多家报纸杂志发表散文、小说多篇。有散文集《赠我夕阳》出版。2016年获全国邱心如女性散文大赛优秀奖。

早晨起床后，麦田狠狠地从床上坐了起来，身子故意往上颠了颠，赌气似的喊："我让你叫，我让你叫。"铜床也毫不客气地嘎吱着，变本加厉，丝毫不担心惹恼主人。

很快铜床换成实木的，淘汰下的铜床怎么办？权衡再三，他们决定把铜床拉到离这里大约有五十里远的县城，那里有他们的一套房子。

找谁呢？收废品的老李是合适人选，尽管人邋遢了一点，几次接触发现这个人挺实在的。老李满口答应，要价一百元。

那天来人不是老李，而是老李的儿子小李。一问才知老李乡下的家里有急事他必须得回去一趟，这差事只好交给他儿子小李了。

小李大约有十七八岁的样子，个子瘦高，染一头黄发，面皮白净，嘴边的胡须毛茸茸的，让人印象深刻的是他的裤子，从小腿直到大腿有好多条咧开的口子，像微笑着的嘴，又像疤痕在示威。

小李看到铜床的瞬间，浑身像被电击了一下。

他望了望麦田，惊奇地发现这张床和她脖颈间的金项链闪烁着相同的颜色。

赵子轩骑摩托车，麦田坐在车后搂着他的腰，在前面给小李带路。

通往盐田的路，忽细忽窄，但还算平坦。路两边清一色的是明晃晃的盐池，空旷得让人心虚。

赵子轩说，"这里的盐工晚上遇到不测真是喊天天不应，喊地地不灵。"

麦田说，"还晚上？就是大白天遇到抢劫的也没有招。"

坐在摩托车后的麦田习惯性地向后望了望，这一望非同小可，小李的车子停下了。

怎么停下了呢？他们立即调转车头向小李驶去。

小李站在车头，车前面的盖子已经打开，像张开嘴的怪兽，要吃人的样子。

麦田心急火燎地说，"怎么了？"

小李小声嘀咕一句，"坏了。"

麦田说，"怎么坏了呢？"

小李没有开口，赵子轩接着说，"怎么坏了？就是坏了呗！"

赵子轩有时就是看不惯麦田大惊小怪的样子。平时在家也会呛麦田的话，麦田也习惯了。

小李拿着扳手低着头一会儿给这个螺丝拧一下，一会儿给那个螺丝拧一下，好像他也不明白究竟是哪里坏了，完全是在试运气。赵子轩是一个小学语文老师，对机器可以说是一窍不通。他趴在车内脏上看了看，究竟没有看出什么，小李用眼角的余光斜了赵子轩一眼，赵子轩感到那眼光冰凉冰凉的，他下意识地离开了车头，这时小李拿扳手的手抖了一下，赵子轩转过头对小李说："小伙子，不要紧张，慢慢修，我相信你一定会修好的。"

站在车尾的麦田说："你相信他能修好，就能修好了？你以为你是谁呀！老李这个人也真是的，自己有事不能拉就算了，非得给揽下来，这不出事了……"

赵子轩涨红着脸说："你尽说废话，他怎么能修不好呢？我看小李就行。小李啊，就是修不好，我打电话找出租车来拉，也不会少给你工钱的。做人嘛，不讲信誉怎么行。再说了，这车也不是小李故意弄坏的，你瞎嚷嚷什么，他和我们一样急。"

麦田觉得今天这个男人也真是反常了，平时尽管会呛自己可是不像今天这样，吃了枪药似的。

此时麦田急得五官都凑一起去了，她想打电话让出租车来拉，一摸手包，像被火烫了似的大喊起来，"哎呀，我手机忘记在电视柜上了！"

麦田让赵子轩打电话，他下意识地摸了摸屁股后的口袋，心猛地一沉，不相信似的把两边都摸了，手机没了，明明是装在身上的，出家门时他还特意摸了摸裤子口袋，刚才掉了？可是怎么就没发现呢？他故作镇静地说："小伙子能修好的，你急什么？"

赵子轩摸手机的动作全部落在小李的眼中，赵子轩的沉着让小李有点心惊。

麦田两眼紧紧地盯着小李，小李一点儿看不出着急的样子，这让麦田心里十分不舒服。后来他放下手中的扳手来到后车轮旁，飞速地瞄一眼车上的铜床，故作轻松却怎么也显不出轻松的样子，说："姐，这床真是铜的，不会是金子的吧？"

小李的问话像一声炸雷在麦田耳畔响起。

夕阳映照下的景泰蓝呈现出与平时截然不同的色彩，红得像鸡血石，绿得像翡翠，白得像和田玉……这哪儿是铜床？这分明就是一张金镶玉的宝床。

麦田几乎是对天起誓，说："小李，这真的不是金子的，床头上镶嵌的也不是什么宝玉，就是普通的景泰蓝。你知道这张床吗，真的太让人烦，每晚睡在上都嘎吱嘎吱地叫。"说到这儿，她脸红了，因为她想到和赵子轩做爱的事来。可是这阵她顾不得这么多了，她要努力让小李相信自己的话。

此时她想尽快告诉赵子轩：这车是他故意弄坏的。她抬头找赵子轩，不知何时他已经不在车头。只见他低着头猫着腰，在盐池边找到两块碗口大的石块，抓在手里。这时他还有意外的收获，那就是在盐田边他发现一张只有指甲大小的手机卡，他能断定那是自己的，他望了望站在不远处的小李，假装什么也没有发生。

麦田心里咯噔一下，这就干上了？

赵子轩看到麦田慌乱的眼神，说："用来垫车轮子的。"

麦田绷紧的神经刚刚松了一下，一会儿又绷紧了。她多么希望赵子轩明白眼前的形势啊，可是他好像就是一头猪，这分明是小李设下的局，他怎么就能这么相信他？她快步走到赵子轩旁边悄悄地说："这车是他故意弄坏的，他认为我们的床是金子的……你打电话让你朋友来。"她的话还没有说完，小李在那里大喊，"大哥，大哥过来。"

赵子轩对麦田的话充耳不闻，连忙向小李跑去，边跑边说："小伙子不要急，我知道你第一次拉活，遇到这点小事不算什么。"

小李白净的脸一下子涨红了，他颤抖着手又一次艰难地放下了扳手。赵子轩说："把扳手给我，让我看看到底是怎么回事。"小李盯着赵子轩手中的石块，把扳手攥得更紧了。

小李看了看铜床自言自语地说："真像金子的！"

赵子轩听了哈哈大笑，说："我们都是普通老师，买一根金项链都得咬咬牙，能买得起金子做的床？"

老师，老师，小李这才抬眼细细地看这对夫妻，眼睛里的光瞬间温暖起来。他转身到车前看了看，说："车子好了，没有大毛病。"

麦田听了立马跳了起来。

那是小李从南方回到家的第三天，父亲就把这单生意交给了他。他本想拒绝的，可是接一单生意容易吗？他不想惹父亲生气。

见到铜床时，他傻了。

他想起自己在南方打工的情景，连一张床也没有，每晚就是睡在硬纸盒铺成的地面上，一个屋子睡十几个人。他想起在家睡觉时的情景，全家十一口人，两个大人，九个孩子，唯一的一张木床。每晚，姊妹几个争先恐后地往床上爬，有的因为抢不到就打就吵就骂，九个孩子啊，那几个小的脸上常常挂着泪珠，极不情愿地钻到墙角的一堆破烂中。小李的位置无人撼动，因为他在家中排行老二，男孩中的老大，有的是力气。

父亲最早在农村收破烂，连口都糊不上，后来就拖家带口地来到了城乡接合部，租一间房子住下来，这回全家连一张床也没有了。每到夜晚全家蜷缩在父亲捡来的破烂中。

家中最大的姐姐早已厌倦这个家，到北方某个城市打工，一年也不会往家里打一个电话。小李小学毕业时，还想上中学，可是中学要到离家很远的县城上，父亲不同意。

小李成绩一般，随着年龄的增长，他越发觉得读书的重要，后悔小学时太贪玩，他想到中学时好好努力，考上大学，永远离开这个家，离开这个乱哄哄臭烘烘没有温暖的家。

他小学的班主任张老师找上门了。张老师说，"不读书孩子就没有出息的。"

父亲说，"我知道，可是我没有能力供他们。小七，聪明，有培养前途。他没有的，你看他的成绩，一般中的一般，没有用的，只能指望小七了，将来小七有出息了，大家就全都好了，他也跟着好吗！"

张老师思索半天说，"他的学费我交。"

父亲说，"住宿费呢，伙食费呢，来回的车费呢……"

张老师在父亲连珠炮的发问中，一句话也说不出来。看着张老师渐行渐远的身影，小李的眼泪飞出来了。

到南方打工几年了，他一直睡在硬纸板上，他空前的思念家中那张嘎吱作响的木床。当然也会想到张老师，一闪而过的那种。

一路上他小心地驾驶着，车身左摇右晃。他心里也像这个车子摇摆不定。后来他停下车子，因为前面有一个黑黑的东西发着金属的光泽。竟然是他梦寐以求的苹果手机。他惊喜得下巴差点掉下来，也差点窒息。望着前面的那对夫妻，他急急地把手机卡抽下随手扔到了路边，然后才小心翼翼地把手机藏在驾驶室的一个隐蔽处。

他抬眼看看前面的夫妻俩，快乐的鸟儿似的。他羡慕极了，他想，有一天自己会像他们这样生活吗？有华丽的床，有崭新的摩托车，有漂亮的女人搂着自己的腰……他又想起了阿华。

阿华是他在南方打工时认识的工友，湖南人。个子矮小，黑瘦。他们一同租住在出租屋，打地铺。后来阿华搬出去住了，租了一间房子自己住，还添置了床。

小李一直闹不明白，阿华怎么就有钱了呢？

阿华是自动从厂里离职的，连保证金也没有要，两千元哪！找到小李时，小李吃惊不小，这个人好像人间蒸发似的，现在又一下子出现在他的眼前。

小李说，"还是你厉害，有能力租房子住了。"

阿华说，"你也有这个能力的。"

小李瞪大眼听错了似的说，"我？"

阿华说，"当然。我们都有这个能力的，就看你敢不敢？"

小李说，"什么敢不敢？"

阿华不再言语。

一丝不祥的预感在小李的心头只是一闪就烟消云散了。

过了好久阿华才说，"其实我找到了一份很好的工作，能赚很多钱的，可是自己干太累了。想请你帮帮忙，夜班，不会亏待你的。"

"真的啊！"小李高兴地大叫一声。

过了不久，有一天晚上阿华真的给小李打了电话，可是小李因为和老乡聚会酒喝多了，头痛欲裂，腿都站不起来了。

酒醒后的小李用最脏的话骂自己，真是苦命。

有一天，小李正在上班，工长让他出去一下。在休息室，他见到了警察。警察出示了一个手机号码，阿华的。到了警察局小李才明白，阿华是抢劫犯。阿华所谓的夜班工作就是骑摩托车在夜间抢单身女人的包。警察根据阿华的通讯记录找到了小李，那晚阿华作案被早已埋伏的便衣捉住。清者自清，但是小李吓得魂都快飞了。他慌张地跑到父亲收购废品的城市。没想到另一个诱惑又摆在了眼前，难道这就是命，躲过初一躲不过十五？尤其是当他得知麦田没有带手机时，更觉得这就是天意。

看着赵子轩手中两个碗口大的石块，小李的心抽搐了一下，不要说有碗口大就是有鸡蛋大一块砸在头上都不得了。他下意识地看了一下三轮车，三个轮子都在平坦的地方，哪里需要垫？不对呀，他清清楚楚记得自己专门让一个车轮陷到一个坑里的，唉，由于技术不佳，只差有手掌宽的距离就掉到坑里了。

到目的地后，小李把床抬到六楼就急着往楼下跑。

赵子轩追上去把钱给他，小李连头也没回。他只好趴在窗户上大喊："到时给你爸。"

老李从乡下回来后，急着朝小李要那一百元钱。

小李冷冰冰地说："不要他们的钱！"

老李说："你头脑坏了，这么远的路，说好一百元的，怎么不要了呢？是不是他们看你人小，在要赖，对不对？对不对？我不能饶他们，不能饶他们。"

小李一下子直直地蹲到父亲面前，大喊，"你敢！不允许你朝他们要钱，这一百块钱，我赔你，赔你！就是不允许你要。你要是要，我就杀了你。"

一百元，他不要，还有理了！老李忍无可忍，随手摸起一根棍朝小李狠狠地砸去。

小李一下子攥住父亲砸来的棍，嘴里呼呼地往外冒着粗气，眼睛里全是怒火，对眼前这个称为父亲的男人，他从没有像今天这样的恨，你给我带来什么，你给我带来什么啊！张老师，那个曾认为自己能读好书的人，让这个男人为难走了。

那天他在赵子轩的身上看到了张老师的影子，要不是看到张老师的影子，为那张床，哪怕它不是金子就是铜的，他也想大干一场。

小李想夺下父亲手中的棍，他突然想痛快一下，那就是让棍子没头没脑地砸在这个丑陋的，只知拼命生孩子却无法给孩子温暖的老男人身上，此时这个男人对他来说太陌生太陌生，他就是想狠狠地教训他一下。

小李夺下棍子毫不犹豫地举向这个男人，这时他的胳膊被死死地抱住，伴随着的是一阵撕心裂肺的喊叫，地动山摇，他的哑巴妈妈从一堆废品中蓬头垢面挺身而出，疯了似的抱住小李，呜啦呜啦地说着什么人也不听懂的话……

小李是在一个暴风雨的夜晚离开家的，那时家里已经两天没有做饭了，因为家中厨房是露天的，母亲无法把火点着。

在一堆散发着臭气的废品上，有一张崭新的一百元钱，那是小李替赵子轩付给父亲的工钱，年仅八岁的小七看到，见四周无人，悄悄地藏在口袋，向附近的网吧狂奔。

老李继续在小区里收废品，有一天，赵子轩把所欠的一百元钱还给了他。老李理所当然地收下，小李放出的狠话他早已忘记得一干二净，对小李他像忘记大女儿一样，不愿想起，只有聪明可爱的小七常常浮现在他脑海，给他带来希望。

赵子轩顺便问了一句："小李这孩子现在干什么？"老李狠狠地说，"他死到南方去了。"

这个死不是真的死，里面包含着爱恨交加的意味。

在以后的日子里，麦田多次自责不该把小李想得那么坏。

赵子轩嘴上说，我可不像你把人想得那么坏。其实每每想到小李即将举起的扳手，和自己随时准备出击的石块，他就心跳加快。不过，他肯定，斩断小李贪婪念头的是因为这是一张铜床，如果真的是金子的，那天的盐碱地一定渗透殷红的血。

原载《连云港文学》2015 年 5 月

今晚月光很美

何正坤 笔名何尤之,江苏省作家协会会员,先后在《四川文学》《鸭绿江》《阳光》《雨花》《安徽文学》《芳草小说月刊》等杂志上发表文章等二百余万字,出版《真水无香》《金店十二钗》《麦色浪漫》等作品。

晚上六点,是下班的高峰期。我这时候赶到了百一咖啡。我骑电瓶车,除了红绿灯,几乎没什么堵塞。百一咖啡在二楼,我选了个临窗的位置坐下,要了壶茶,然后等骆雨。我等人有点耐心,可能是职业使然,我是会计。等骆雨的时候,我并没想骆雨,我在想华永。华永是骆雨老公,也是我朋友。我和华永认识的时间不算短,汶川大地震那年认识的。那时陇海饭店还在,后来拆了,盖了苏宁广场。我们一起在陇海饭店上班,跟一个女老板干了大半年。他做外勤,我做会计。后来,女老板跑了,欠了我们大半年工资。汶川大地震时,我和华永勉强捐了五十块。这个数目实在不值一提,但我们尽力了,更尽了心。女老板跑了后,我和华永一路磕磕绊绊走来,交情日渐深厚。我们始终都在找工作换工作。咖啡馆对面的那个装饰公司,我就干过,总是拖欠工资。我怕重蹈女老板的覆辙,就跳槽了。我和华永快五十了,跟青蛙似的跳来跳去,实在不容易。

窗外是城市的主干道,不怎么宽,属老城区。灯火照在街道上,像下了场黄尘雨。车辆怪兽般在行人身边窜来窜去,路灯下卷起尘土飞扬。网上总说我们这个城市有点名不副实，经济水平在江苏垫底。我觉得这没什么，这个城市挺好，我去过上海、南京，觉得还是我们这个城市好。

我独自喝了一壶茶，开始喝第二壶时，骆雨来了。骆雨先和我拥抱了一下，说："让你久等，不好意思，刚才陪几个领导喝酒了。"骆雨在离开我的怀抱时，悄悄打了个嗝。我知道拥抱只是礼节，并不代表两人亲密无间。我和骆雨见过几次面而已，并未亲密到拥抱的地步，何况她是华永的老婆。而之后我们再没拥抱过。我觉得骆雨是懂得把握的，这唯一的拥抱，或许恰到好处，或许代表着这次见面的重要及必要。

我给骆雨让座，说："挺忙是吧？"骆雨没回答我，说："征锟你还没吃饭吧？我可是酒足饭饱哟。"然后招来服务员，为我点了份牛肉咖喱饭。我吃过牛肉咖喱饭，味道还不错。骆雨说："陪领导喝酒是艺术，要喝得假，又要喝得真，否则我现在就是酒驾了。"便探头望窗外，说："那，我的车。"我也望窗外。外面车多，不知哪辆是。"就那辆白色东风标致。八万多，大路货。现在反贪，大家都低调，我们街道办杨主任的私家车才十来万。说实话，我也玩不起贵的，你知道的。"我说："骆主任谦虚了，我至今还骑电瓶车招摇过市呢。"其实我可以叫她小骆或骆雨，她肯定比我小点。但我不能免俗，这些年一直叫她骆主任。骆雨是社区主任，好多年了。骆雨淡笑，说："还真不是和你哭穷。我这是为了撑门面，现在社区主任谁不开车呀？几万块钱的事，我得撑啊。你知道华永那点本事，要不是我拿点年终奖招商奖协税护税提成，他连电瓶车都骑不上。"骆雨说得没错，我这破电瓶车早想换了，就是不舍得钱，将近一个月工资呢。华永和我情形差不多。我说："不怕你见笑，其实我还不如华永呢。"骆雨说："说得不对。你和华永最大的区别在于，你是女儿，华永是儿子，他的压力比你大多了。"

骆雨约我，当然是谈华永。因为是谈华永，所以事前我没告诉华永。我也不坦然，感觉是瞒着华永做了件对不起他的事，而我只能这么做。

服务生先端来咖啡，接着端来咖喱饭。服务生是个漂亮女孩，唇红齿白，亭亭玉兰。我女儿也有这么大了，但没她漂亮。女孩这么漂亮，做个服务生，惋惜了。不过无妨，女孩做得好不如嫁得好，没准很快她就成老板娘了呢。我在看漂亮女孩的时候，她也在看我们，大概是在琢磨我和骆雨的关系。骆雨接过咖啡抿了一口，又示意我吃饭，说："饿坏你了，快吃吧。"我并不是很饿。七点那会饿了，现在八点，饿过头了。

骆雨说："华仔又交女朋友了，女孩二十三，长得还不错，家庭很一般。"华仔是骆雨的儿子，叫得跟刘德华似的，大名叫什么我不清楚。我说："华仔看好就好，别的不重要。"骆雨说："现在女孩眼光高，人家未必看上我们。我们没什么条件，要钱没钱，要权没权，最头疼的是华永连个像样工作都没有。要不是我撑着门面，华仔肯定打一辈子光棍。征锟你说，华永怎么办呢？一把年纪，一无所长。你还会会计，还会画画，华永能干什么呢？他什么也干不了，我没冤枉他吧？"

说到华永，骆雨有点上火，我一时想不到救火的招。我说："骆主任你见多识广，不能帮华永谋份差事么？"骆雨叹息，说："我想啊，问题是他有什么料？会电脑么，会开车么，会做生意么。医生讲究对症下药，我帮他也得量体裁衣吧，可他拿什么给我量呢？"骆雨抿了口咖啡，扭头看窗外，情绪有些波动。我懂骆雨的心思，在她的朋友圈里，华永一定让她跌份了。这还不是主要的，如今华仔长大，华永羁绊了华仔的婚姻，就不是跌份那么简单了。

然而华永，也包括我，就这么块料，几十年过来了，想精雕也来不及了。

我安慰骆雨："不急。我们一起想办法，帮华永找份工作。"骆雨回过头，声音已然哽咽："征锟，我对他要求不高，工资福利无所谓，那些别人看不到。就要他有份体面点的工作，让儿子找上对象。之前儿子处过两个女朋友，都因为他做保安吹了。"

做保安的确不体面。而这份不体面的工作，华永做了四年。除了保安，华永不知道自己能做什么。

我说："干城管协管员呢？这个是不是体面点？"我有朋友干城管协管员，工资不高，一千三四。但堤内损失堤外补，米面菜肉来得便宜。骆雨哼了一声，说："干城管我一句话的事，可我丢不起这脸。"骆雨不停搅动咖啡，香甜的味道直冲我鼻孔。"我和城管办张主任怎么开口？说我老公失业了？说我老公是干城管的料？然后他到张主任手下，被当狗腿子使？我在社区有何颜面？"骆主任有些愠气，显然我的话令她不爽。但要华永自己找份体面的工作，这几乎完全不可能。骆雨冷笑，说："路是自己走出来的，只要有压力。

这年头，谁的心头没有一座山？打工的有，老板也有，公务员更有，谁都不容易。别看我人前满面春风，和谁都热乎，内心压力其实大着呢。华仔一天娶不上媳妇，我一天是个心思。作为父亲，华永不该有这个压力么？压力并非源于我，是源于社会在进步，没有人可以停下脚步。逆水行舟，不进则退。可华永有压力么？他在我这棵小树下，乘荫凉多少年了。"

我默然，若芒刺在背。虽然骆雨是针对华永的，却让我觉得无颜以对，我和华永境况相近。还剩点咖喱饭，我全然没了食欲。推开餐盘，骆雨递了纸巾过来。"味道如何？"骆雨说，"这家咖啡馆我常来，和老板谈招商，和领导谈工作，就来这儿，感觉还不错。"我附和："味道很不错。"其实我顾着和骆雨交谈，什么味也没吃出来。

"喝点什么茶？铁观音，碧螺春，还是白茶？"骆雨转眼间又恢复了热情，看不出适才的忧虑和愠色，也看不出她内心的压力。我说："就云雾茶吧，热爱家乡嘛。"骆雨来之前，我一直在喝云雾茶，我们这儿的特产。那个漂亮的服务生又送来一壶，我说不用，加点水就行。

"我找你的目的，是让你给他提个醒，作为男人，要舍得给自己加压力。我一个女人，快撑不下去了。"服务生加了水走后，骆雨对我说。

我没有马上找华永。我有压力，沉甸甸的。和他老婆约会，这没什么，问题是骆雨的话，怎么和华永转达。华永真的没压力么？非也。华永说过他快得焦虑症了。男人的尊严让他焦虑，甚或窒息。

我和华永隔三岔五在大排档坐坐，一人一瓶啤酒。兴致高了炒两小菜，兴致不高弄盘花生米对付。华永说："征锟啊，想当年我在印铁制罐厂还当过生产科长呢，那可是国营企业。二十年一过，我怎么就成了废物呢？"我摇头："此言差矣，你并非废物。你缺的不是能力，而是舞台。给你一方舞台，你就一定能飞越。"华永叹息："我在哪也是废物，感觉碍手碍脚的，就像棵千年古槐长在了路中央，移走不是，不移碍事，除非哪天自己死了。"我说："才五十，离尽头还远，先设法谋生吧。"

华永这几年，我了如指掌，就像他对我了如指掌一样。女老板逃之夭夭后，华永在一家小区做了四年保安。开始三年还稳当，骆雨不过问，也没明显的嫌弃。若是别人问起，骆雨会说老公在北京打工，却不说做保安。说在北京，图个名声好听。但自华仔悄声不响地交了女友，华永的保安身份便倍受质疑。这本是风马牛不相及的两件事，就像飞机和火车，天上地上各行其道，不会相撞的。现在却撞上了，事故原因当然是人为因素。质疑华永身份的，最先是华仔的女方父母。尽管华仔工作不错，在一家4S店做销售，月薪五六千。但女友父母无论如何不能接受女儿嫁给一个保安的儿子，仿佛是嫁了一个反革命的儿子。据说女方父母不能接受，是因为女方的姨舅姑叔们先不能接受的，这段爱情旋即画了句号。华仔在失恋中淹没了三个月，得出的结论是，父亲或者说父亲的身份，断送了他的爱情。

在华仔心中，华永的地位并不高，远不如骆雨。地位与身份是成正比的，有身份才有地位。当然，华永是父亲。但换个男人照样当父亲，没准还把华仔换成富二代呢。所以华仔不能原谅华永。骆雨本来对华永是不以为意的，但现在，华永直接影响了儿子，骆雨便颇以为意了。骆雨勒令华永脱下保安服，干点有人样的事。

当然，光脱下保安服是远远不够的。我说："你得找份体面的工作，才不至于影响华仔。"我觉得这说法很勉强，但似乎也有点道理。央视主持明星大腕还嫁五六十岁的富豪呢。我没说这是骆雨的意思，只是把骆雨的意思转达了。

"你说，我能做什么呢？"华永对我苦笑。华永四十八了，不做保安能做什么，华永无计可施。华永捏着身份证，去劳动力市场碰过几次运气。碰着了一回，做交警协管员，工资交警队发。华永觉得这工作比保安体面，还能认识交警，攀上显赫。骆雨未及表态，华仔便当头一棒。华仔说："好什么好？跟在交警后面像条哈巴狗。"既然儿子反对，华永就不能干。儿子不仅是儿子，还代表着年青一代的心声。连儿子都看不上的工作，未来女友更看不上了。我也看不上，我说："华仔说得没错，成天站马路上，戴个红袖章，舞着小红旗，一看就不体面。"那些舞小红旗的，几乎都是娶了儿媳抱上孙子的老头，华永目前还不具备那条件。

华永轻轻拍下桌子，说："劳动力市场满眼都是嫩瓜秧子，嘴上还没几根毛呢。我这老脸往那一搁，就像颗枯茅草，特别扎眼。人家不踢我，我自己都想逃。"

这是很伤感的事,我也有这种感觉。市场里鲜见我们这个年龄的,在劳动力市场,我们就是满头黑发里的一两根白发,耀得用人单位闭眼。我一个朋友说过,五十岁的人了,谁愿意被那些牛皮哄哄的老板喝三道四的。我和华永也不愿意。然而这年头有多少是天遂人愿的事呢?

华永说:"在劳动力市场,我扬扬身份证,甚至不用扬身份证,用人单位就把我pass了。也是,有那么多年轻人求职,人家凭什么要招满脸山芋沟的?招回去当老太爷供着啊。"

"有个人事经理说话更绝,说你这岁数,回家抱孙子多好。"华永喝了口酒,忿然道:"他妈的,站着说话不腰疼。老子要能抱上孙子,还会来找工作吗?就是抱不上孙子才找工作的嘛。"

这个人事经理可能是年轻人,还不太懂得生活的逻辑。生活也是有逻辑的,就像工作要讲究流程。工作是第一道工序,抱孙子是后而又后的工序。华永首先得有工作,再有儿媳,再有孙子。不仅是华永,很多华永们都是如此。人事经理想必年轻,还没到完全掌握生活逻辑的年龄。当然,这种逻辑如果不具体到某个人时,也不太好诠释。可是,什么逻辑有逻辑,什么逻辑没有逻辑呢?生活中的逻辑就是逻辑,超乎想象的逻辑也是逻辑,但似乎也没逻辑。生活逻辑往往不像操作规程那样,可以任意编制或改动。生活逻辑是生活赋予你的,你就得那么走,走错了就会受制裁。华永做保安,肯定违背了生活逻辑,违背了一个时代的逻辑,所以他必定会受制裁,儿媳没了,保安丢了。

后来有两个月我们没见面,华永上班了。他在电话里说他在堆沟工业区找了工作,一家化工厂当工人,月薪连加班费四五千。我想华仔该满意了,当工人还是体面点。退到七八十年代,工人是无上光荣的。华永在电话里说:"说得没错,就是征得这小子同意才上岗的。"我说:"啥时回来呢?总见不着你,没个说话的人。"华永说:"住堆沟了,每月回来一次。"我没去过堆沟,知道在灌河口,靠海边上,离市区挺远。华永说:"我不太想回去,见到那娘俩就烦。"

我们见面少了,我也没闲着。我正在画一幅画,画的是我女儿。之前画过几张,女儿都不满意,说影响了她的青春形象。坦白地说,我的画技的确不怎么样。要不是画女儿,我老婆早把我的画笔扔了。我老婆说,"你画的什么呀,白送都没人要。"她并非无稽之谈。这些年我的画从没送过人,包括华永。华永要过,我没给,我没那个自信。我的老板一直想在办公室后墙上挂幅画,我都没敢自告奋勇,老板当然也不知道我会画画。除了华永,我没告诉任何外人。至于画女儿,亦非女儿请求,她也看不好我手艺。是我自己决定的。我这辈子,一事无成,唯一的成就和希望便是女儿。吾家有女初长成,现在是我最幸福美满的时光。女儿二十一了,这是个待嫁的年龄。也意味着,我最幸福美满的时光随时会失去。所以我要用画笔,记录女儿的青春,记载最美时光。女儿长得秀气,身材高挑。好在我老婆没有反对。画画这活太占地方,铺开纸墨要占半个房间。我没书房,也没画室,就占用我女儿的卧室画画。

我的画还没画完,华永回来了。我握着画笔正不知何处落笔呢,华永来电话说,大排档见。我本想今晚收笔,明天交女儿验收。既然华永回来,先去见华永吧。

见了面,酒还没倒上,华永说:"我不干了。骆雨不让我干,说我天天在化工厂泡着,泡了一身的化学味道,她几乎被熏晕了。说要是儿子定了亲事,和亲家坐一起,肯定把亲家熏跑,把亲事熏黄了。"骆雨说得也是,其实我坐下后,也闻到一股刺鼻的辛辣味。

华永又失业了。这消息让我难过,又倍感压力,我决定帮华永一把。我是个交际薄弱的人,自己就业也是一波三折。但我决定帮华永,是因为遇上了机会。否则,我不敢这么说。

我现在在一家投资公司做会计,老板是个二十六七岁的富二代。投资公司的会计容易,不容易的是经营不正当。投资公司说白了就是地下钱庄,放高利贷。利率高得惊人,是银行的十几倍。这肯定不合法,属于违规经营。好在待遇还不错,我才待了一年多。这并不代表我想继续待下去,总觉得有把剑高悬头上。所以我去了劳动力市场,投了十几份简历,皆因年龄过大被打入冷宫。我又动过办绘画培训班的念头,专门培养儿童绘画。我老婆不以为意,说:"你就别毒害下一代了。"我老婆在国营企业上班,再过两年退休了。她的心早不在企业了,成天不是跑美容院,就是推销保健品。她很忙,便放松了对我的要求。我也因此少了骆雨式的家教。

我要了华永的身份证——华永唯一的证件。我把华永的身份证给了老板。

老板很瘦，坐在宽大的老板椅上。办公室的豪华与老板面孔的稚嫩显得极不协调，尽管他坐得稳如泰山。老板似乎知道自己太年轻，便竭力装得老成。但他怎么装，在我面前还是客气的，甚至有些底气不足。我这年纪，让他不由得尊重。老板说："征锟，从这个月开始，每月给华永一千五，和工资表一起发。哦，他是你朋友，那就一千八吧。"

一张身份证，就把华永直接变成了老板。这么说未免太戏剧化了。不过华永真的成了法人代表——华永贸易有限公司法人代表。法人代表未必就是老板。华永就不是，他就是个代表。老板用他身份证办了张营业执照而已。

如此华丽转身，华永莫名不解。其实投资公司职员都是法人代表，这是入职的首要条件。换句话说，入职员工必须贡献身份证，给老板办营业执照。我亦不能例外，否则便不能入职。老板用我们的身份证办了几十家公司，然后相互做担保，向银行贷款，再放高利贷。公司的假章假照满天飞，但运营正常，从没出过纰漏。基于此，我才敢拉华永进来。

这是空手套白狼，竟没招来骆雨、华仔的反对。骆雨还挺谢我，说我让华永高尚了一回。她给华永印了盒名片，头衔是华永贸易有限公司董事长。平时不用，只送给华仔的媒人红娘，以及将要出现的准亲家。

我每月都按时将一千八打到华永卡上。这比做保安做协管员都强。而且是不劳而获，用骆雨的话说，很高尚。不用低三下四装腔作势地买命，比老板还老板，太有面子了。

后来一个银行行长被抓，牵扯到了投资公司。华永的逍遥日子也到了尽头。行长被抓，在投资公司引起强烈地震。印章毁了，文件毁了，账本藏起来，最重要的是迅速将贷款还掉。资金吃紧，就分轻重地还。华永贸易有限公司贷了一千万，我让老板第一个还了。我是会计，老板懂得我的重要。老板把华永和我名下的贷款都还了，然后让我立即离职。我知道的太多，离职最妥。

华永高尚了七个月，偏偏这七个月华仔一点动静都没有，连个提亲的都没有。华永感觉被生活捉弄了。

我和华永又成了难兄难弟，在劳动力市场同进同出。我们像烂桃子，被用人单位挑来捡去。还算幸运，一个月后我进了一家建筑公司。华永说："看有没有合适我的岗位？"我说："还用说么？"

我在建筑公司做了两个月，就把华永弄了进来。建筑公司不是管理就是技术，华永都做不了。我介绍华永做的是工地管理，这是个好听的说法，如果说打杂或搬运工，骆雨和华仔不会答应。而事实上，华永就是打杂的，帮着照应工地，抬推扛搬，力所能及。这份差事没有保安协管员轻闲，但不知从什么时候起，搞工程的忽然有了口碑。一听说搞工程的，香车美女纷至沓来。华永告诉骆雨，他搞工程，抓现场管理。华永没遭到反对，和管理沾边了，便有身份了。我说："其实你一直做管理，保安叫物业管理，协管叫交通管理。偏偏工程管理有身份，物管协管是下九流。"

我去工地不多，每次去了都见华永汗流浃背。我说："别把自己累成这样，回家会被骆雨发现的。"华永酸酸地笑，说："我不常回家，回家就换一身官服。"我也笑，又问："华仔处女朋友了么？"华永说："处了吧？好像还不错。骆雨说哪天安排两家坐坐。"我说："这就好了，你的苦日子快到头了。"华永说："未必。年轻人说不准，就算结婚了，哪天因为我而离婚，我更罪大恶极了。"我说："莫非你这工程管理假乌纱一直要戴下去？"华永说："戴吧，大不了累到退休。"

我听出了华永非同一般的累，身心俱累。体累可以恢复，心累却是硬伤，即便假以时日未必能恢复。

后来我找老板，想让华永管仓库，名副其实管理一回。老板说："仓库肯定不行，仓库我亲戚管着呢。华永一个外人，我凭什么相信他？而且，你管财，他管物，我的财物不是都被你控制了？"我默然。老板似乎觉得话太硬，想给我点面子，又反问："他会电脑么？"我说不会。老板咂咂嘴，说："要不，他来公司做保安吧。这个轻松，也适合他。"老板是一番好意，被我谢绝了，哪壶不开提哪壶嘛。

那晚华永忽然来电话，喜不自禁地说："知道吗，我儿子的亲事定了。"听到这个消息，我立即出门，去工地找他。他的工地在郊外，郊外雾重，但月色很好。月光照着团雾，大地一片雾漫，郊外显得沉寂而荒凉。

我们在工地附近找了个大排档喝酒。"两家见过面了。女孩是独生子女，恬恬静静，清清爽爽，眼睛大大的，个子比我矮半个头顶。"华永坐下，这么介绍着，还在自己脑门上比划。"她父亲是个公务员，在汾灌高速公路交警队工作。母亲退休在家。"我说："两个孩子处多久了？"华永说："认识一年，确定恋爱关系是近两月的事，好像挺投缘。两家商定，国庆节就把婚事办了。"

我真心为华永高兴。作为朋友，他的事一直让我揪心。如今他心里的石头总算落地，我也轻松了许多。那晚我们点了四个菜，喝了四瓶啤酒，狠狠奢侈了一回。喝完两瓶，打开第三瓶时，我问华永："骆雨怎么介绍你的？"华永说："她说我搞工程，做现场管理，很忙。准亲家母说现在搞工程的都发大了。奶奶的，老子都累大了，还发？"我说："管他呢，发不发别人看不到，大就大吧。"

华永过上了轻松愉悦的日子，从他的谈话和工作态度就能看出来。每次在电话里，他的笑都能顺着电波漫过来，感染着我。他在工地上干得热火朝天，却不知疲倦。儿子定了亲，真的就那么豪迈么？我没有儿子，体会不到华永的心境。

那段日子我的心情也不错。我给女儿画的画，通过了女儿的验收。我老婆说："画了几十年，就这张有点成就。"我女儿不高兴，嘟着嘴说："才不是你画的成就，是我长的成就，不是吗？"我说，"是是，你长的成就，我画的成就，总之是我的成就。"

也就过了一个月，老板忽然给我电话，说："你那朋友出事了。"语气很急，且怒不可遏。"华永出了什么事？"我也急了。老板匆匆把电话挂了。我打华永电话，无人接听。连忙打的去工地，一路念着华永。在工地遇上一民工，说华永送医院了，说华永被送砂石的卡车撞倒，轧着胳膊了。

华永在医院躺了俩月才出院。出来时，一只胳膊没了。我陪他出的院，骆雨没来，华仔也没来。办完手续，天黑了。我说："吃点饭吧？"华永摇摇头。华永的表情一直呆滞着。走到苍梧绿园，华永说："进去转转吧，我不怎么想回家。"

苍梧绿园是我们这个城市的肺，很多市民都在清早或晚上来这儿呼吸新鲜空气。绿园很大，里面有许多娱乐设施，以及大片的草地，树林，小湖和景观。天已黑了，月光姣好，绿园景致依稀可见。晚风柔暖，拂面而来，夜色满是深情。

走进苍梧绿园，我和华永在一个石桌边坐下。我知道华永的心事很重，想开导几句，又觉得很苍白。我们静默着，看月色在小草上浮掠。半晌，华永说："征锟，我真成废物了。"我说："不说这些吧华永，我在向老板争取，尽量多补偿你。"华永说："补多少是多少吧，真的不怪人家。"

华永出事那天，先接了个电话，是骆雨的。骆雨在电话里骂得华永无招架之力。骆雨说："你能吃多少饭自己没数吗？何必冒充工程管理呢？人家女方父亲是警察，你就是萨达姆、卡扎菲，都在人家手掌心呢。人家查你了，你不是搞工程的，你就是个搬运工，打杂的。"骆雨大概痛心了，声音哽咽："这可好了，人家一口回绝了亲事，华仔气得要跳楼。"

这是我的错。是我给华永介绍的工作，也是我让华永说搞工程管理的。而现在，亲事吹了，胳膊没了，我心在剧痛。我做了件最最对不起华永的事。当然，也对不起骆雨。难怪这一个月骆雨没来找我。

华永接了骆雨的电话后，一下愣了，愣那儿一动不动。一辆砂石车往后倒时，他根本没留意，结果被卡车挂住衣服，甩倒在地。车轮毫不留情地碾过华永的肩膀。

华永说："谁会让女儿嫁给一个独臂的儿子？"

我安慰他："还不至于。那些单亲儿女都不嫁娶了？何况华仔那么帅气，那么优秀，收入也不错，会有姑娘看上的。"

华永说："不说这些吧。我这个独臂大侠以后干什么呢？连保安都做不了了。"

我真不知道华永能做什么。四肢健全找工作尚且不易，何况少了胳膊。我敷衍着说："慢慢来，会有事做的。"

华永唉了一声，说："不说这些吧。"

又一阵晚风袭来，华永那只空荡的短袖在风中飘荡。我的内心禁不住战栗。我转头去看起伏的草地，和那些自由自在的小草，让心情平静。

华永说："哦征锟，你姑娘也不小了吧？"

"嗯，二十一了。"

"我见过你姑娘，挺不错。文静，内向，乖巧。"

"有时也不听话，现在孩子都自私。"

华永说："姑娘省心啊，看你多轻松啊。——哦，对了，你姑娘有对象了么?"

我说:"没,还小呢。就这一个孩子,我不想她结婚太早。"

华永说:"也得抓紧,晚了好的就让人挑了。现在有责任感的男孩不多。"

我说:"有道理,这事得慎重。就一个孩子,我要亲自替她把关。"

华永忽然一笑,说:"征锟,你看我那小子……和你姑娘,般配么?"

我愣了一下:"华永,不要开这玩笑。"

我惊恐于我的声音,像一只射门的足球被迅捷弹出来,还挟持着风,以至于改变了我的声音,变得我都陌生。华永并没有说笑,他的脸一直肃穆着。他应该没有笑点。可是我想,如果我们成了亲家,这必定是个天大的荒唐的玩笑,并且会荒唐地伴着我们到老。

我并非看不起华永,我是看不起自己。我和华永在一个起跑线上,甚至不如华永,他至少有个当主任的老婆。我就一个孩子,我不想她活得如我般局促。

华永没说什么,他望着远处的湖面。月光映在湖面上,一湖金黄明晃晃的。轻风掠过湖面,把湖水吹得细碎,如同麦粒在滚动。

月辉满天,星辰寥落。我仰望长空,感慨地说:"今晚月光那么美。"

"是的。"华永说。

原载《山东文学》2015 年第 11 期

栀子花开

杨　青　在国家，省市级报刊发表作品多篇，有多篇散文、小说等获省、市级奖项。曾获连云港市党风廉政新闻宣传工作先进个人、连云港市优秀思想文化工作者。

　　黄海边上有个海州湾。离海州湾不远有个小城，小城不是很大，也不算繁华，但小城是个盐阜重镇。周围几百公里的城镇的商家都要从这里进盐。小城边上有条河，绕着小城一圈，河面不宽，河流却长，由海州湾出海口经小城一直通往长江。来往运盐的商船穿梭不断。小城的人管这条河叫盐河。

　　小城周边遍布盐田，盐民将晒好的盐运到城里，再由城里的东家转卖给各地的商贩。商贩就把收来的盐用船运往各地。

　　东家自然就是城里的大户，大户人家一般都建四合院或二层楼房。见过世面，有点墨水的东家也建二层别墅样的院落。

　　世事变迁，星转月移。

　　很多年前，这些大户人家的房子被充了公。再后来，上面落实政策，把有些大户人家的房子又退还给了大户人家的后人。

　　就是这个时候，海明到小城来打工的。

　　海明高中毕业没考上大学，在家种地嫌累，就卷了铺盖和村里年轻人一起到小城来了。海明先是在码头上做装卸工。不几日，身子骨就散了架。感觉扛盐包比种地还要苦累，于是就在小城里揽轻松的散工做。

这天清早，海明被一户人家招去做园艺。海明到了那户人家时，太阳刚出来，满院子都铺满了阳光。

院落离盐河不远，能听到河里机动船的马达声。房子是旧房子，别墅形状。房顶的黑色瓦楞里长着一丛青草，房脊上背阴处还能看到一抹青苔。房子的窗户都很大，但都挂着丝绒窗帘，看不见房里面一丝动静。

把海明带来的那个人交代说："这个院子没人拾掇，一个星期时间，你把它整理好，到时我来，给你工钱。"

海明问："怎么整理？"

那人说："树、花、草修剪一下，地平整一下。"

海明说："好。"

那人走后，海明就开始筹划，是先整修路，还是先给花草剪枝。

这个院子不大，有乡下二分地的面积。花园里的土和路都是刚铺过不久的，新土上才冒出青草芽儿，一丛一丛，还没有把地皮遮严。花和树也是春天刚栽下的，花有月季、海棠、丁香、木香、芸香，还有栀子花。这些花虽还不茂盛，但在新地方都开放了，散发出一缕缕香味。只有海棠和丁香过了花期，不知道该开花的时节开了没有。树只有几棵，一棵桃树，一棵枣树，一棵石榴，还有一棵是老树，有碓臼粗，很挺拔，枝叶也密，只是不结果子，海明不认识。院子中间是一条青砖铺的路，许是前天下过一场雨的缘故，砖上只有几行脚印。看来，这家还没住进人。

海明在院子里四处瞅了瞅，猜想着这是一户什么样的人家。他走到房门前，看见门也是新装的铁皮门，还落了锁。他扒门缝朝里瞅，却什么也看不见。海明心里就有一丝好奇，还有一些轻松。

这样的院子多好啊，还需要整理什么呢？

海明毕竟是乡下人，那时乡下人实在，做惯了苦累活的海明也不想偷懒耍滑。他先是修路，砖铺的路看着平整，海明在上面走了两趟就发现问题了。有的砖是实的，有的砖还虚着，踩在上面一晃一晃地。海明把虚着的砖起出来，用铲刀把下面的砂灰铲平捣实，把砖铺进去后，又用细砂灌了缝隙。海明做活做得仔细，就像姑娘绣花，不长的一条路，他整整修了一天。

修完了路，海明就开始给树和花剪枝。

初春栽的几棵树,虽然成活了,但枝叶都很瘦弱。桃树有小孩的胳膊粗,栽时修剪过了,有三个枝杈,每个枝杈上又留下几根枝条。枝条上有叶子,还挂着几个桃子。桃子有乡下的草鸡蛋大,半边染了紫红色。海明认得这桃子是"五月红"。他家门前也有一棵这样的桃树,只是比这高大些,每年结的桃子都把枝子坠弯了。风调雨顺年头,一棵树能摘二百多斤。比城里的桃子大多了,每个都有半斤多。芒种节气一过,地里的麦子割净后,颗粒归仓了。闲下来后,朝树上一望,桃子熟了,满枝挂着灯笼。摘下一个熟透的,不用水洗,用指甲一抠,把薄皮轻轻一揭,那肉汁含在嘴里,软软的就化了,蜜一样甜,真甜哎,甜极了。乡下人都叫它"水蜜桃"。也有人喜欢吃脆的,可惜晚了。

海明端量了半天,知道这桃树还没扎下根来,来年扎下新根,长出新枝,那桃子也许会长大些吧。

石榴树似乎泼辣些,枝叶青翠青翠的。根部和主干上又长出了尺把长的嫩枝,整棵树就显得婆娑了。此地的石榴树就像乡下人,给点泥土就能扎下根来。石榴树的梢上开了几朵花,鲜红鲜红的。有一朵落了花,长得像个油葫芦。看样子是要成果的——仲秋时,石榴长大就成熟了。另外几朵花像个小喇叭,那是谎花。

那棵枣树有些沧桑。但细看也很顽强,细枝不多,枝上的叶子很稀疏,可是细叶之间仍零星地开着淡黄的碎花。这些花是成不了枣子的。

再就是那棵老树。海明虽然不知道是什么树,但海明能看出这棵树有些年头了,大概和这房子一样老吧。树长在院子西南角,半边遮着院子,半边枝叶伸到院墙外了。这样的树是不好修剪的,也不需修剪——树大自然直。枝与枝,叶与叶,又多余哪一枝哪一叶呢?

海明只有把精力用在院子里的花草上了。

靠门两边有四株月季,四株月季四种颜色,红的,黄的,粉的,白的。月季花应是月月开,其实不然。四株月季刚开了头季,有的花朵败了,有的还在挣扎着,只有那株白月季正在盛开。白色花朵像是在牛奶里浸过一样,鲜润、光艳。开败的花枝要剪去后,才能发出新芽,新芽成枝后再开出新花。

两株匍匐在地上的藤蔓,一株是木香,一株是芸香。也是移栽来的,在根部的两个精致带釉花瓷盆还在。藤蔓长势很旺,蔓上缀着一簇簇细碎的白花。

浓香扑鼻，久了，会醉人的。两株花需要架起来才好。

靠近窗边还有一棵栀子花。

栀子花与其他花不同，是一丛或是一簇。枝枝叶叶簇拥一团，花朵是玉立的，站在枝头之上，洁白、耀眼。花香是淡的，一丝一缕，浸入心肺，有醒脑提神的作用。栀子花没有多余的枝叶，每个枝头都顶着花，剪掉一枝就可惜了。

海明看完了树和花，心里就有些恍惚。海明是读过些书的人，不觉间他就有些不知身在何处了。

忽然间，一只猫走了过来，向他伸了个懒腰，又"喵喵"地叫了两声。海明弯下腰想去逗猫，猫却"哇"地叫了一声跑了。

猫跑到那棵老树下，一蹿就上了树，从树上又跳到院墙上。猫站在院墙上，两眼眯离着，盯着海明看。

海明走到树下，向树上望了望，他从工具包中取来砍刀，也像猫一样爬上了树。海明选了几个树枝，准备砍下给木香、芸香搭一个架子。极香的花是需要架子的。

等海明从树上下来，那只猫在院墙上还没有走，懒洋洋地趴在树荫下看着海明。海明抹了把脸上的汗，朝猫扬了扬手，呵斥一声："去——！"

猫站了起来，弓着身子朝海明"喵喵"地叫唤。

海明烦了，拿起树枝去赶猫，猫在墙上一躲一闪，就是不走。海明突然"汪汪"叫了几声。猫是怕狗的，猫狗犯相。

听到狗叫，那猫一跳就不见了。

猫跑了，房门却被惊开了。

海明一抬头，吓了一跳。一个年龄和他相仿的女孩站在门前，正盯着他看。海明怔了。女孩细高挑的个头，穿着天蓝色连衣裙，扎着马尾辫，怀里还抱着一本书。女孩有些惊讶，还有点惶恐。

女孩问："你是谁？"

海明醒了，也问："你是谁"

女孩说："这是我家。"

海明说："你家？"

女孩说:"我家。"

海明说:"是你家,我怎么没见过?"

女孩又问:"你是谁?"

海明迟疑了一下,说:"我是被雇来修剪花草的。"

女孩笑了。阳光照在女孩的脸上,很灿烂。女孩歪着头问:"你是园艺师?"

"我是做苦力的。"海明低下头说。

"我看不像。"女孩朝前走了两步,又说,"是勤工俭学吗?"

海明的身上像是被针扎了一下,说:"我是打工的。"

"噢",女孩轻轻地叹了口气,"是个打工的。"女孩向后退缩了两步。

海明心一紧,有些恼,说:"是给地主老财和资本家打工的!"

女孩扑哧一笑:"我不是地主老财,也不是资本家,我爷爷过去是资本家。"

海明朝女孩瞅了眼,说:"那你也是'黑五类'。"

"什么是'黑五类'?"女孩好奇地问。

"你这样的人就是'黑五类'。"

"那你是什么人呢?"

"我是无产阶级。"

女孩又向前迈了两步,海明都闻到她身上的香味了,海明有些窘,向后趔了两步。女孩伸出一只胳膊,用食指点了点海明,认真地问:"那你读过《共产党宣言》吗?"

海明迷惑了,嗫嚅说:"没读过。"转而又问,"我读它做什么?"

"那你读过什么书?"

海明"哼"了一声,说:"那你读过什么书?"

女孩将手中的书朝海明扬了扬,问:"你看过吗?"

海明没有看清书名,只看到是一本发黄的旧书,便问:"什么书?"

女孩说:"《简·爱》,勃朗特写的。"

海明说:"读过。"

女孩说:"不信。"

海明说:"爱信不信。"

女孩说:"那你说说书中写了什么!"

海明乜了女孩一眼,说:"我背一段给你听听吧。"

女孩抿嘴一笑,两腮上的酒窝浅浅的,样子很甜。说:"你要能背上一段,我就信你。"

海明仰头向天空望了一眼,天气真好,很净。海明又低头闭眼想了想,背诵道:"你以为我会无足轻重的留在这里吗?你以为我是一架没有感情的机器人吗?你以为我贫穷、低微、不美、渺小,我就没有灵魂,没有心吗?你想错了,我和你有一样的灵魂,一样充实的心。"

女孩点点头,说:"你不该打工,该去上大学。"

海明问:"那你呢?"

女孩说:"大学放假了,我想找个清静的地方看书,今早晨就来了这里。"

"噢。"海明不说话了。

女孩说:"我这里还有一本书借你看吧。"

海明问:"什么书?"

女孩说:"《复活》看过吗?"

海明说:"没看过。"

海明借了书,白天来院子里整理花草,晚上就读《复活》。书读完了,他却再也没有见到那个女孩。海明有些失落,还有些憧憬。海明领了工钱后,带着《复活》又到别处打工去了。

一晃,几十年过去了,海明回到这座城市买了房,安了家。

一天,海明站在自家别墅小院里,用手指点着,对请来的民工说:"这里,你栽一棵桃树,这里,你栽一棵石榴,那里、那里,你栽两株栀子花。"

又一天,院子里的栀子花开了,很白,清香满院,香是那种淡淡的香,沁人心肺。海明看着栀子花,想起许多年前那个院子,也想起了那个穿着连衣裙,扎着马尾辫,笑起来很好看的女孩。

海明在一刹那就决定,他要去再看看那个老式别墅院子和那个曾经借给他《复活》的女孩。

海明寻去了。

可是，那座老式别墅不见了，栀子花也没了。原址上已矗立起一座三十层的大厦。

原载《连云港文学》2016年10月上（总第301期）

豆蔻羞人

汤景扬 笔名景扬，江苏省作家协会会员。作品多见于《雨花》《朔方》《前卫文学》等刊物。已出版图书《筑梦情缘》《绿萝花开》。《大山深处有人家》获2015年"中华情"全国散文诗歌联赛"最佳散文奖"和特等奖；长篇小说《追光者》荣获第三届爱奇艺文学第三赛季三等奖及"最佳现实题材奖"。

长大之后，才发现曾经整个天空都是自己的。

即使那年烟雨蒙蒙，灰蓝色的粗糙水泥上镶嵌着青涩的水珠，经年之后，回过头来，把那滴水珠触碰到指尖上，晶莹夺目的光彩中仍然能窥见时光留下的笑脸。

岁月对我甚好，让我能在一个雨天，安静回忆那些年。

不记得是谁说过："作家是世界上最合法的说谎者。"我很认同，至少我可以理解成，我能恣意回忆当年，用笔写心事，而不必担心被人识破。离开青葱已久，我却还是这般小心翼翼，因为我在乎那段时光，在乎一个名叫林风的少年。

1999年前后，父母拼尽全力，在郊区举债盖起了一座两层半的小楼。盖起房子的第一年春节，在我们雀跃期待的心情中，我们很快发现，桌上只有一大锅白米饭。厨房里冷冷清清的，母亲端出来一碟被切得很细碎的萝卜干。母亲安慰我和弟弟，让我们赶紧吃，她下午就给我们炸"丸子"。很多年之后，我才知道，母亲实在是太心疼我们，下午去了舅舅家借钱，给我们买了很多萝卜回来，炸了没有半点肉星子的纯素丸子——"萝卜丸子"。

过完年，父母挑了个好日子准备乔迁。因为来县城的几年里，我们都是租住在胡家大院里。胡家人很是善良，胡家老爹是赶驴车的，不惧怕计划生育，仗着身强力壮，一口气生了三个孩子。两个姐姐和我年纪相当，最小的是个男孩子，那个年代里取名字很随意，我们喊三个孩子的乳名，全部按照排行来。比如"胡小大"，"胡小二"，"胡小三"。如今，三个孩子都已经成家生子，融入到世俗的烟火生活中，暂且不提。

那天搬家，父母没有钱请得动胡家老爹和他家的驴，所以借了他家的平板车。

父亲是书生，一辈子只拿过笔杆子，而那天搬家，是凌晨三点，天还没有亮，蓝蒙蒙的。父母两个人窸窸窣窣，把收拾好的行李和家什，合力搬到了平板车上。叫醒了我和弟弟，因为那年弟弟还小，所以被安排坐在平板车上，我和父母一起，推着平板车走。

刚出拱形的胡家院子门，父亲就小跑出去，放了一小串鞭炮。

虽然天气寒冷，天色并未大明，可我还是对父亲那发自内心的兴奋笑容印象犹深。就这样，我们终于从县城的东北方向，搬去了落在县城西南方向的新家。

年轻的父亲在前面拉着平板车，母亲和我在后面推着。

三个人合力，步行穿过整个县城。

中间路程中，有一座特别长的人民桥，有好几次，我父亲快拉不动了，可他还是勇敢执拗地将平板车前面的那根宽带子绑在自己瘦弱矮小的身上，我母亲恨不得替换下他。可她只能一个劲唤我："小景扬，你再用点劲，帮帮你爸爸！"

一段三四十里的路程，却足足用了我们五六个小时，一直到上午九点多，我们终于把板车拽到了新家的大门口。

这一年，我开始上中学，取下了红领巾，正式成长为豆蔻少女。

几个月后，母亲咬牙给我买了一辆自行车。我每天早晨五点多起床，吃完早餐，在六点半从家里出发，然后骑车半个小时到达县城东南方向的第四中学。途中还要经过那座县城主要的交通枢纽人民桥。我嫌自行车的车篮在前面不方便，自己倒腾着，把车篮换成了大号的，固定在车后座上。

从小到大，母亲从来不给我留长头发，几乎所有的同班同学大合影，我都是短头发，圆脸，半蹲在第一排。因为家里盖新房子的缘故，经济拮据，我也没有新衣服穿，升上中学后，我大部分都是套着那一套蓝白色条纹相间的运动服。

已经十一岁了，我还不懂得女孩子要穿胸罩，来保护已经发育的乳房。

那年夏天，窗外的爬山虎勤恳编织着绮丽的梦幻。我坐在教室里，埋头写作业。我穿着略透明纱质地制作的淡黄色娃娃领衬衫，这还是我最喜欢的一件衣服呢！想当然，我里面连吊带都没有穿。不顾忌自己已经若有若无的粉红凸起。一节课间休息，邻座的女同学突然对我说："哎，景扬，你怎么不让你妈妈买内衣啊？"

她那双乌黑清澈的眸子聚焦在我的胸前，指了指她自己的胸罩带子。

仿佛有神的指引一般，又仿佛我就是伊甸园里的夏娃，突然隐约知道了禁果的味道。当即，我就羞红了脸，明白自己"走光"了。

自此，还有两节课才能放学的时间里，成为我一生都难以忘记的煎熬时刻。

我也仿佛是那一刻，才知道自己是个女孩子，我有隐秘的骄傲要珍藏。

做中学生是很辛苦的差事。不管春夏秋天，我总是风雨无阻地赶往学校。

也是不论哪一天，在我家路口，那一杆昏黄的路灯下，总有一个高瘦的少年，有意无意地等在那里。

搬去新家的两三个月后，我就发现自己二楼房间正对着的那一片空地上，也盖起了一座新房子。小时候的冬天似乎特别漫长，特别寒冷，我家屋后有一条小溪流，结了很厚的冰，我在用功读书的时候，老是会听到楼下有男孩子们的高声尖叫或者大笑声。我忍不住探出头去，看到一个高高的男生，披着军大衣，正在冰面上用力踩踏。他大声嚷嚷着："弟弟们，你们快来，这里冰面最结实！"

立刻，几个小不点就迅速应声而去，占领了那一片。顿时间，一个个因为冰面太滑，摔得东倒西歪，龇牙咧嘴。我忍不住笑出了声。

男生猛然把头抬起来，他那双深邃的眸子，就像电一样，把我电愣了一下，我赶紧做了个鬼脸，就关上了窗户。

不记得具体哪一天开始，我上学的路口，便有一个男生在守候。

我将车篮子调整到了后面，隔了两天，我就发现这个男生也把他那辆帅气的单杠自行车改装了，车篮子也固定在了车的后座上。远远就看到他，他似乎并不是在等我，也并不看我，头也不回，静静支着腿站在路灯杆子下。我从他身边期期艾艾地踩着车子过去，耳边听见他车子上的链条嘎拉着的声音。很快，我知道，他就跟在了我的身后。

我在初一三班，他在初一一班。我们因为中间隔了一个班级，所以，车棚的停车区并不在一起，可我发现，他总是有意无意停在我车子的附近。

因为课间休息，我要去上厕所，两个小姐妹总是搭伴。我经常发现自己在走过他们班级的时候，听到一群男生起哄的声音，偶尔头抬起来，还会看到他面红耳赤，低着头不敢看我的神态。我不知道这是什么样的情愫，只是觉得有趣，每天都有这样一个不知道姓名的男生跟在身边，这是一种全新的人生经历。

我记得很清楚，他爱穿一件黑蓝色的登山服，总搭配一条牛仔裤，一双暗色系的篮球鞋。每次全年级活动的时候，即使每个人都穿着同样的校服，在操场上，我无意中回头，芸芸人海中，我却总能对上他偷看我的目光。一瞬即逝，似乎他从来没有看过我。

我不知道这算不算他的暗恋，我也不懂他后来还为我做过哪些事，有没有在同样一家书店里，会和我一起买同样一本书？有没有因为发现我喜欢吃某一种小吃，而自己偷偷去买过？有没有在每天的等待中，感到自己很幸福？

上中学后，需要上晚自习了，晚上九点多放学。他也总是在我身后跟着，就像是达成了一种默契。有几次，我没有看到他，还觉得很落寞。

我们回家的那条小路上，路灯总是不亮，昏暗中，我习惯了等待那熟悉的车子链条嘎拉的声音。每一次听到，我就莫名的安心。

如果他放学比我先到家里，他也会把车子停好，站在家门口，看着我过去，才走进家。

我回到家放下书包，在自己二楼的房间里，书桌就在临窗处，我打开台灯。等到十点多钟，作业做完了，我就洗漱睡觉。

年复一年，日复一日。

春去秋来。

我和林风从没有说过一句话。

但是辗转中，我打听到了他的名字，还看到他热衷参加篮球比赛。女生中好多人暗恋他，说某班的林风好帅。我每次听到都很得意，心里充满了甜蜜。

初三刚开始，我看着他迅速窜高，已经越来越有吸引力。后来使我们之间这样的平静被打破，是因为发生了一件事。

那天晚上，提前写完了作业，我关上了房间的灯，习惯性地看一眼楼下。他的房间和我房间正好在一条线上，这几年，他总是和我一起关灯。过了一会儿，我忽然升起了调皮的心思，我对自己说："景扬，如果林风真的喜欢你，那就看看他是不是在想你！"

于是，我把灯再次打开。然后从窗帘缝里，往外看去。

不到两分钟，他的房间忽然亮起了灯。

我开始心神荡漾，掩着嘴偷偷地笑，继续对自己说："快，再试试，看他有什么回应。"

于是，我把灯再次关上。然后继续从窗帘缝里，往外看去。

果然，他房间的灯也熄灭了。

那一刻，我的心都已经在颤抖了，我忽然不由自主地再次打开了灯，并且拉开了窗帘，站在窗户的玻璃处往外看去。

果不其然，林风也再次打开了灯。我在灯的光影中，看到他高高瘦瘦的身影同样伫立在窗前。

我终于相信那些少女言情里描写的心动，因为青涩的爱情，两个人的心达到了前所未有的共鸣是真实存在的。

或许，还是因为好奇心太强烈了吧。

那天之后，我就决定给他写封信。其实，也就是一张纸条。我撕了很多张，最后终于写了一句，自己觉得挺满意的话。

"你有没有数学模拟试题库？有的话，借给我看一下，希望我们做个好朋友。"

我在周末的下午逮到了他的亲弟弟，让他弟弟转交给他。

然后我就在忐忑不安中等待了好几天。

他弟弟总算告诉我，林风回信给我了，放在我家门口的砖头底下。我心剧烈跳动，做小偷一样，等到四下无人了，才翻开砖头堆，果然底下有一本习题，中间夹着一张纸条。

"好的，我很高兴和你做好朋友。林风。"

他字如其人，写得非常清俊。

又隔了几天，我正在吃午饭，忽然大门被敲响，他的妈妈和弟弟一起走了进来。他的妈妈脸色很不好看，看了我一眼之后，就示意我母亲出来。两个人不知道谈了些什么，接着我妈妈就跟我说："小景扬，你把林风的题库还回去，不要影响他的学习。"

当即我恨不得把头钻到地缝里去，我想，林风妈妈一定很不喜欢我吧！所以，我自始至终不敢再抬起头来看她。

从此，我再也没有在路灯处看到林风。

我再也没有在路上遇到林风。

在学校里，也轻易看不到林风。

他就像是刻意从我的世界里消失一般。

两个人这些年的关灯默契，也因为我们中间的那条小溪流被填起来，盖起了新楼房而阻隔了。我再也不能从窗户那里眺望见他家的院子。

我母亲也因为心疼我上学太远，在初三那年，临时把我转学到了离家很近的第三中学。

随着时间的推移，我们渐渐长大。

后来，我们都升上了同一所高中，我还隐约记得他在我隔壁班，高一十七班。还记得他还是那么喜欢打篮球。有一次，我们两个班级打比赛，所有女生都跑去操场，为男生们助威，我躲在教室里，翻看小说。

高三那年，终于在有一天放学后，我再次遇到了他。刚想鼓起勇气，和他打个招呼。我的闺蜜跑过来大声喊道："景扬，听说你暗恋的青梅竹马回来啦！你等他那么多年了，可算给你盼来了！"

林风一句不落地全部听到了耳朵里。

....

青春,最美的瞬间,是初次发现了什么是男女之间的喜欢。

我忽然怀念那一年郁郁葱葱的爬山虎,爬的满墙都是,把整个教室都遮盖了。整个夏天好清凉。我同学中有好多身影,他们或瘦,或胖,或呆,或傻。有男生之间打架的画面,有女生之间会手拉着手,一起说悄悄话。

我忽然怀念少年不识愁滋味的暗情愫,怀念我和林风之间从未开始过的暗恋。怀念那几年里,父亲、母亲因为要还债,我们全家一起努力省钱。母亲舍不得买衣服,可过年的前后,她总要拉上我和弟弟两个孩子,去街上逛一逛。给我们一起买新棉袄,新鞋子。还带我们出去短途旅行,偶尔会在郊区的田地里拍几张土气的合影,我的脸冻成了紫茄子。

我怀念那些年县城唯一的小街——小西湖,那里熙熙攘攘,人声鼎沸。我对妈妈说:"我想买女人穿的内衣。"

我怀念当年的班花,穿着一袭白裙子,小巧玲珑的身子,想要把黑板擦得更干净,于是跳起来,我忽然就看见了她的裙摆上有一片刺眼的干涸血印。她在我惊吓的表情中不知所以,擦完黑板,转过身来,巧笑嫣然问我:"景扬,我才八十多斤的体重,你呢?我可是听男生们说你才是班花……"

也曾回去过,在老房子里转上一转。那根路灯的杆子还在,粗糙的水泥柱子上,贴满了小广告。

我不敢久留,只是用手轻轻地抚触一下。

傍晚,不知哪里来的水珠,滑到了我的手上。

里面折射着时间的力量。

原载《朔方》2017年第8期

跟 踪

解永红 江苏省作家协会会员，连云港市作家协会副秘书长，连云港市文艺评论家协会理事。文学编辑。主要从事小说、散文创作，作品散见于各类报纸杂志。

买好票，远远地跟着母亲过了安检，苏伶径直去了卫生间。候车室里虽说人多，但也保不定母亲不会因无聊东张西望而发现自己，为防万一，还是卫生间更保险些。放下马桶盖，又铺上几张纸巾，坐上去甚至比候车厅硬邦邦的座椅还要舒服些。

一

苏伶读高二，在母亲打工所在的南方小城的一所职业高中里。母亲上班是早中晚三班倒，无暇照顾苏伶，所以干脆让她住在学校的学生宿舍里，周末回家两天。那一天恰巧赶上会考，作为考点之一，学校临时调休让学生回家。苏伶回到离学校不远的出租屋时，母亲并不在家，也许还没下班——她边想边拿出钥匙开门。进门是一张简易小餐桌，拎起防灰尘蝇虫的塑料罩子，一只青花碗在筷子的陪伴下静静地立在白瓷盘里。苏伶颇为失望，放下罩子往里间走。所谓里间，就是用两个简易衣橱把一间房隔成两个区域，外面靠门的地方用来吃饭待客，里面放一张床，床的对面叠着几个整理箱和一张学生课桌，桌子上是一台款式老旧的 21 寸电视。搜了一圈，没找到任何可以打牙祭的东西。苏伶用耳机把耳朵塞上，然后重重地把自己扔到床上，闭着眼睛任流淌的音乐漫过自己。

睁开眼睛时屋子里一片漆黑，摸起手机看看时间，已经晚上十点了，母亲还没回来。苏伶一骨碌坐了起来，给母亲打电话。

"妈，你在哪里啊？"

"在家呢，你下课了吗？"

"这周有大考要用考场，学校放假让我们回家，我下午就到家了你也不在家，你现在在什么地方呀？"

"啊？"母亲顿了一下，"我今天上晚班，五点半点就到厂里了，小伶啊，明天你陈阿姨有事，又跟我调了一个早班，我明早还要接着上，就不回家了，你自己做点饭吃啊。我现在正忙，没时间说太多，就这样，挂了啊。"

听着"嘟嘟嘟"的忙音，苏伶无奈地放下电话。母亲总是这样，无论打电话还是接电话，从来不管人家要说什么，自己把话说完就完了，干脆利落地挂掉电话，好像多等一秒都是浪费她的如金光阴。

肚子饿得咕咕叫，这个点超市都打烊了，还是睡觉吧，一睡解千愁，何况小小的饥饿！

再次睁眼，已是日上三竿，得赶紧起床去抚慰一下委屈了一夜的胃。苏伶买了两份早点，一边吃一边往母亲上班的厂子走去，袋子明了苏伶雀跃的心情般，在晨风中哗哗作响。母亲累了一夜，早上又要连轴转，肯定没时间出来吃早点。找到车间，四处张望了一下，并没有看见母亲的身影。要跟母亲调班的陈阿姨在专注地看着机器，苏伶上前："阿姨，我妈呢，她不是跟你调班的吗？"

"哦……你妈说她要去敬老院帮人洗衣服，我又回来了。"

"那我找找她去，阿姨再见！"

一路小跑出了厂子，苏伶不知道要往哪里走。她记得有一次小姨来照顾她时说过，因为父亲出国打工长期不回家，家里生活拮据，母亲便在敬老院做兼职补贴家用。当她问小姨是哪家敬老院时，小姨漫不经心地说她只要念好自己的书就行，其他的事情不用管。原本也只是随口一问，并未放在心上。直到去年寒假结束，她拎着大包小包从爷爷奶奶家回来，家里厂里都不见母亲，想起小姨说的敬老院兼职的事，跑遍了附近仅有的三家敬老院，然而一打听起来都说没来过兼职的人。

左思右想，还是先回家再说。急慌慌走到家，门是锁着的，打开，屋里还是自己出门前的模样。隔壁的邻居刚搬来不久，苏伶不愿意拿自家的事向他们打听，何况问了也未必知道！拿出电话打给母亲，听筒里反复唱着"今天是个好日子，吉祥的事儿都能成……"，就是听不到母亲的声音，再拨，还是如此……

二

自从八年前因为给弟弟治病欠下一大笔债务之后，父亲就出国打工了，父亲出国不久，母亲把苏伶和弟弟留在家里给爷爷奶奶照看，也离乡背井地独自到南方来打工。直到去年，苏伶初中毕业，没能考上高中，母亲不放心她赋闲在家，打工年龄又不够，于是把她接到身边，在南方的小城里找所职业高中让她读着。好在费用不多，又有参加高考的机会，退一步讲，即使考不上大学，也能学点技术，比在社会上散混不知强多少倍。

一年多来，苏伶上学，母亲上班，如果母亲上白班的话会打电话让苏伶晚上回家吃饭。母女俩就这样按部就班地在南方小城里过着相依为命而又略显疏离的生活。打工的母亲是个内向到近乎沉闷的人，没有交际没有爱好，除了厂里的工友外基本不与人打交道，连时下流行得轰轰烈烈的广场舞都没能引起她的兴致。可现在，母亲到底去哪里了呢？联系不上母亲，独自在家连个说话的人都没有，既无聊又忐忑不安，一时之间苏伶有种举目无亲的凄惶，隐隐有想哭的冲动。

发了一会儿呆，苏伶决定先回学校，走到路口，远远地看见公交站台上一个熟悉的身影——不是母亲是谁？！一时由悲转喜，把手拢到嘴边，刚要喊，转而想起小姨的含糊其辞、母亲的支支吾吾。苏伶下意识地觉得母亲并未对她讲真话，一时打消了喊住母亲的念头。不如悄悄跟着母亲，看看她究竟要去哪里。

十岁之后，苏伶就再也没有跟父亲母亲亲近过。从十岁到十七岁，漫长的七年，由最初想他们想得每晚躲在黑暗里哭泣，到后来慢慢习惯，终于慢慢淡漠。在她成长的最重要的时期里，父亲与母亲的位置几乎是空白的，这种位置的空白投射在心理上就形成了情感的真空地带，仿佛一条大裂谷纵贯于她十七年的生命里。

到母亲身边后，她既渴望跨越这条裂谷与母亲亲近，却又彷徨无助，不知该如何是好。虽然跟母亲一起生活了近两年，但实际相处时间加起来也不过半年。有时候她想与母亲聊聊父亲，聊聊母亲所知的父亲在国外的生活，试图借助这个他们共同的最亲密的人来拉近一些彼此的距离，但是无论她怎么努力，母亲的思维都永远停留在八年前，停留在弟弟生病以前，父亲出国以前的时光里。偶尔不可避免地聊起近况，也总是被她轻而易举地岔开话题，顾左右而言他。几次三番之后，苏伶渐渐意识到母亲在刻意地回避，这回避也许是不愿意提起父亲，也许是不愿意和她有什么共同话题。但母亲越是回避，苏伶越是好奇，有时候看新闻、看电视里中国的务工人员在非洲支援非洲建设的场面，苏伶会下意识地寻找父亲的身影——也许此刻父亲正在架桥，也许在屏幕里铁路工地上挥汗如雨，也许正小心翼翼地站在某栋高楼的脚手架上……

苏伶慢慢失去与母亲亲近的欲望，不再提起父亲，不再主动寻找话题，甚至尽量避免与母亲交流。她们就这样奇怪地相处着，相依为命却又陌生而疏离。似乎达成了某种平衡，某种默契。可是今天的这个意外的插曲，突然打破了这一贯的平衡，使得苏伶在迷惑不解之余，燃起了对母亲这几年来的生活的好奇，也激起了她强烈的窥探之欲。

三

苏伶跟随母亲在长途汽车站下了公交车，跟着母亲径直走进售票厅。排队的时候苏伶没敢跟母亲排得太近，中间隔着几个人，竖着耳朵听母亲报出车次和终点站名，然后迅速到自动售票机上买好票。

"九点十分开往城阳的客车开始检票了，请各位旅客到第二检票口检票上车。"广播里传来检票员清脆的声音，苏伶站起来把纸巾揉成团扔到垃圾桶里，戴上口罩走出卫生间。检票口正排着长队，母亲专注地随着队伍向前挪动，她似乎感受到了背后的注视，回头朝身后扫视了一圈，苏伶赶紧背过身去，好在母亲的目光并没有在任何地方停留，快速扫描之后就忙着检票上车了。

苏伶上车的时候，母亲正忙着朝座位上方的行李架上塞她的无纺布手提袋，她的座位在苏伶座位的正前方，中间隔着三四排。苏伶坐定，长长地松了口气。

车子缓缓驶出车站，向车窗外望去，路旁高大翁郁的香樟树以百米加速度向后奔去。母亲这么长途跋涉，显然不是去敬老院那么简单。如果不是，那么她又是要到哪里呢？苏伶闭上眼睛，试图让纷繁杂乱的心平静下来。

她看见在一个大雪初霁的早晨，父亲把她扛在脖子上，一脚深一脚浅地踩着白砂糖一样的地面，带着她去离家一千米远的小商店里买棒棒糖。冬日早晨的阳光把他们的影子拽得很长很长的，年轻的父亲好高大好俊朗啊，坐在他的脖子上，好像坐在一座移动着的山顶上一样。尽管父亲用有力的双手紧紧地攥住了她的腿，但她必须用手紧紧地勒着父亲的下巴才行，否则从那么高的地方摔下来，可真不是闹着玩的。走到村头的小河边时，忽然，父亲脚下一滑，接着一个趔趄，径直向前摔去，苏伶顿觉头晕目眩，即将落入万丈深渊，慌乱中试图用手紧紧地抓着父亲的衣服，却一把把衣服扯坏了，她想喊救命，然而一个字也喊不出来，只能眼睁睁地看着自己往下坠、往下坠……

"到服务区了，下车休息十五分钟，都下车了，都下车了啊……"苏伶打了个激灵，睁开眼睛，是场梦。安全带被攥在手心的地方显现出被冷汗打湿的痕迹。抬头看看前面，母亲已经下车了。

"我头疼，不太舒服，可以不下车，就在车上休息一会儿吗？"

"好吧，那你别乱动，前面可是有摄像头的。"乘务员带着明显的不信任叮嘱道。

"嗯，放心吧，我就待在座位上。"

乘务员揣着苏伶的保证下车了，而苏伶却还沉浸在刚才的梦里。梦里的父亲就是她小时候的父亲，小时候的父亲就是梦里的父亲——高大、挺拔、温情。

他们本是其乐融融，幸福美满的四口之家，父亲开朗，母亲柔顺，苏伶和弟弟活泼可爱，一家人日出而作，日落而息。谁料平地起惊雷、晴空传霹雳，八年前，四岁的弟弟在一次持续高烧不退之后，被确诊患有脑膜炎，从镇卫生院到县医院、从县医院到市医院，住院费一天催一次，钱像开了闸的流水一样往医院淌，家里微薄的积蓄很快花完，借了叔叔伯伯、借了舅舅小姨、借了乡亲邻里……面对医院接二连三的账单无不是杯水车薪。母亲的眼泪，父亲的叹息，统统换不来医药费。就在他们一筹莫展之际，不知怎么就来了媒体记者，然后来了爱心人士的捐款，再然后，在弟弟还没痊愈出院的时候，父亲却出国打工了。

父亲，那个对她宠不够、爱不够的父亲，究竟在哪里打工的呢？外国真的有那么远吗？远到七八年了，都不能回来团聚一下吗？

……

正午的阳光透过车窗的玻璃，大大咧咧地洒在身上，烤得人脸上直冒火苗，硬生生地逼着皮肤将这寒气逼人的初冬指为阳春。苏伶用力摇了摇头，仿佛这样一摇，就能把这滚烫的阳光摆脱掉，把那些杂乱无章的思绪给干净利落地甩掉。

车子缓缓进站了，母亲慢慢站起来，伸手到上面的行李架上去拿她的手提袋。苏伶赶紧把头抵在前排座椅的后背上，再次抬起头时，车已经停稳了。

下车，跟随母亲。

出了车站，母亲轻车熟路地走向公交车站台，待母亲站定了，苏伶才裹在赶车的人群中走过到站台的角落里。母亲专注地等着车，不时伸头向左边张望。来了一辆，母亲没动弹；又来了一辆，还是没动弹；再来一辆，依然不是……母亲依旧专注地等着，依旧不时地张望。

一辆脱了漆的蓝色公交车慢悠悠地晃了过来，车身上穿着艾莱依羽绒服的美女脸上被划了一条长长的口子，伤口一直拖到肩膀上，白色的羽绒服斑驳陆离，好似菜市场里一块被踩踏过的白菜帮子。母亲抖擞着精神，在推推搡搡中上了车。苏伶混在挤挤挨挨的人群里，偷眼去寻找母亲，母亲站在车后门的立柱旁边，神情一如既往地专注，专注地看着车窗外。窗外的高楼慢慢后退，直到完全退出了视野，田野涌进来了，麦苗涌进来了，扛着农具的农人也涌进来了。

苏伶来不及疑惑，公交车已经驶入了一个小镇——到终点站了。

下车，跟随母亲。

母亲径直走向一辆红色三轮摩托车，跟开车的人三言两语后，又上了车。苏伶赶紧跳上另外一辆车，来不及讨价还价："师傅，麻烦你跟上前面那辆车。"师傅"噗"地一下发动了车子，于是两辆车一前一后奔跑在乡间的公路上。路旁的杨树已经叶落归根，在冬日午后的阳光下显得分外清冷与萧条。走了大约二十分钟，车子突然颠簸起来，苏伶伸头往车棚外打量一遭，车子已经走上了一条山间土路，黄色山土铺就的路面，不时有不甘屈服的石头倔强地仰起头来，硌得三轮摩托车一蹦一跳，仿佛被烫了脚。又行驶了约半小时，车子突然停下来，师傅转头说："姑娘，到了。"苏伶不敢立刻下车，透过车棚前面开的方形小窗，看见母亲站在一扇大铁门前面，却是不敲门也不动，就那样定定地看着大门。

"师傅，这就到了呀？"苏伶强作镇定地问。

"姑娘你不是来探监的吗？"

"啊……我……嗯……"

苏伶毫无思想准备，只觉头脑"嗡"的一下，支支吾吾地应付着三轮车司机。正准备掏钱付车费时，只听"吱"一声，抬眼一看，大门开了。

母亲依然不动，依然定定地站着……

原载《翠苑》2019年第2期

猫 脸

陈　武　江苏东海人，曾在《十月》《作家》《钟山》《花城》《当代》《芙蓉》《中国作家》《人民文学》等杂志发表文学作品，多篇小说被《小说选刊》《小说月报》《中篇小说选刊》《中华文学选刊》《作品与争鸣》《北京文学·中篇小说月报》等选载，出版各类文集30余种。获第二届、第六届紫金山文学奖，获第一届、第二届花果山文学奖，获首届花果山文化奖。中国作家协会会员。一级作家。

　　她学着猫叫，就像你在深夜里听到的那种猫叫声一样，根本停不下来。她把声音憋在喉咙的深处，节奏均匀，气息平稳，让声音贴着口腔缓缓而出，每叫一声之后，都拖带一种悠长而好听的尾音，深情，婉转，余音不绝。

　　"喵……"

　　夜色已经很浓了。清明时节过后的四月中旬，春风十里的晴朗之夜，处处弥漫着花粉香和新鲜树叶、草芽的气息，我在"非中心"的便道上已经跑到第三圈了。"非中心"是一个庞大的商务区，数得上名号的公司有几百家。沿着围栏内侧的，是一圈平整而干净的柏油路，路两边是各种茂盛的植物，还有高大的道旁树。透过道旁树和修剪出不同形状的四季常青的观赏花木，能看到一幢幢钢架结构的写字楼。写字楼大都在四五层左右，每幢都有不同的造型。在楼与楼之间，也有绿地、花圃和便道相连。毫不夸张地说，这里的环境之美，堪比一座精心修整的公园，而且比公园更适合跑步。因为"非中心"就在我们小区的边上，隔着一条马路就可以过来。每到晚上，当各幢商务楼里的灯光渐渐熄灭后，"非中心"也随之安静了。我晚上下班回来，已经八点半左右了，再简单吃点东西，九点半时，就会来夜跑，每次五圈或六圈。我算过了，每一圈大约在十三分钟，五六圈下来，要占用一个多小时。可能是我夜跑时间太晚，在我记忆中，并未遇到夜跑的同好，也未遇到遛狗、逗猫的宠物爱好者，突然间出现一个嗓音如此娇欢女人，让我在惊异之余，心生某种期待？期待什么呢？期待能看清她的面目？期待她能知道我在跑步？期待我们能搭讪并相识？在深夜十点多钟，一个陌生的女人在无人居住的商务办公区找猫（学猫叫），这实在是一件诡异的事。是她家的猫丢了吗？还是她发现了一只可爱的流浪猫？想收养它？你知道，这个商务区里有不少流浪猫，它们经常出没于各个灯影暗淡处或两幢楼之间的阴影里，我不止一次地看到过它们，有时一个夜晚能看到多只不同的猫。在我不太有心的记忆中，至少看到过白猫、黄猫、灰猫、狸猫、黑猫和花猫，这些猫可能流浪时间太长了，生存能力很强，对人也比较友好，每次和我不期而遇时，并没有惧怕感或立即逃逸躲开，如果我也像那个女人那样，停下来唤它两声，就有可能跟我回家了。

女人唤猫声在我身后渐渐微弱下来，直到听不见了。但，吹过城市的微风中，似有若无的，还仿佛飘荡着她的声音，变得越来越急切的声音。我心里动了下，替她着急，突然加快跑步的频率——我想赶快绕过一圈，跑到她寻猫的地方，看她的猫找到了没有。如果她不介意，我可以和她一起找猫。从她唤猫的声音来判断，她年龄应该不大吧，我心理上的预期，她可能在三十岁左右，或三十五岁左右。这样的年龄，在深夜里和一只猫联系在一起，不能不让人有一探究竟的好奇心。

我跑过了南门。南门是一个封闭的门，从未见它打开过。又跑过东门。东门有两个保安在玻璃房子中值守，每次都看到他们在打瞌睡。东门一过，我开始在风中寻找那种独特的唤猫声了。东门离唤猫女人就该不远了。我跑步的频率不断加快，经过那棵巨大的枫杨树下，拐过弯，如果她还在，不要说她的声音能听见，甚至能看到她躬身曲背的身影了。但是，风中并没有她的声音，那种特有的唤猫声，没有再出现。我抬头向前方看去，前方依然幽静而深邃，明明暗暗的路灯和沿铁栅栏里侧的地灯，照射出的不同的光影，像一条迷幻的隧道，在隧道中，隐约看到一个影子在向我跑来，是她吗？我不觉放缓了脚步，注意着对方。在渐渐跑近时，我看到这是一个穿浅灰色运动衣和白色跑鞋的女孩，她身材高挑，步伐轻盈，扎着马尾辫，奔跑时，马尾辫在脑后欢快地跳跃。这又是一个新情况——首先可以确定，她不是唤猫女人，其次，她是自去年入冬以来我开始夜跑后，第一个出现在"非中心"跑道上的同行者。

那么，她和唤猫女有无联系呢？

幸好那个唤猫女还在。不过已经不是刚才的唤猫声了，而是换了一种声音，一种家常的"喵喵"声，"喵喵，喵喵……"声音不大，仿佛那只躲在绿化带里的猫，就在她眼前，已经向她靠近，伸手就可摸到，而又胆怯、犹疑地不敢靠近，所以，她的呼唤是亲切的，友好的，略带哄骗的。

我由慢跑，变成了快走，在离她越来越近时，由快走，变成了漫步。这次我看清她的衣装了，没错，她确实穿一条长裙，烟灰色的，外罩一件白色的细毛线外套，看起来洋气而不花哨。

我站了会儿，其实不过两秒或三秒，便从路牙石上跨过，走到草坪上，凝视她饱满的屁股（因为最引人注目），轻咳一声后，说："猫咪丢了吗？"

她身体静止了。她一定是听到我的声音了。静止，是在思考要不要搭理我吗？也是两秒或三秒的样子，她直起了腰，掠一下短发，掠发的手还停在耳朵和肩的中间。她没有立即转身，继续背对着我。她身上被枝叶打碎的灯影所笼罩。由于她处在两盏路灯的交汇处，加上地灯射出的橘黄色的光，还有远处写字楼门厅里的那盏白炽灯，三种不同的光束，从不同的距离洒落到她身上，使她身上的各种暗影特别的支离破碎，丰满的人体也变得魔幻起来，像极了一幅艺术品。她侧了侧身，并未转过来，说："是呀，猫丢了……你怎么知道？"

她的反问有点莫名其妙，嘴里不停地发出唤猫声，当我没听见？

"我听到你在唤猫——是你家的猫咪吗？"

她没再说话，而是转过身来。

当她的面目正面出现时，吓了我一大跳，她瞬间变成了一只大猫。她当然不是猫了，她不过是生了一张猫脸而已。她脸是圆的，眼睛是圆的，嘴是圆的，更搞笑的是，猫鼻子特征更为明显，加上枝叶割碎的光影投射到脸上，像极了猫的胡须，如果不是事先确定她是一个身材适中、略微丰盈的女人，我一定会把她误认为猫怪。我吓得往后跳了一步，差点闪了老腰。还好，我不过是腿一软，恢复了常态，我不知道我在灯光、夜色和暗影的作用下会是什么样子，也会吓她一跳吗？没错，她正满脸惊悚地盯着我，眼睛里有两道冷冷的光。我很快适应了她的猫脸的神态，向她报以友好（实质是讨好中带有抱歉的意思）的一笑。

"猫咪？谁是猫咪？"她口气和她表情一样的生硬、冷漠，同时，一张猫脸也渐渐进化成了人脸。

我感觉到她话里的不友好，对我的搭讪心怀敌意。既然这样，我便不再想搭理她了。我后退一步，退回到路上。在这个过程中，我继续微笑着，还略略地点一下头，算我对她表示的歉意吧。如果她这时候转变态度，我甚至可以继续和她说点什么，就是帮她找猫，也是有可能的。但她的目光始终是拒绝的、厌烦的，我便摆开架势，继续跑步了。

隔天，在相同的时间，我再次跑上"非中心"的便道，第一个想到的，就是会不会再遇上那个长相酷似猫的寻猫女人？她那么小心，那么戒备，那么敌意。她可能是太爱猫了，和猫朝夕相处、耳鬓厮磨可能也太久了，不然何以连长相都像猫呢？难道真的物以类聚吗？她转过身、呈现出脸部神态的时候，感觉她就是猫咪，高冷的猫咪。她的猫找到了吗？她有没有找到或继续在寻找猫咪？这和我又有何干呢？好吧，不想她了，她就是在原来的地点出现了，我也不会再搭理她了。而有可能，她不会在了。昨天我夜跑的最后一圈，在途经她唤猫的路段时，她就不在了——有可能被我吓着了，也有可能没有找到猫而泄气了——我是停下来，观察了那一带的地形，发现她寻猫的地方，正巧是两个树种（绿化带）的交接处，即红花继木和小叶黄杨的连接段，道旁还有一棵较大的悬铃木，我们通常叫它梧桐，或法桐。我在梧桐树下站了站，想想那道缝隙里，可能有过一只出没的猫，又继续跑下去了。

果然如我所料，她不在梧桐树下，这是显而易见的——你总不能期望一个不相干的人在某地干同样一件和自己不相干的事吧？可是，既然不相干，在发现她不在现场时，为什么突然释然中又略有遗憾呢？为什么又仿佛一件事情没有得到完美的解决呢？可见整个一天，我都在惦记着她，在那样一个时间段里,在那样一个夜风送爽、花香四溢的灯影里,一个怪异、诡谲且算不上漂亮的女人,在为她的一只猫而苦恼、纠结,一定有着某种特别的因缘。但当我再次从梧桐树下跑过并张望一眼两种绿叶乔木的交接处时,好奇心再次萌发,何不过去看看?虽然昨天的现场不可复制,虽然也许并无可看之处,我还是禁不住刹了车,启动倒挡,踮着脚后跟,向后快速退了几步,观察了一下,确实,那儿什么都没有,没有人,也没有猫。没有就没有了,鬼使神差地,我又继续向那里靠了靠,从红花继木和小叶黄杨的交汇处,也就是昨夜唤猫女孩弯腰站立的地方(那儿有一条一拃宽的缝,如果侧身,可以走过去),向里望望——这不过是一种下意识的行为,也许只是想看看女人要寻找的猫,会不会突然冒出来。我不是时常会发现猫们有这样的行径嘛,它们会轻灵地出现在某个路段、拐角、树杈或造型各异的暗影里,从容地散步或停下来打量你几眼,很少有慌张地跑过的时候。但我知道,猫们天生有种狡诈和刁蛮的习性,智商超高,诡谲怪异,和主人在一起时,会装出温顺、可爱的一面,而本性中的冷漠是改变不了的,所以,我们目睹的猫们,都是一种假象。昨天夜里,唤猫女没有找到它,今天它能出现吗?

"喵——喵——"我也唤它两声。

并没有猫来回应。

但,也没有让我失望,我看到用来吃饭的猫碗了,带深蓝色花纹的瓷碗,不是一只,是两只,一只里有少许的猫粮,另一只里是半碗清水。我瞬间明白了,那女孩是来投食的,投猫食。她应该是个动物保护者,对流浪猫有着特别的感情。她昨天对我的态度,可能是以为我要搞什么破坏,就是偷猎流浪猫也有可能。现在我不怪她了,我心情好极了。我看了看四周,虽然没有发现猫的踪迹,感觉它们就躲在某一处地方,不是一只,是好几只,在它们饿了或渴了的时候,就会如在家般出来享受美食。它们不再受饥渴的折磨,而是享受到被关爱的温暖。我的心情也温暖起来,真的如沐春风了,再次跑上被灯影割裂的便道时,有一种惬意和幸福的感觉,仿佛是我得到了关爱。我还在想,也许在商务区的别处,在许多个角落里,或观赏石后边,还有多处这样的猫粮投放点。这些流浪猫们,如果不是行走在享受美食的路上,就是享受完美食后走在回家的路上,呵,那该是怎样的和谐世界啊。

就这样，我跑了一圈，又跑了一圈，当我跑了第四圈时，我无意间瞥一眼梧桐树下红花继木和小叶黄杨交汇处的豁口，惊讶地发现两只闪闪发亮的绿光在乔木丛里闪烁，虽然我已经跑过了七八步，还是想到了猫。没错，那应该是一双猫的眼睛，只有夜色中的猫眼，才会发出那样的光。是一只饥饿了的猫吗？如果它是来就餐，我退回去不是打扰它了吗？但我还是刹住车，轻抬轻放地向后退了几步——我想看看它。它有可能就是我刚才唤出来的，它熟悉我的声音，甚至以为是我给它投放的猫粮，对我会很友好。

"喵——"我冲着猫眼轻唤一声。

就在我躬腰猫身，以友好的姿势向它接近时，那双夜明珠般闪着绿光的猫眼突然从绿化带里飞蹿起来，一团巨大的张牙舞爪的黑影更突然地出现在我面前。我被吓得飞了起来，脚下像装了弹簧一样向后飞去，后背重重地撞到了梧桐树上。在飞翔中，我看清隔着绿化带的，不是猫，是一个人。她的衣服仿佛是一件宽袍大袖，灰黑的色调上画着的图案，和灯光照射的凌乱的枝叶投影十分相似。看来她是经过精心化妆的。没错，她确实是个女人，而且可以断定她就是昨天晚上唤猫的女人，虽然她戴着一顶黑色棒球帽，还戴着一副特别的可以反射出镭光的墨镜，但那猫样的脸型不会改变。她装什么神弄什么鬼？喂猫就喂猫，这里躲那里藏的，把自己装成一只猫。昨夜里是嘴巴里不停地叫唤，让人误以为在唤春呢，现在又是这样的画风，想打劫？

"对不起……"没想到我开口还是道歉了。

但我立即后悔向她道歉了。她应该向我道歉。她吓着我了。

她没有说话，也没有立即走开，就这么看着我，像一尊恶神。

空气中弥漫着血腥味。我感觉到那种扑面而来的带着血腥味的凶相，新鲜而真切，仿佛血腥味真实存在一般，和她现在的形状特别匹配。没错，真的有血腥味。

我觉得这一点也不好玩。

我是带着慌乱和鄙夷之心，重新奔跑在"非中心"的便道上的。一边跑还一边想，什么玩意儿，真是自寻烦恼，跑你的步吧，别左顾右盼惹火烧身了。

那个穿白色跑鞋、扎马尾辫的瘦高女孩又迎面跑来了（她每次都是逆时针的，而我是顺时针），正好在南门内小广场的路灯下，那里有整个商务区最亮的一盏灯。可能是因为昨天也有相遇之缘吧，在擦肩而过时，我看到她似乎跟我微笑一下。我还没来得及反应，就跑过去了。我忍不住转头看看她，她跑姿很美，步态轻盈而潇洒，她就是个小清新，和那个作妖作怪的唤猫女完全是不同的画风。是啊，要发现生活中的美，享受生活中的美，要避开没必要的烦恼，如果下一圈我们还能相遇，我也要回报她的一笑，即便她看不到我的微笑，也会感受到我笑的气息，友好的气息。不像那个唤猫女，让人感受到的，只能是惊恐，只能是一惊一乍。

　　如前所述，"非中心"的建筑都是不规则地分布在几个大块的区域里，区域和区域之间有弯弯曲曲的便道相连，楼与楼之间的花圃草坪里，也有更窄的小径互通。每幢楼都各有姿态，没有一幢相同的，有方的，有圆的，有菱形的，有三角形的，有长方形的，有平行四边形的，还有船形、靴形、球形和橄榄形的，真是应有尽有。这些建筑的造型和分布，看似凌乱，实则上取得是中国书法的技法，肥瘦得当，乱石铺街，隔行通气。我每天夜跑结束后，会随意地选取穿插在区域内的某一条便道，随心所欲地慢走，平息一下气息，放松一下肌肉。这些弯曲的便道上，路灯和地灯比我跑圈的路道上的路灯和地灯还要稀少，在灯影迷茫、暗香浮动的便道上放松因为奔跑所带来的紧张，既轻松、惬意，又有点抒情。

　　正行走间，我就看到她了，那个逆时针跑步的马尾巴女孩。她在我的前方，正从一个弯道上走来。她的想法大约和我一样吧，每次夜跑结束，也会以散步的形式来放松身心。她身边的草坪和花圃里，迎春花还没有败，白玉兰在怒放，海棠花开了，桃花也开了，还有各种颜色的大朵牡丹，真是争奇斗艳，香气袭人。她对各种花儿的敏感肯定高过了我，她不是正一边走一边欣赏着路边的花圃吗？她可能是跑热了，把外套勒在腰上，看起来有点调皮和可爱，和奔跑时完全是两种不同的情态。我还没有忘记她在跑圈时对我的微微一笑，虽然我也曾把微笑传递给她，谁知道她有没有感受到呢？便想着要不要主动和她说点什么。她还没有看到我。我们相距只有几米了。我正酝酿情绪准备开口时，她突然惊叫一声，是那种过度惊吓而发出的凄惨的尖叫，随即就凌乱而踉跄地狂奔起来，几乎没有任何征兆，一头撞进了我的怀里。而我的胸怀并不是胸怀，不能给她带来庇护和安全，仿佛地狱一般的存在，让她发出更加尖厉的叫唤，而那声叫唤既短促，又战栗，声音还没有完全发出，又惊悚般地从我的怀里弹射出去，跳到一边。好在她迅速看到了我，并认出了我时，"哇"地哭了。哭声同样的短促，只一声，或一声半，就惊魂未定地说："你……你……你，啊，看到了吧？"

"啥？"

"那边，花圃里有……有鬼……"

我乐了，这个世界上哪有鬼？再说就算有鬼，鬼也不会让人看到的。人要是看到鬼，那就不是鬼了，或是真出鬼了。我安抚地跟她笑着说："你看到啦？"

她"嗯嗯"着直点头，和我保持着距离。

我便看向那边的花圃，想看看她究竟看到了什么"鬼"。

她跟在我身后，还揪着我的衣服，说："一个大黑影子，向那条小道飘走了。"

我看到，隔着一截彩色塑料栅栏，错落着几丛牡丹花，牡丹花丛的后边，分布着五六株海棠，在海棠树中间，有一个地灯，灯光直射树后的建筑。半人高的栅栏把花圃围成一个"C"字形，开口那儿有一条幽暗的小道，延伸进两幢建筑之间的深处。这儿的景观并不繁复，花是花，树是树，影是影，栅栏是栅栏，怎么能藏得住鬼？她可能也看出我的疑惑了，说："可能……可能在看牡丹……被我吓跑了，喽，顺着路……"

"谁？谁跑啦？"

"不知道呀……鬼啊……反正有个大怪影，跑进那黑里了。"

她说的"黑"，是两幢楼之间的一段狭长形花圃，那里没有地灯，中间有一条更窄的小径，只容一人通过。我向那里看去，在黑的远处，有一扇窗户，发着黄色的光，不算亮，或许是有百叶窗帘的遮蔽吧，果然显得颇有鬼气。

"那儿……"她又说。

我顺着她手指的方向看去，松了口气，原来在地灯前方，在牡丹花丛之间，有两只蓝花瓷碗，一个碗里是一点猫粮，另一只碗里应该是水了。我笑着告诉她，可能是志愿者或动物保护者在投放猫食。

"怪不得……我看到过猫，还被它吓过一次呢。"她说着，到处望了望，仿佛猫随时都会出来似的。她已经不像刚才紧张时那么紧张了,恐怖和怕意也消散了。

我也望了望,在四周,在极目所见的范围内,还有几幢建筑里有灯光,层数不定,一扇窗或两扇窗户里,灯光亮度不同,颜色也不同。这是之前没有注意到的。看来,这些白天很忙碌的大公司,晚上也会有个别人在加班。我的目光又越过狭长形花圃,落到黑暗深处的那扇窗户上。那里会有谁?是那个马尾巴所说的"大怪影"吗?还是怪异的唤猫女人?她们或许就是同一个人呢,她会有几个猫粮投放点呢?那里是她的工作室?我要不要去看看?

"干吗?"马尾巴感觉到我的心思了,有点疏远地退后一步,说,"我要回了,再见。"

她快速离去了,是小跑着离去的,折回到她来时的线路上。我不便跟着她一起走。我们虽然说了几句话,还没有熟到那个份上。再说了,她也没有让我陪她的意思,在深夜的、相对陌生的商务区里,大家还是保持距离的好,如果我贸然跟着她,她会紧张的。但她在转过弯道时,再次惊叫一声,这是一声清晰而嘹亮的尖叫,我看到,一只大黑猫从她面前横穿了过去。

我没有向黑暗深处的亮灯处走去。我也有点怕了。我看了看,马尾巴跑去的方向灯光亮度最大。好吧,我也向那个方向走去吧。那应该是通往东门的方向,我以前似乎走过,前方有个较大的水池,呈葫芦状,在葫芦最细的地方,有一座仿古石拱桥,两边的台阶各有十五级。过了石桥,是一幢船形建筑。船形建筑的后边是一片桃园。我喜欢桃花,喜欢桃花那一树一树的灿烂和整棵树的红。夜色中的桃花,也必有可看之处呢。

然而,我迷路了,前方并没有石桥和水池,也没有船形建筑和桃花源。在发觉我迷路的瞬间,我想到马尾巴女孩所说的"大怪影",莫非她就是大怪影?她当然不是大怪影了,我自我安慰着,知道迷路并不可怕,只要顺着某条路,一直走,总会走到我跑圈的道上。我想尽快走到跑道上,找到我平时进出的、唯一在晚上开放的东门。但是,在一幢圆柱体写字楼的低层,在一处亮着灯光的窗户前,我被吸引住了。我看到窗户里有一个人在工作。我站在小径上,隔着三四米远的花圃,继续观察着房间,这是一间宽大的厅,装帧极其简约,白的墙,除了一张较大的工作台,余下的都是白墙了,没有其他摆设。但也不尽然，稍微换一个角度看，可以看到墙角处，长长的衣架上，陈列着一排衣服，似乎全是女装，又全是单色，白的，黑的，还有赤橙黄绿青蓝紫，全了。而在工作台上工作的女人，也穿一件亚麻长衣（分不清是裙装还是风衣），在衣服的领口处，也就是左胸，开着一朵玉兰花。她所做的工作，也是在衣服上画花。工作台上，平摊开一件鱼肚白色的女装，她很专注，正屏息敛气，拿一枝油画笔，在画桃花（也许是梅花），一枝桃花。她很美艳，很干净，皮肤白而丰润，脸是鹅蛋脸，鼻子稍微肥大，但不难看。她画得不快，手里端着一个颜料盒，嘴里还噙着一支画笔。我知道了，那排衣服为什么都是单色了，她要在上面作画。她是个服装设计师吗？

我一直看到她把一枝桃花画完了，才想着夜色已深，该回了。就在我欲离开的时候，我看到了一顶黑色的棒球帽。我心里微微一动，就在约一个小时前，我还看过这顶帽子，它戴在一个唤猫女人的头上。没错，正是这顶帽子。在工作台的一端，有一个大竹筐，筐里同样塞满了衣服。棒球帽就搁在衣服的上方。她莫非就是那个猫粮投放者？从筐里露出的衣服一角可以判断，正是她穿过的夜行服。没错，一定是她了。

因为工作原因，我调到位于东三环长虹桥边上通广大厦的公司分部工作了一段时间，临时住在团结湖社区的一个公寓里，我的夜跑，就转到团结湖公园了。到了十月末，才回到原驻地，才继续到"非中心"坚持我的夜跑。

我几乎记不清四月中上旬的那几次奇遇了。老实说，那也算不上奇遇。和生活中许多意想不到的怪事相比，夜跑中遇到一个唤猫女人真的不算什么稀奇事。但我在夜跑时，还是有所期待的，期待能再次遇到那个扎着马尾辫的瘦高女孩，或者遇到一只猫，几只猫都可以，就像以前一样，那是一种亲切的记忆。春天时，猫很多，现在是深秋季节了。猫们应该更多了吧？或许还有新的繁殖。有了动物保护主义者的投食，它们应该生活得很好。对，动物保护主义者兼服装设计师（或许还是油画家），她怎么样了呢？她那间大工作室还在吗？跑几圈以后，可以去找找看啊，我想，说不定，会在中途见到她在喂猫呢，也或许有新的奇遇呢。

中途没有见到喂猫女人，也没有看到猫的踪影，更没见到别人在喂猫，就连那个扎马尾巴辫子的女孩也没有再度出现，甚至，整个"非中心"的跑道上，只有我一个人在夜跑。秋天的夜色，和春天还是不太一样的，落叶开始零落，风中有点凉意，有一种不知名的夜虫抖擞精神地在顽强地鸣叫，似乎声音一停，生命就结束一样。

现在，只有夜虫的鸣叫声或远或近地陪伴着我了。

我没有完成既定的跑圈计划。

你知道，我通常都是跑五圈或六圈的。今天只跑了三圈，小腿就沉重了，意识里就不想跑了。我决定去找找那个工作室，看看那个曾在衣服上画油画的女人在干什么。半年了，她总不能一直在给服装画画吧？

没费多少周折，我就找到了那幢圆柱体写字楼，楼底的灯果然还亮着。我在我上次站立的地方向里看去，发现这里成了一个展厅，有一些人在观看展览，人不多，可以一眼数清人数，五人，只有五人，两个年轻女孩为一组，一对情侣为一组，还有一个落单的女孩。粉白的墙上挂着几件艺术品，不多。正对着我的这一面墙上，只有四五幅作品。这里正在进行一场画展吗？完全有可能。我看到，每幅画上都是一只猫的头像，或者说是猫脸，没错，都是猫脸，可能是画艺太精了吧，猫脸非常的逼真，甚至有一种立体感。这倒挺有意思了。我心里充满期待地绕过去，找到了展厅的正门，上面果然有一个小小的霓虹灯组成的几个字：现代艺术展。

展厅很安静。我推门进去时，正对着门的，是我上次见到的那个工作台，它被移到过厅里了。正在作画的也正是我上次见到的给衣服画桃花的女人，她酷似那个唤猫女人，或者她就是吧——半年多了，她似乎没有一点变化，化浓妆，着长衣，看不出她的实际年龄，三十岁到四十岁都有可能。她看到来客，似看非看地逮我一眼，若无其事地继续作画了。奇怪的是，她还是在衣服上画画。那排衣架上的衣服，就在她身后，上面挂着价目牌，低的一千余元，贵的四五千。有一个穿着很艺术的女孩在挑选。艺术女孩把一件画着白荷的红裙子，拿在身上比画着。我听到唤猫女人在说话，她说你的气质适合这一件。她是背对着艺术女孩的，怎么知道她在比画衣服？她声音轻柔、温婉，很好听，和当初唤猫的声音判若两人。我没有在她工作区多作停留，就向展厅那边走去了。

里边才是真正的展厅，才觉得这儿的实际面积，比从窗外看到的要大得多

（可能是角度问题）。观看展览的也不止五个人，还有两个人在看一个喜鹊窝。这个喜鹊窝的特别之处是，它不是垒砌在树上，而是垒砌在地上，是一个真实的喜鹊窝，一看就不是人工仿造的那种。这也是艺术品吗？一定了，房顶打下的一圈光，笼罩着喜鹊窝。我朝喜鹊窝里张望，看到窝里有一只小奶猫正在睡觉，那可爱的睡姿让人忍俊不禁。这有什么寓意吗？我想了想，没想明白。墙上的画，除了我在窗外看到的几幅，另三面墙上也分布着几幅，一样大小的白色画框里，嵌着白色的卡纸，阶梯形的三层卡纸，中间就是画——猫脸。我一幅幅地欣赏，应该说验证了我之前的判断，画家的绘画水平真的很高，猫脸可以以假乱真，色彩运用精准，像极了一只真实的猫，而且每幅猫的花色都不一样。让我感到奇怪的是，除了猫的毛发有不同的差异，它们的表情都是一样的，惊恐而绝望，特别是那双眼睛，仿佛受到某种惊吓。为什么都是一样的表情呢？我看一眼别在画上的小纸牌，上面写着画的名称:《看》。另一幅也叫《看》，每一幅都叫《看》。从"之一"，一直续到"之十五"。有趣的是，"之十五"不是猫脸，而是一张像极了猫脸的女人脸，我一眼就认出了这幅画的模特是谁了，没错，你也猜到了，她就是过厅里画画的女人。更为有趣的是，那双眼睛也画成了猫眼。为什么这张脸像极了猫脸？原因就出在那双眼睛上，那双猫眼比真实的猫眼还像猫眼，我仔细看了看，发现画作并非是单纯的画，实际上是一种综合艺术品，可以称之为装置艺术，因为猫的眼睛不是画上去的，是装置上去的……

每一幅画的猫眼都是装置上去的吗？我又回头看一遍。没错，都是。不得不承认，这些艺术品的制作太精妙了，逼真的画工，加上真实的猫眼……真实的猫眼……真实的猫眼……

我心里突然抽搐般地战栗一下，一股寒气油然而生，天啦！我想起了什么，情不自禁地仰起脸。反着光的天花板上，我看到一双惊恐的眼睛。那是我的眼睛，还是猫的眼睛？我试图把心中的寒气吐出来，却倒吸了一口凉气，那怪异的、深夜响起的猫叫声，伴随着一阵一阵的血腥味，再次从我的耳畔响起……

转眼到了来年春天，我继续在"非中心"的跑道上夜跑。

现在，不是我一个人在夜跑了，我有一个跑伴了。没错，她就是那个喜欢穿白色运动跑鞋的马尾辫女孩，她叫什么名字我暂时还不知道，但我想我马上就知道了。我们步履轻快、节奏分明，肩并着肩，向前方跑去。几圈下来，我们一边微喘，一边在各种建筑之间的便道上漫步，便道两旁有许多盛开的花，空气里洋溢着花香，女孩的身上也有好闻的气息。春风轻拂，夜色温柔，在一幢圆柱体的小型建筑前，我们不约而同地停住了。建筑里黑灯瞎火，高大的玻璃窗上，反射着远处灯光照射而来的橘黄色光芒。女孩看着窗户，静静地伫立，我能想象出她那肃穆的神情和内心的波澜。过了一会儿，我说："多么漂亮的建筑，可惜空关太久了……你在这儿买过一件衣服？"

"是啊，挺漂亮的长衫，手绘的花卉，特精致，简直就是工艺品……"她声音很轻，"真没想到……她那么残忍……我也真钦佩你，不是你在朋友圈公布那些画，还有你多次跟踪拍摄的照片，揭露她的真实面目，我们都被蒙蔽了，还以为她真是什么艺术家呢。"

她的话音刚落，一束黄色的影子从玻璃上飞蹿出来，女孩吓得一声尖叫，惊惶失措、无处可逃地一头扎进我的怀里，与此同时，花丛里响起一声猫叫。

原载《中国生态文学读本》第15辑

后 记

　　《海风登陆之处》从作品征集、遴选到最终定稿，历时数月终于编撰完成。

　　长期以来，连云港市的小说作者在全国各级报刊发表了大量的小说，有多人多部作品获得过各种奖项，有的作品还被介绍到国外出版。这些作品，以为历史存正气、为世人弘美德、为自身留清名作为追求。在创作中始终讲好中国故事、讴歌中国精神、弘扬中国价值、凝聚中国力量，彰显理想之美、信仰之美、崇高之美，为实现中华民族伟大复兴的中国梦唱响时代主旋律，传递社会正能量。

　　《海风登陆之处》主要收选连云港籍作家具有代表性的小说作品，包括在连云港市工作期间的作家所创作的并在全国各地正式出版物上发表过的有较高水平的小说和在外地工作、生活的连云港籍作家所创作的小说。

　　在编撰过程中，编委会严格审核每位作者提交的作品，要求每篇稿件先寄作品原件或者复印件（复印件必须将所刊发作品的封面、目录、内容一并复印），初步遴选后通知作者交付电子稿，并规定每位投稿作者的小说每人代表作一篇，作品字数原则上不超过一万字（长、中篇小说节选），微型小说每人不超过三篇。

编　者

2019 年 9 月 1 日

图书在版编目（CIP）数据

海风登陆之处 / 陈武主编. —北京：中国书籍出版社，2019.11
ISBN 978-7-5068-7585-1

Ⅰ.①海… Ⅱ.①陈… Ⅲ.①短篇小说—小说集—中国—当代 Ⅳ.①I247.7

中国版本图书馆CIP数据核字（2019）第270220号

海风登陆之处

陈　武　主编

图书策划	武　斌　崔付建	
责任编辑	成晓春	
责任印制	孙马飞　马　芝	
封面设计	琥珀视觉	
出版发行	中国书籍出版社	
地　　址	北京市丰台区三路居路97号（邮编：100073）	
电　　话	（010）52257143（总编室）　（010）52257140（发行部）	
电子邮箱	eo@chinabp.com.cn	
经　　销	全国新华书店	
印　　刷	三河市华东印刷有限公司	
开　　本	710毫米×1000毫米　1/16	
字　　数	285千字	
印　　张	17	
版　　次	2020年2月第1版　2020年2月第1次印刷	
书　　号	ISBN 978-7-5068-7585-1	
定　　价	72.00元	

版权所有　翻印必究